바람의
둥지

윤중리
장편소설

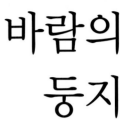
청어

바람의
둥지

윤중리
장편소설

작가의 말

부끄러운 바람

　정신없이 허우적거리다 보니 어느덧 종심의 세월을 살고 말았다. 과거는 길어졌고, 미래는 짧게 남았다. 앞으로 가다가 벽을 만나면 누구나 뒤로 돌아서서 지나온 길을 바라본다. 인생도 또한 같다. 돌아다보니 걸어온 길이 한 자락의 부끄러운 바람이었다. 웃음도 있었고 눈물도 있었다. 기쁨도 있었고 아픔도 있었다. 어느 시인이 노래했듯이 즐거운 소풍이었다고는 할 수 없겠지만, 그래도 어려움을 이겨내며 내 나름대로 기도와 노력으로써 의미와 보람을 가꾸고 키워온 세월이었다. 비록 초라하지만 소설을 쓰느라고 애를 태웠던 것도 그러한 삶의 한 과정이었다.

　이제 노을 진 서산을 바라보면서, 장편이란 관사를 붙여서 소설책 한 권을 낸다. 일찍이 1990년대 초에 어느 일간지 신문에다 장편을 연재한 일이 있다. 그러나 그때는 컴퓨터가 없던 시절이라 그 결과물이 남아있지 않다. 책 무더기를 들쑤셔 뒤져보니 신문을 스크랩한 것이 있다. 그러나 그것을 다시 살려 쓰기에는 누락된 부분도 있고, 여러 가지 어려움이 있어서 결국 포기했다.

　코로나로 불안하고 고통스러운 날을 살면서, 아쉽고 안타까운 지난날

들을 되돌아보고, 그것을 글로 다듬었다. 어떤 이는 이를 두고 '자전적'이란 관형어를 만들어 붙일지도 모른다. 그러나 소설이 본래 작가의 삶의 앙금일진대, 그 모든 것은 결국 소설의 소재일 뿐이고, 이 한 권의 이야기는 그냥 소설일 뿐이다.

그런데 다 쓴 후에 다시 살펴보니, 정치 이야기와 코로나 이야기가 좀 많다는 느낌이다. 그러나 달리 생각하면 그만치 그것들이 현실적 영향력이 크고, 우리 삶에 아픔을 많이 주었다는 방증일 것이다. 자랑스러운 정치 지도자들의 얘기를 많이 썼으면 좋았을 것인데 그러지 못한 것이 아쉽고, 코로나 문제에서도 희망적인 얘기보다 불안한 얘기를 많이 한 것이 방역과 진료에 헌신한 분들에게 많이 미안하다.

앞으로 또 몇 편의 소설을 더 쓸 수 있을지는 알 수가 없다. 건강이 허락한다면 글 쓰는 일은 계속하고 싶다. 내 인생의 한 자락, 바람의 흔적인 이 보잘것없는 소설 한 편을 나에게 인정 베풀어준 고마운 분들께 바친다.

여러 가지 부족함이 많은 글인데, 좋은 조건으로 출판을 허락해 주신 청어출판사의 이영철 대표께 고맙다는 인사를 드린다.

2021년 7월 어느 날
남천강 변 골방에서 망월산을 바라보며

윤중리 씀

목차

그해 부활절

부활절 아침. 지석은 아파트 15층인 공부방 창가에 앉아 공원의 숲을 내려다보면서 커피를 마시고 있다. 바깥을 내다보니, 한창 곱던 벚꽃은 지고, 그 자리엔 파아란 잎이 돋아나고 있다. '단풍 든 나뭇잎은 꽃보다 아름답다(霜葉紅於二月花).' 옛 시인의 노래를 읊조리던 것이 어제 같은데. 세월을 흐르는 물에 비유한 선인들의 지혜가 가슴을 서늘하게 만든다.

주님 만찬 성 목요일과 주님 수난 성 금요일, 부활 성야와 부활절은 성당에선 연중 가장 바쁘고, 긴장과 기쁨이 어우러지는 시기다. 그런데 성당에서 미사를 드리지 못한 것이 벌써 두 달이다. 코비드19 팬데믹. 이 낯선 말 한마디에 온 세상이 깜빡 기절을 해 버린 것이다. 한 주일 뒤로 다가온 21대 총선마저도 바람 빠진 풍선처럼 빌빌거리고 있다.

지석은 마시던 커피잔을 내려놓고 컴퓨터에 전원을 넣는다. 그리고는 바로 인터넷 신문을 연결한다. 톱뉴스는 미국에서 코로나 감염자와 사망자가 폭발하고 있다는 기사다. 뉴욕에서만 어제 하루에 779명이 사망하여 뉴욕 누적 사망자 수는 6,268명을 기록했고, 뉴욕 전역에 애도의 조기가 계양되었다고 한다. 따라서 미국 전체의 확진자는 44만 7,793명이고 사망자는 14,586명에 이른다고 한다. 뉴욕의 하트섬에 집단 매장을 한다는 기사도 보인다. 미국 대통령 자신만만하더니 결국 이렇게 됐군. 코로나 바이러스는 큰 나라 작은 나라도 모르고 대통령도 인식하지 못하는 건데. 병 앞에서는 오만하기보다는 겸손한 것이 지혜로운 것이지 싶다.

다시 그 아래 기사를 클릭한다. 우리나라의 확진자 수는 10,423명, 검사 진행 중 15,509명, 격리해제 6,973명, 사망자 204명이라고 한다. 세계상황은 확진자 1,459,590명, 215개 국가에서 발생했고, 사망자는 모두 86,993명이라고 적혀 있다. 우리나라는 확진자 증가세가 많이 둔화해서 다행이지만 외국 유입 인구가 많아서 대처하기가 힘들고, 이웃 일본에서도 비상사태를 선포하는 상황이란다. 아직 긴장의 끈을 놓아서는 안 된다면서 사회적 거리두기, 개인위생 철저 등을 당부하고 있다.

지석과 친구들이 대구에서 코로나 첫 확진자가 나왔다는 얘기를 안주 삼아 강 건너 불 보듯 느긋하게 술을 마신 것이 지난 2월 중순이었다. 그때 코로나 첫 발생지인 중국 우한은 이미 봉쇄 상황이었지만, 그 사람들이 오후 8시가 되면 집 안에 갇힌 채 창문을 열고 '우한 힘내라'를 외치고는 함께 노래를 부른다는 기사를 읽고 감동적이었다고 하면서 웃고 떠들었는데, 대화의 중심은 코로나보다는 오히려 다가오는 21대 국회의원 총선거에 모여 있었다.

이상한 방법으로 선거법을 무지무지하게 어렵게 고치고, 어느 정당 대표가 국민은 몰라도 된다고 했다더니, 과연 뭐가 뭔지 헷갈려서 이러다간 선거를 치러낼 수나 있을지 모르겠다고 모두가 투덜거린다.

그랬었는데 며칠 후부터 상황이 이상하게 돌아가기 시작했다. 대구의 이상한 종교집단에서 터지기 시작한 코로나 감염자 폭풍은 청도 어느 요양병원과 이름을 나란히 하고는 그야말로 폭탄 터지듯 터졌다. 확진자 수가 하루에만 7백 명을 넘어서고, 드디어 대구봉쇄 얘기가 나오고, 대구와 경북이 특별재난지역으로 선포되었다. 공무원과 의료진은 비상사태에 돌입했고, 대구시의사회장의 호소를 듣고 전국 각지에서 의사와 간호사들이 대구로 달려왔다. 지석도 친구가 이메일로 보내어준 그 호소문을 읽어보았는데, 진정성이 넘치고 마음을 흔드는 힘이 있었다.

5,700 의사 동료 여러분들의 궐기를 촉구합니다!!
존경하는 5,700 의사 동료 여러분!
지금 대구는 유사 이래 엄청난 의료재난 사태를 맞고 있습니다. 코로나 19 감염자의 숫자가 1,000명에 육박하고, 대구에서만 매일 100여명의 환자가 추가로 발생하고 있습니다. 우리의 사랑하는 부모, 형제, 자녀들은 공포에 휩싸였고, 경제는 마비되고 도심은 점점 텅 빈 유령도시가 되어가고 있습니다. 생명이 위독한 중환자를 보아야 하는 응급실은 폐쇄되고 병을 진단하는 선별검사소에는 불안에 휩싸인 시민들이 넘쳐나는 데다 의료 인력은 턱없이 모자라 신속한 진단조차 어렵고, 심지어 확진된 환자들조차 병실이 없어 입원치료 대신 자가 격리를 하고 있는 실정입니다.
사랑하는 의사 동료 여러분!
우리 대구의 형제자매들은 공포와 불안에 어찌할 바를 모르고 의사들만 초조하게 바라보고 있습니다. 응급실과 보건소 선별진료소에는 우리의 선후배 동료들이 업무에 지쳐 쓰러지거나 치료과정에 환자와 접촉하여 하나둘씩 격리되고 있습니다.

환자는 넘쳐나지만 의사들의 일손은 턱없이 모자랍니다. 대구시장은 눈물로써 의사들의 동참과 도움을 호소하고 있고, 국방업무에 매진해야 할 군의관들과 공중보건의까지 대구를 돕기 위해 달려오고 있습니다.

존경하는 의사 동료 여러분!

저도 의사 동료 여러분들도 일반 시민들과 똑같이 두렵고 불안하기는 매한가지입니다. 그러나 대구는 우리의 사랑하는 부모 형제 자녀가 매일 매일을 살아내는 삶의 터전입니다. 그 터전이 엄청난 의료재난 사태를 맞았습니다. 우리 대구의 5,700 의사들이 앞서서 질병과의 힘든 싸움에서 최전선의 전사로 분연히 일어섭시다.

우리 모두 생명을 존중하는 히포크라테스 선서의 선후배 형제로서 우리를 믿고 의지하는 사랑하는 시민들을 위해 소명을 다합시다. 먼저 응급실이건, 격리병원이건 각자 자기 전선에서 불퇴전의 용기로 한 명의 생명이라도 더 구하기 위해 끝까지 싸웁시다. 지금 바로 선별진료소로, 대구의료원으로, 격리병원으로 그리고 응급실로 와주십시오.

방역 당국은 더 많은 의료진을 구하기 위해 지금 발을 동동 구르며 사력을 다하고 있습니다. 일과를 마치신 의사 동료 여러분들도 선별진료소로, 격리병동으로 달려와 주십시오. 할 일이 너무 많습니다.

지금 바로 저와 의사회로 지원 신청을 해주십시오. 이 위기에 단 한 푼의 댓가, 한마디의 칭찬도 바라지 말고, 피와 땀과 눈물로 시민들을 구합시다. 우리 대구를 구합시다.

사랑하는 의사 동료 여러분!

어려울 때 친구가 진정한 친구요, 어려울 때 노력이 빛을 발합니다. 지금 바로 신청해 주시고 달려와 주십시오. 제가 앞장서겠습니다. 제가 먼저 제일 위험하고 힘든 일 하겠습니다. 사랑하는 동료 여러분들의 열화와 같은 성원을 기다립니다.

감사합니다.

천주교 대구대교구에서는 그 위험성을 직감하고는 즉시 미사를 비롯해서 모든 종교 모임을 잠정 중단한다고 발표했고, 이어서 전국의 다른 교구에서도 비슷한 조치가 취해졌다. 한국천주교 역사상 초유의 일이 일어난 것이다. 미사 참례는 천주교 신자의 의무다. 그래서 텔레비전의 가톨릭 채널이나 유튜브를 통해서 미사는 간접적으로 이루어졌다. 개인적인 기도가 권장되었고, 한국천주교 여자수도자회 장상연합회에서 만든 기도문이 보급되면서, 교구장 주교님의 권고에 따라 아침저녁 기도 때 이 기도를 드렸다.

자비로우신 하느님 아버지,
'코로나19' 확산으로 혼란과 불안 속에 있는
저희와 함께 하여 주십시오.
어려움 속에서도 내적 평화를 잃지 않고
기도하도록 지켜주시고
각자의 삶의 자리에서
최선을 다할 수 있도록 이끌어주십시오.

'코로나19' 감염으로 고통받는 이들에게

치유의 은총을 내려주시고,

이들을 헌신적으로 돌보고 있는

의료진들과 가족들을 축복하여 주십시오.

또한 이 병으로 세상을 떠난 분들의 영혼을 받아주시고,

유족들의 슬픔을 위로하여 주십시오.

국가 지도자들에게 지혜와 용기를 더해주시고,

현장에서 위험을 감수하며

투신하고 있는 관계자들을 보호해주십시오.

특별히 이런 상황에서 더 큰 위험에 노출되는

가난하고 소외된 사회적 약자들을

저희가 더 잘 돌볼 수 있도록 도와주십시오.

어려운 시기를 이겨내고자 애쓰는 저희 모두가

생명과 이웃의 존엄,

사랑과 연대의 중요성을 더 깊이 깨닫게 하시고

배려와 돌봄으로 희망을 나누는 공동체로

거듭나는 은총 내려주시길 간구합니다.

우리의 도움이신 성모님과 함께

우리 주 예수 그리스도를 통하여 비나이다. 아멘

(코로나19 극복을 청하는 기도)

코로나만 아니라면 지금쯤은 성당에서 부활대축일 미사를 장엄하게

봉헌하고 있을 시간이다. 사순시기 동안 중단됐던 영광송을 힘차게 외치고, 우리 주님의 부활로 우리의 삶에 부활의 희망을 불어넣고 있을 것이다. 미사를 마치면 마당에서는 윷놀이로 우의를 다지면서 왁자하게 분위기를 살리고, 교우들 간에 환한 웃음을 건네면서 축하의 인사를 나누곤 할 것인데.

부활절 즐거운 행사가 날아간 것도 아쉽지만, 정말로 걱정되는 건 코로나19 확진자 수가 계속 늘고 있고, 지역적으로도 유럽으로 미국으로 남미 지역으로 번져가고 있다는 사실이다.

신문에서 읽은 바에 의하면 지금 온 세계를 충격과 혼란 속으로 몰아넣고 있는 이 코비드19 팬데믹을 예언하는 프로그램이 작년 10월에 미국에서 있었다고 한다. 경제인들과 감염병 전문가들이 참석한 이 행사는 신종 코로나 바이러스가 박쥐에서 돼지를 거쳐 사람에게 전염되는 것을 가상하는 시나리오였다. 감염자는 매주 두 배씩 증가하고, 어느 정부도 통제 능력을 갖지 못한다. 백신은 없고 첫해에 6천5백만 명이 사망하고 전 인류의 90퍼센트가 코로나에 노출되며, 이 사태의 종식까지는 자그마치 18개월이 걸린다는 얘기였다. 이 행사에 자금을 댄 사람은 저 유명한 빌 게이츠였는데, 그는 이렇게 경고를 했다고 한다.

"세상은 아직 준비를 못했다."

그런데 그로부터 겨우 몇 달 뒤에 이런 사태가 터진 것이다.

미국에서 이런 프로그램이 진행됐다면 이런 사태에 대한 대책도 가장 잘 되어있지 싶은데, 미국의 확진자 수나 사망자 수가 놀라울 정도로 급격하게 늘고 있는 것은 또 무슨 아이러니인가?

걱정이 태산이다. 그러나 지석이 걱정한다고 이 사태를 해결하고 이겨내는 데는 손톱만치도 도움이 되지 않는다. 의사들은 목숨을 걸고 현장으로 달려온다고 하지만 평범한 시민들이 할 수 있는 일은 아무것도 없었다. 방역 당국의 권고대로 바깥에 나가지 말고 집 안에 가만히 숨어 있는 것만이 협조할 수 있는 유일한 일이다. 그래서 요즘 자조적으로 회자되는 말이 '집콕'이나 '방콕', 혹은 '나죽집산'이다. 집 안이나 방안에 콕 처박혀 숨죽이고 있어라. '나가면 죽고, 집 안에 있으면 산다'는 의미의 신조어란다.

딩동. 전화기가 문자 메세지가 왔다는 신호를 보낸다. 박 원장이었다.

선생님. 안녕하시죠? 이시백 선생님께서 돌아가셨습니다. 코로나에 감염이 되시어 제가 일하고 있는 이곳 병원에 입원해 계셨는데 안타깝게도 그저께 저녁에 선종하셨습니다. 이곳 일이 바빠서 이렇게 늦게 소식 전해드립니다.

박영식 원장은 지석이 고등학교 교사로 재직하고 있을 때 담임을 했던 제자다. 지석이 '마음보석'이라고 부르는 장학회 멤버이기도 하다. 박영식 원장은 의과대학을 졸업하고 의사가 됐고, 대구 시내에서 내과의원을 경영하는 개업의인데, 코로나 사태가 터지고 나서 자기 병원은 문 닫아놓고 코로나 감염자 진료소에 가서 봉사하고 있다. 호소문을 낸 의사회 회장과는 의과대학 동기생이라며 친구의 호소를 남의 일로만 여길 수 없어서 아예 자기 병원 휴원하고 동참했다는 얘기를 들은 바 있다.

이시백 선생이 죽다니? 지석의 주변 사람 중에서는 처음 있는 일이라서 놀랍기도 하지만, 그는 지석과 고락을 함께했던 동료교사였다. 뿐만 아니라 종교적으로는 지석의 대자(代子)가 아닌가? 아까운 사람. 죽어서 아깝지 않고 슬프지 않은 사람 어디 있을까만 그가 코로나로 인한 죽음의 행렬에서 이리 앞줄에 설 줄은 정말이지 몰랐다. 그의 건강은 스스로가 자랑할 만치 좋은 사람이었다. 우선 키가 크고 단단한 근육질의 신체를 가지고 있었다. 처음 보는 학부형들은 그가 체육선생님인 줄 알았다는 얘기를 하기도 했다. 실제로 운동도 잘 해서 스승의 날 대구시 교사 테니스 대회에서 우승을 한 적도 있다. 겨울철, 모두가 감기로 콜록거려도 그는 감기란 걸 모르고 살았다. 어느 동료 선생님이 병원에 입원을 했을 때, '나도 아파서 입원 한번 해 보고 싶다'고 농담을 하기도 하던 그였다. 그렇던 그가 이리 일찍 가버리다니.

1989년 3월 초 새학년 개학일 아침. 직원회 시간에 새로 전입해 온 선생님들 세 사람이 인사를 했는데 그중에서 유난히 키가 크고 멀쑥한 얼굴이 하나 있었다. 이시백 선생님이었다. 2월 말에 난 인사이동 소식을 신문에서 보아 알고 있었고, 전화를 걸어서 인사까지 나눈 사이라 놀라울 일은 아니지만 그래도 반가웠다. 이 선생님은 사범대학 졸업 후 한 학기를 재직하다가 군엘 갔고, 제대 후에는 경북 북부의 어느 시골 학교에서 근무하고 있었는데, 이번에 대구로 오게 됐다고 했다.

"어이, 이 선생. 영전 축하합니다. 역시 모범교사는 높은 자리 계신 분들도 알아 모시는군요."

직원회를 마치고 개학식을 위해 강당으로 향하면서 지석이 먼저 그의 손을 잡았고, 이 선생님은 큰 키를 굽혀서 두 손으로 지석의 손을 감싸면서 반가워했다.

"선배님과 같은 학교에서 근무하게 될 줄은 정말 몰랐습니다. 잘 지도해 주십시오."

그의 인사에는 단순한 의례만이 아닌, 깊은 진정성을 머금고 있었다.

이 선생님은 사범대학 지석의 2년 후배다. 지석은 국어교육과였고, 그는 지석보다 두 해 뒤에 사회교육과에 입학했다. 소속이 다르긴 했지만 그가 문학 동아리 '복현(伏賢)사랑방'에 입회하면서 지석과의 인연을 맺게 되었다. 전통에 따라 3학년이던 지석이 회장을 맡고 있었고, 그는 그해 봄에 1학년 신입회원으로 입회를 했다. 어설픈 문인 지망생 스무 사람 남짓한 회원들은 대부분이 인문대학 국문과와 사범대학 국어교육과 재학생들이었고, 다른 과 학생은 몇 안 되었기 때문에 그들은 나름대로 문학에 대한 관심도 높고 능력도 갖고 있다는 자부심도 있었다.

복현사랑방의 신입회원 환영회는 4월 중순의 어느 토요일에 캠퍼스의 일청담(一淸潭) 옆 잔디밭에서 1차 회의를 하고, 학생들 사이에서 학사주점으로 통하는 향촌동의 막걸리집에서 환영파티를 열었다. 그날 신입회원 이시백은 선배들의 후배 길들이기 성격의 강요된 술에 좀 취해 있었다.

"시선 이태백이 우리 형님입니더. 그래서 나는 국문과 학생이 아니면서도 형님 따라 시인 되려고 복현사랑방엘 찾아왔습니더."

이렇게 인사말을 시작한 그는 실제로 저 '비류직하삼천척(飛流直下三千尺)'이란 구절로 유명한 이백의 시 '망여산폭포(望廬山瀑布)'를 읊조리기도 했다.

그날의 이 입회소감이 유명세를 타면서 이시백은 이태백 동생이라는 별명과 함께 캠퍼스 안에서 유명 인물이 되어갔고, 그 훤칠한 외모 덕분에 여학생들 사이에선 상당한 인기를 누리게 되었었다.

이시백 선생님이 지석의 학교로 전입온 그해, 지석은 2학년 국어를, 이 선생님은 1학년 사회과목을 맡게 되었다. 교무실이 3학년은 4층에, 2학년은 2층에 따로 마련이 되어 있었고, 1학년은 1층에서 보직 교사들과 비담임 교사들이 함께 근무하게 되어 있어서 이 선생님과 지석은 그리 밀접한 시간을 보내지는 못했다. 그런데 그해 5월 말인가? 교정의 느티나무가 한창 짙은 초록을 자랑하던 어느 토요일 퇴근시간에 그가 2층 교무실로 지석을 찾아왔다. 지석도 퇴근 준비를 하느라고 서랍을 정리하고 있던 참이었다.

"김 선생님. 신학기라 정신없이 헤매다 보니 술 한 잔 나눌 여유가 없었네요. 나갑시더. 제가 오늘 신고주 한 잔 살게요."

그들이 출퇴근을 위해서 버스를 타고내리는 큰길에서 약간 골목 안으로 들어간 곳에 '행화촌(杏花村)'이란 이름의 술집이 있었다. 원래의 이름은 '포항집'이었지만 교사들이 자주 드나들면서 너무 술맛 안 나는 이름이라고 개명을 하라고 졸랐다. 포항이 고향이라는 순한 주인아주머니는 '그러면 좋은 이름 하나 지어주소' 했고, 술친구들의 의견을 종합해서 지석이 제안한 이름 '행화촌'으로 낙찰이 되었다. 물론 두목(杜牧)의 시 '목동요지행화촌(牧童遙指杏花村)'에서 따온 것이다. 아주머니는 썩 반기지는 않았지만 무더기 단골들의 의견을 받아들여서 결국 간판을 이렇게 바꾸었다.

둘이서 행화촌의 낡아서 덜컹거리는 밀창문을 열고 들어섰을 때, 저쪽 구석 자리에는 벌써 이 집 단골인 학교 선생님 몇 사람이 자리를 잡고 있다가 손을 번쩍 들어서 아는 체를 한다. 둘은 그 선생님들과 합석을 하지 않고 이쪽 구석 자리를 잡았다. 혹시라도 이 선생님한테 술값 부담이 커질까 싶어서 지석이 이 선생님과 할 얘기가 있다면서 그들과는 거리를 두고 앉았다.

"김 선생님. 혹시 조영호 선생 아십니까? 시내 사립 고등학교에 있는데, 선배님과 연수 동기라고 하던데요?"

이 선생님은 지석을 부를 때는, 선배님이라고도 하고, 김 선생님이라고 했는데, 나중에 좀 더 친밀해 졌을 때는 '형님'이라고도 했었다.

"아, 예. 그 선생님 나와 1정 연수 동깁니다. 내가 게을러서 제때 연수를 못 받았더니 후배들하고 동기가 됐죠. 그 때 우리 반 반장을 맡았는데, 리더십이 돋보이던데요."

그때 연수경비를 규정보다 적게 준 학교를 일일이 찾아다니며 교장 면담을 하고는 정상 경비를 받아냈다고 하던 조 선생님 얘기를 지석은 알고 있었다.

"예. 그 친구가 사회과 저와 동깁니다. 학교 다닐 때부터 똑똑 소리 났죠. 성적도 좋았고. 그래서 사립학교에서 특채를 했죠. 교장이 교육감 앞으로 4년 간 책임지고 교직에 종사하게 하겠다는 서약서를 쓰고. 그 친구를 며칠 전에 만났어요. 내 시내 전입을 축하한다고 술 한 잔 하자고 해서."

"반가웠겠어요. 헤어졌던 친구를 다시 만났으니. 친구는 옛 친구, 맥주는 뭐라는 말도 있잖아요."

"예. 물론이죠. 그런데 그 친구한테서 이상한 얘길 들었어요. '교육 새물결 운동'이란 얘기 들어보셨어요? 교육풍토를 바꾸자는 운동이랍니다. 나도 거기에 동참하라는 겁니다. 공감은 하면서도 얼른 동의할 수는 없더군요. 자세한 걸 모르니."

행화촌 촌장 포항아줌마가 술과 안주를 담은 쟁반을 들고 왔다.

둘이서는 소주잔을 부딪치고는 얘기를 이어 갔다.

"낡은 부대에 새 술을 담지 말란 말도 있잖아요. 잘못된 게 있다면 고쳐나가야지. 그런데 뭘 어떻게 하자는 건데? 좀 구체적으로?"

"첨엔 스스로 반성하고 쇄신하자는 취지였는데, 차츰 범위가 넓어지고 강도도 높아져 간다는 겁니다. 간부회의에 무보직 평교사 대표를 참석시키라는 것도 있고, 학년부장은 담임회의에서 자체 선임하도록 해야 한다는 얘기, 학교 재정 상황을 공개하라는 얘기까지 복잡해요."

"상당히 파격적이군요. 일리는 있지만 기성세력과의 갈등은 있겠는데요?"

"그 친구들은 출산을 위한 아픔은 각오하고 있다는 얘깁니다. 그런데 그 친구가 김 선생님과 제가 같은 학교에 있다는 걸 알고는 김 선생님의 공감을 얻어 보라고 합니다. 그냥 감출 수만은 없어서 오늘 이렇게 선배님 뵙자고 한 것입니다."

"취지는 좋아 보입니다만 그렇게 쉽게 예스 할 수는 없는 일이죠. 뭘 알아야 예스고 노오고 할 것 아니겠어요. 그 조 선생님이 날 기억해준

건 고맙다더라고 인사 전해 주세요."

여름방학이 가까워 올 때쯤, 그 교육 새물결 운동이란 게 서서히 실
체를 수면 위로 드러내고 있었다. 처음에 사립학교 중심으로 일기 시작
한 바람은 실체를 노출시키면서 공립학교로 불어 닥쳤다. 평교사협의회
란 이름으로 조직을 갖추는 듯하더니 금방 교직원노동조합으로 이름을
바꾸었고, 지석의 학교에서도 10여 명이 조합 설립을 선포했다. 이시백
선생님은 지석더러 입장을 밝혀달라고 몇 번을 요청했지만 지석은 입장
을 유보하고 있었다. 거부하면 비겁자로 낙인찍힐 것 같고, 그렇다고 선
불리 동참한다면 그 뒤에 따라올 만만찮을 후폭풍을 감당하지 못할 것
같았다.

지석이 재직 중인 학교는 대표적인 공립 고등학교로 그 역사가 깊었
다. 교정엔 아름드리 정원수들이 숲을 이루고 있었고, 학교 뒷산으로
이어지는 으름에는 청운정(靑雲庭)이란 이름의 조그만 정원이 조성되어
있어서 교직원과 학생들의 사랑을 받고 있었다. 붉은 잉어가 연못에서
한가로이 노니는 모습도 볼 만했고, 몇 군데 벤치가 놓여있어서 쉬면서
환담을 하기에 좋은 장소였다. 이시백 선생님은 자주 지석을 그리로 불
러내었다. 전입 온 지 겨우 몇 달밖에 안 된 이 선생님이 너무 적극적으
로 앞장서는 것이 지석은 불안했다. 그런데 이 선생님의 생각은 이미 굳
어 있었다.

"주사위는 이미 던져졌습니다. 우리의 앞날을 책임질 학생들을 이런
교육 환경 속에 방치하는 것은 직무유깁니다. 선배님이 합세해 주신다

면 우리 후배들에겐 천군만마와 같습니다."

"글쎄요. 난 아직도 모든 게 안개 속 풍경 같아요. 과연 그게 옳은 길인지, 불투명의 위험을 무릅쓸 만치 중요한 일인지 판단이 서질 않아요."

"형님도 잘 아시잖습니까? 교육풍토를 이대로 방치하는 건 교사들의 교육의무를 포기하는 겁니다. 인습의 노예가 되어 아무 생각 없이 굴러가는 학교, 권위주의와 편의주의의 폭력성에 교사들의 자유분방한 생각들은 짓밟힌 휴지조각 신세 아닙니까? 당장 얼마 전에 김 선생님 반 아이 드라이버에 찔린 사고만 해도 그렇지요. 그 뒤처리를 보세요. 그게 상식적으로 용납이 됩니까? 가해자와 피해자를 똑같이 처벌하다니요. 이런 풍토에서 창의적이고 역동적이고 책임감 가진 젊은이들을 길러내겠습니까? 기성세대에서 배워 익힌 이기주의자, 기회주의자들만 양산하겠지요."

중간고사가 진행되던 5월 중순의 어느 날이었다. 지석이 감독을 마치고 답안카드를 모아 쥐고 교무실로 돌아오는데, 교무실 출입문 앞에 한 아이가 쓰러져 있었다. 그 아이는 가슴을 끌어안고는 소리도 못 지르고 절박한 눈빛으로 지석을 쳐다보았는데 자기반의 창식이가 아닌가? 옆에 둘러서서 웅성거리던 아이들이 그랬다. 옆 반의 아이가 전에 다툰 일에 앙심을 품고 드라이버로 등을 찔렀다는 것이었다. 마침 시험 감독을 위해 2학년 교무실에 와 있던 이시백 선생님의 도움을 받아 학교 지정병원으로 달려갔다. 엑스선 촬영을 해본 의사가 그랬다.

"기흉입니다. 빨리 대학병원으로 가 보세요."

드라이버가 등을 뚫고 들어가서 허파를 찔렀다는 것이다.

의사는 물이 뚝뚝 듣는 흉부엑스선 촬영 필름을 지석의 손에 쥐어주었다. 이 선생님은 아이를 업고, 지석은 필름을 양손으로 펴들고 경북대병원 응급실로 달려 들어갔다. 기흉, 기흉, 기흉. 지석은 계속 소리를 지르며 필름을 의사 손에 넘겼다. 응급 수술을 위해서 보호자의 동의가 필요했지만, 그 아이 집에선 아무도 전화를 받지 않았다.

"제가 모든 책임을 지겠습니다. 아이부터 살려 주세요."

보호자 서명 난에 지석이 서명을 하고, 지석이 지켜보는 가운데 수술이 이루어졌다. 금방 숨넘어가는 아이를 살리는 수술은 걱정했던 것보다는 간단했다. 갈비뼈 사이를 메스로 가르고는 가늘고 하얀 호스를 꽂아서 다른 한쪽 끝은 물이 담긴 비커에 담갔다. 공기방울이 뽀로록 올라오면서 숨도 못 쉬고 사색이 되어있던 아이의 얼굴색이 금방 돌아오는 게 아닌가? 아아, 의술이란 게 이런 거로구나. 하느님. 이 아이를 살려주셔서 감사합니다. 지석은 끊임없이 감사의 기도를 되뇌었다. 뚫린 곳으로 새어 나온 공기가 허파와 횡격막 사이에 차면서 허파를 압박해서 호흡을 곤란하게 한 것이라면서, 시간을 더 지체했더라면 목숨이 위험했을 수도 있었다고, 수술이 끝난 뒤에야 의사가 설명을 해 주었다.

아이는 아직 병원에 입원 중인데, 학교에서는 징계위원회회가 열렸다. 가해자와 피해자에게 똑같이 정학 1주일의 벌이 내렸다. 어떻게 가해자와 피해자가 같은 벌을 받느냐고 교장에게 이의를 제기했던 지석은 오히려 생활지도에 소홀한 담임 탓에 이런 큰 사고가 일어났다고, 담임도 징계를 받아야 할 사안이라고 호통을 치는 바람에 아무 말도 못하고 교장실을 나왔다.

"이 선생님. 오늘날 교육에 여러 가지 문제가 있다는 건 나도 인정합니다. 그러나 깊은 반성의 토대 위에서 긴 안목을 가지고 점진적으로 고쳐나가야 하는 것 아닐까요? 눈앞의 매화 가지를 꺾어 치워야 멀리 노을 진 서산이 보인다고 합니다."

"선배님. 그건 제가 선배님께 드려야 할 말입니다. 선배님이야말로 눈앞의 매화꽃에 시선을 빼앗겨서 먼 산 저녁놀을 못 보시는 것 아닙니까?"

"중도적인 입장에서 양측의 의견 조율에도 이바지하고 서로 소통하는 창구 역할을 하는 사람도 필요할 것입니다. 선생님들의 뜻은 이해합니다. 그러나 그 뜻이 행동으로 표출되었을 때 어떤 예기치 못한 불상사가 생길지 아무도 모릅니다. 일단 나는 밖에서 도울 일 있으면 도와 드리죠."

"결국 박쥐의 길을 선택하시는 겁니까? 선생님의 뜻이 꼭 그렇다면 어떻게 하겠습니까?"

박쥐의 길이라? 그건 이 선생님이 지석에게 할 수 있는 말은 아니었다. 근래 그 평교협이나 노조에 참여하면서 말씨도 이렇게 달라진 것인가?

지석이 이 선생님의 노조운동에 동참하지 못하는 것은 첫째는 그 뒤에 불어 닥칠 후폭풍에 대한 불안감이 중요 이유였다. 그러나 그것만은 아니었다. 교육 새물결 운동. 하나의 동아리운동으로만 여겼던 이 바람이 이렇게 빨리 거센 폭풍으로 발달한 것은 아무래도 그 배후에 보이지 않는 큰손이 움직이고 있을 것이란 생각 때문이었다. 그 손의 주인이 정의의 여신이라면 다행이지만, 정의의 가면을 쓴 도깨비라면 그걸 누가 판단할 수 있으랴. 그들이 짊어져야 할 책임, 부닥치게 될 불이익을 감수할 용기를 가졌다면, 자신은 박쥐, 혹은 배신자의 불명예를 뒤집어쓸 용기가 있어야 했다.

그들은 휴게실 입구에 '교육 개혁. 우리의 사명'이란 현수막을 내걸고 철야농성에 들어갔다. '교육당국은 각성하라'던 구호는 '교육감은 물러가라'로 바뀌더니, 드디어 '비교육적 학교행정에 책임지고, 교장은 물러가라'로 변질되어 갔다. 동참하지 못한 교사들은 난감한 입장이 됐다. 동료 교사들을 비난할 수도 없고, 그렇다고 동조할 수도 없었다. 퇴근시간에 잠시 얼굴을 내밀어 체면치레를 할 뿐. 그런데 거기에서 낯선 얼굴들이 보이곤 했다. 그들은 누구며, 왜 여기에 와 있는지 물론 알 수가 없었다. 지석은 농성장에서 중심인물로 부각되어가는 이시백 선생이 걱정이 되었다. 그러나 기껏 그에게 할 수 있는 인사는 '조심해요. 밥 챙겨 잡숫고.' 정도였을 뿐. 지석이 퇴근길에 인사라도 하고 가려고 농성장으로 이시백 선생님을 찾아갔을 때, 이 선생님은 앞에 서서 선언문을 낭독하고 있었고, 출입문 쪽에 서 있던 선생님이 인쇄물을 두 장 주었다. 글씨체로 보아 타자기로 친 것을 복사한 모양이었다. 그냥 나와 버릴 수도 없어서 뒤쪽에 엉거주춤 서서는 받은 쪽지를 읽어보았다.

앞엣것은 '결성선언문'이란 제목이 붙어있다.

민족의 교사로서의 성업을 위임받은 우리 대구의 1만5천 교직원은 오늘 역사적인 전국 교직원노동조합 대구직할시지부의 결성을 엄숙하게 선언한다. 오늘의 이 쾌거는 학생, 학부모와 함께 우리 교직원이 교육의 주체로서 우뚝서겠다는 뜻 깊은 선언이며, 민족, 민주, 인간화 교육의 실천을 위한 참교육 운동을 더욱 뜨겁게 펼쳐나가겠다는 굳은 의지의 표방이다.

그동안 우리의 교육은 너무나 엄청나게 왜곡되어 왔다. 교육의 자주성, 정치적 중립성은 전혀 보장받지 못했으며, 교사의 전문성 또한 인정되지 못했다. 교사들은 정치권력의 홍보자가 되어 교실에서 온갖 부당한 정권 논리를 선전해 주어야 했고, 옳고 그른 것을 판별할 수 있는 능력을 학생에게 길러주지 못했다. 가혹한 입시경쟁 속으로 아이들을 내몰아 길 잃은 어린 양처럼 벌판을 헤매게 했고, 자기 자녀의 출세를 원할 뿐인 학부모의 편협한 가족 이기주의에 휩쓸려 교육의 참 뜻 왜곡을 방관하기도 했다.

그러나 이제는 너무나도 그 폐해가 극심해 졌다. 더 이상 내버려 둘 수는 없으리만치 상황은 심각해 졌다. 해마다 수십 명의 아이가 꽃다운 목숨을 버리고 있고, 교육자로서의 권위는 이제 땅에 떨어졌으며, 교육 주체로서의 위상은 전혀 찾지 못한 학부모들은 교육비 부담의 역할만을 강요받고 있다. 교육은 정치권력의 시녀가 되어 그 이용물의 꼴로 전락했으며, 학교 현장 어디에고 참교육의 싹은 돋기도 전에 짓밟히고 있는 것이다.

이에, 우리의 교직원노동조합은 민주시민으로 자라야 할 학생들에게 교사 스스로가 민주주의 실천의 본을 보여줄 수 있는 최선의 교실임이 분명하다. 파탄지경에 이른 오늘의 교육현장을 비옥한 텃밭으로 세워낼 수 있는 유일한 방도임이 분명하다. 교육민주화운동의 구체적 실천이 곧 교직원노동조합에 있음을 우리는 분명하게 깨닫는 것이다. 이 사회의 민주화가 교육의 민주화에서 비롯됨을 누구보다 분명히 아는 우리 교직원은 반민주적 현 교육제도와 학생, 교사의 참삶을 파괴하는 교육현실을 그대로 둔 채로는 더 이상 민주주의를 가르칠 수 없고, 더이상 민주주의를 말할 수 없는 까닭에 전국 교직원노동조합을 결성하였고, 오늘 또 그 대구직할시 지부를 이루어내는 것이다.

그러므로 결코 우리는 교육민주화 운동을 탄압하려는 현 정권의 억누름을 두려워하지 않는다. 우리는 다만 우리를 따르는 제자들의 해맑은 웃음과 초롱초롱한 눈빛만이 두려울 뿐이다. 민족과 역사의 미래가 우리를 어떻게 평가해 줄 것인가, 그것만이 두려울 뿐인 것이다.

자, 동지들이여. 함께 일어선 동지들이여. 사랑스런 제자들을 위해 굳게 뭉쳐 싸워나가자. 교육민주화의 그날까지. 참교육 실현의 그날이 올 때까지.

뒤엣것은 '결의문'이다.

전국 교직원노동조합이 마침내 지난달 28일, 연세대학교에서 결성되었다. 30년이란 엄청난 긴 세월 만에 드디어 우리 교사들의 자주적인 단체가 큰 빛을 발하여 세상에 떠오른 것이었다. 이 땅의 대부분의 교사들이 직, 간접적으로 참여하고 성원하는 가운데서 전국 교직원노동조합은 그 역사적인 깃발을 하늘 드높이 휘날렸던 것이다.

그러나 전국 교직원노동조합 결성대회가 이루어진 연세대학교는 원래의 예정 장소가 아니었다. 집회신고서가 법적 절차에 따라 하자 없이 접수되었음에도 불구하고 경찰은 한양대학교를 불법적으로 에워 막았고, 또 교사들에 대한 불법연

행을 서슴지 않았던 것이다. 백골단은 한양대에 들어가 교사, 학생들을 무차별 폭력 진압하였으며, 오히려 교장, 장학사들이 더더욱 폭력행사에 있어 극심하여 경찰이 말릴 지경이었다니, 세상은 말 그대로 무법천지가 아니고 무엇이랴!

28일 전국대회를 막으려는 기도는 대구에서도 엄청나게 자행되었다. 모든 학교 안에는 형사들이 우글거렸고, 그들의 학내 진입을 막아야할 교장들은 오히려 그분(?)들과 더불어 찻잔을 기울이며 교사 납치계획을 세우댔다. 교사의 이력서를 경찰에 넘겨주어 잡히는데 크나큰 공을 세우기도 하고, 동대구역 등지에서 형사와 더불어 서서 교사들의 출입을 막기도 하였다. 자칭 학부모라는 여자를 동원하여 교사의 가정에 협박전화를 일삼게 한 경우도 있었으며, 동네 아줌마들을 동원하여 교내에서 교사 규탄대회를 자행한 학교장도 있었다. 일요일인 28일에는 교사의 가정에 전화를 걸어 인권유린적 감시를 일삼는가 하면, 가지도 않은 서울엘 간 양 허위기재하여 출장비를 10만 원 가까이나 착복한 경우도 있었다. 게다가 현 정권은 교직원노동조합의 지도부 교사들을 구속하겠다고 공표하였고, 사립학교 교사들에게는 해직 등의 중징계를 강요하고 있다. 심지어는 학부모를 동원한 관제 데모를 통해 교사에게 사표를 강제하는가 하면, 어용 육성회의 이사라는 자가 교사에게 폭행을 가하는 한심한 지경까지도 나타났다.

하지만 우리 교사들은 결코 저들의 비열하고 반인간적인 탄압에 꺾이지 않았다. 감히 전국 40만 교직원 전체에 대한 노골적인 도발이요 모독행위를 저지르는 저들의 몰상식한 작태에도 전혀 흔들리지 않았다. 오히려 교사들은 더더욱 대동단결, 마침내 전국 교직원노동조합을 30년 만에 결성해 냈으며, 오늘 그 대구지부의 결성대회도 맞이하였다. 이에 우리는 다음과 같이 결의하여 우리의 결연한 의지를 만천하에 널리 공표하고자 한다.

1. 우리는 전교조의 합법성을 쟁취하는 그날까지 대동단결 투쟁한다.

1. 우리는 참교육 실현의 그날까지 교육민주화 운동을 적극 전개한다.

1. 우리는 정치적 중립, 교육자로서의 양식을 철저히 준수하며, 민족, 민주, 인 간화 교육의 실천에 전심전력한다.

(이 선언문과 결의문은 사용 목적을 밝히고 전교조 조합원 선생님으로부터 받은 것임.)

지석은 선언문과 결의문을 읽느라고 이시백 선생님이 낭독을 끝내고 자기 앞에 온 것도 모르고 있었다.

"읽어보시니 어떻습니까? 좀 공감이 되십니까?"

"아, 네. 어느 부분은. 그나저나 신중하고 조심하십시오. 안팎의 분위 기가 좋지 않아요. 오늘도 밤새는 겁니까?"

"상황 봐서요. 안 되면 저 구석에서 눈 좀 붙이지요."

지석이 이시백 선생님과 인연을 맺은 것이 대학 3학년 때이니 벌써 10년의 세월이 흘렀다. 캠퍼스를 누비며 섬세한 감성으로 문학을 공부하던 복현사랑방 시절부터 둘은 친했고 좋아했고 공감했다. 특히 이 선생님이 이 학교로 전근 온 이후는 겨우 한 학기 정도의 짧은 시간이지만 둘은 깊이 교유했고 소통했다. 이 선생님이 어린 시절 온갖 고생하면서 그 역경을 이기고 살아온 과정에 지석은 깊은 연민을 갖고 있었다. 특히 국제시장 철물 골목에서 기름때 전 작업복을 입고 매운 연탄가스 마시면서 베어링 닦을 때, 교복 입고 책가방 든 아이들을 보면 눈물이 저절로 흐르더란 얘기는 지석의 마음을 아프게 했다. 지석이 살아온 길도

그와 별반 다르지 않았다는 데서 오는 일종의 일체감, 혹은 동병상련의
감정이었을까?

　행화촌 구석 자리에 혼자 소주잔을 붙들고 앉아서 아무리 머리를 굴
려보아도 해결책은 보이지 않았고, 지석 자신의 처신에 대해서도 대답
을 발견할 수 없었다. 한 번쯤 문제를 제기해 주는 것은 의미 있는 일일
수도 있다. 그러나 그들의 주장이 순조롭게 받아들여지기는 기대하기
어려울 것이다. 제발 사람은 다치지 말아야 할 것인데.

항구의 불빛

2월 말의 어느 날, 시백은 부산행 완행열차의 창가에 앉아있었다. 고향 성주의 가야산 기슭은 아직 겨울의 남은 추위로 쌀쌀한데, 남행열차의 창가에서 내어다 본 낙동강엔 따스한 봄볕이 내리고 있었다. 강물은 흐르는 것인지 고여 있는 것인지 미동도 않고, 마른 갈대숲 위로 포르르 나는 물새가 한두 마리 보일 뿐, 강은 고요에 겨워 있었다.

"손톱 밑에 흙 안 넣고 살려거든 내려가거라. 내 아는 분 친구 가게라는데, 주인도 호인이고 부자란다."

아버지는 시백을 외면하고 바람벽만 바라보시면서 조용한 목소리로, 그러나 단호한 어조로 이렇게 말씀하셨다. 시백은 눈물이 왈칵 쏟아지려는 걸 참으면서 '예'하고 대답했으나 목소리는 입 밖으로 나오지도 못하고 입 안에서 사라졌다.

시백의 집. 재산이라고는 낡은 초가집 한 채와 천수답 두 마지기, 그리고 산기슭을 일구어 만든 밭 한 뙈기가 전부였다. 전면장학생이란 특혜로 중학교를 졸업했으나 언감생심, 고등학교 진학은 엄두도 못 내었다. 농사짓고 평생을 살 수도 있지만 농토가 있어야 농사를 짓지. 졸업을 전후하여 집 안에는 무거운 침묵만 가득했다. 그러던 차에 부산에 사는 아버지 친구한테서, 자기 친구가 국제시장에서 베어링 상회를 크게 하고 있는데, 점원 한 사람이 필요하다는 소식을 아버지한테 전해

온 것이다.

시백은 아버지께 큰절을 올리고 방문을 나섰다.

"먹고 사는 데는 장사가 제일이다. 열심히 배워라."

아버지는 방문을 나서는 시백의 등 뒤에다 앉은 채로 이 말씀 한마디를 인사로 던지셨다. 사립문까지 따라 나오신 어머니는 기어이 눈물을 훔치고는 치마 밑에 넣었던 손을 꺼내어 지전 몇 장을 시백의 주머니에 넣어주셨다. 시백은 고향마을 웃터가 보이지 않는 모퉁이를 돌아나올 때까지 뒤를 돌아보지 않았다. 태어나서 지금까지 살아온 고향 마을. 타향살이 떠나면서 눈물을 보이고 싶지 않았다.

베어링 가게는 국제시장 6공구 철물 골목에 있었고, 시백이 숙식을 하게 될 주인집은 보수동 언덕배기 산복도로 근처에 있었다. 사장은 얼굴이 검고 몸집이 컸고, 안주인 아줌마는 자그마한 키에 잔잔한 웃음을 머금은 얼굴이 심성이 착하고 친절할 것 같은 인상이어서 다행스럽게 느꼈다. 중학교 1학년짜리 아들이 하나 있었는데, 개구쟁이처럼 분답고 말수가 많았고, 시백을 보고 선생님, 선생님 하면서 친밀감을 보였다. 시백을 이 집에 소개한 아버지 친구는 시백이 공부를 잘하는 장학생이니 이 집 아들 가정교사 역할까지 할 수 있을 것이라고 했다고 했고, 이 집 아들 채균이는 자기도 가정교사 있다고 친구들에게 자랑할 거라면서 좋아했다.

저녁 식사자리에서 '우리 채균이 선생님. 한 가족이라고 생각해요.'하는 아주머니의 인사를 들으니 어수선하고 불안하던 마음이 한결 편안해 졌다.

집은 돗자리만한 마당이 딸린 2층집이었는데, 2층 다락방이 시백의 잠자리였다. 산골 촌놈 시백은 대도시 부산에서의 첫 밤을 지내기 위해 다락방에 이불을 펴고 엎드렸다. 어둠이 내린 항구도시 부산. 밤이라고는 해도 담장 밖의 가로등 불빛이 들어와서 고향마을처럼 완전히 캄캄한 게 아니었다. 창문을 통해 내다보니 멀리 항구는 어두웠으나 빠안한 불빛이 몇 개 보였다. 이제 저 불빛을 벗 삼아서 이곳 항구의 생활을 해야 하는 것이로구나.

일찍 자야지. 내일은 아침 일찍 가게로 나가야 한다는데. 눈을 감으니 부모님의 얼굴과 중학교 진학도 못 해서 좌절하고 있는 동생의 모습이 떠오른다. 암담하고 불안한 앞 날. 저 어둠 속 항구의 불빛은 내가 갈 길을 밝힐 희망의 등대일까? 아니면 도달할 수 없는 먼 곳의 꿈일 뿐인가?

부흥기공사(富興機工社). 한자로 세로쓰기를 한 나무 간판이 걸린 가게는 국제시장 6공구 철물 골목 깊숙한 곳에 있었다. 기름때가 반질반질한 좁은 공간의 벽에 둘러선 진열대에는 시백이 처음 보는 여러 가지 모양의 베어링들이 진열되어 있었고, 작업복 차림의 청년 한 사람이 작은 화덕에 연탄불을 피우고 있었다. 주인(모두 그를 사장님이라고 불렀는데)은 시백을 새로 온 점원이라고 소개를 했고, 시백에게는 같이 일할 형이라고, 서로 도와서 열심히 하라고 그 청년에게 첫인사를 시켰다.

시백이 출근 첫날 그 가게의 형이 피우던 화덕의 연탄불은 다음날부터 시백의 담당으로 바뀌었다. 시백은 보수동 집에서 아침을 먹으면 긴 계단을 내려와서 고서점이 여럿 늘어선 골목을 지나 국제시장 가게로 왔고, 자기 키의 두 배나 되어 보이는 덧문을 안아 열어야 했다. 덧문은 판자로 짠 위에다 양철을 덮어씌워 만든 것이어서 그 무게가 엄청났다. 연탄 두 장이 아래위로 들어가게 만든 화덕은 아침마다 매운 연기로 시백의 눈물을 짜내었다.

시백의 국제시장 베어링 상회 점원 생활은 이렇게 시작이 됐다. 가야 산 기슭 웃터 촌놈 시백에게 대한민국에서 손꼽는 큰 시장인 국제시장 철물 골목 생활은 그리 호락호락한 것이 아니었다. 베어링이란 회전축대 에 끼워서 구슬을 이용하여 마찰을 극소화시키는 기계 부품인데, 고향 에서 탈곡기 수리할 때 한두 번 본적은 있었지만 이렇게 그 모양도 가지 가지, 크기도 가지가지인 줄은 몰랐다. 더욱 시백이 신기하게 생각한 것 은 베어링마다 번호가 찍혀있는데, 그 번호만 보면 바깥지름, 안지름, 두께, 모양을 알 수 있다는 것이었다. 가게 형은 시백보다는 네댓 살 위 로 보이는 청년이었는데, 몇 년이나 일했는지, 전화로 주문 온 베어링을 그 번호만 듣고도 알아내는 것이었다.

"이 군도 공부 열심히 해서 이런 것 빨리 알아야 장사한다."

"잘 좀 가르쳐주십시오. 열심히 할게요."

시백은 끝까지 버티어야 한다고, 중도에서 포기하면 죽도 밥도 안 된 다고 다짐을 하시던 아버지 말씀을 생각하면서, 어려움이 있어도 내색 하지 않고 나름대로 열심히 배웠다. 고객은 별로 많지 않았고, 따라서 가게의 수입도 신통찮았다. 선배 형도 장사에 열성이 별로 없었고, 가만 히 보니 돈이 될 만한 것은 주인 몰래 자기 개인 장사를 하기도 했다. 사장님은 아침에 잠시 가게에 들렀다가는 어디를 가는지 종일 보이지 않다가 저녁에 문 닫을 시간쯤 나타나서는 간이금고 속의 돈만 주머니에 쓸어 넣고 '문 닫아라' 한마디를 던지고는 사라졌다. 사장님도 가게를 비우는 낮 시간에 어디서 사업 일을 하는 건 아닌 것 같았다. 가끔 옆 가게 주인과 나누는 얘기를 들어보면 유흥업소를 전전하는 모양이었다. 상황이 이러니 아무것도 모르는 어린 촌놈 혼자서 안간힘을 써 보아야 아무 소용도 없는 노릇이었다.

엿장수나 고물상 아저씨들이 가져오는 중고 베어링은 사포질을 꼼꼼히 해서 기름칠하고 다시 비닐로 포장을 해서는 신품으로 속여 팔기도 했다. 그러나 고객의 대부분이 경력이 많은 공장 기술자였으므로 잘 속아주지를 않았다. 나중에 안 일이지만 중고품을 신품으로 속아 사는 사람도 정작은 속는 게 아니고 속는 척할 뿐이라는 것이었다. 회사에서는 신품 살 돈을 받아와서는 중고품을 싸게 사고는 남는 돈은 자기 주머니에 넣는다는 것이었다. 물론 영수증은 신품 가격으로 받아가고, 회사엔 그렇게 신고를 하는 수법이었다. 그런데 이렇게 뻐언히 알면서도 속고 속이는 사실을 눈치채고 나니 시백 자신도 이제 도시 사람 되어가고 있다는 느낌이 들었다.

점심식사는 가게 근처의 식당에서 했다. 식사비는 월말에 가게에서 정산하기 때문에 적절한 시간에 가서 먹기만 하면 되었다. 고향에서 먹던 밥과는 비교가 안 되는 맛있는 식사였다. 구운 생선 한 토막을 곁들여 하얀 쌀밥을 구운 김에다 싸서 먹는 그 달고도 고소한 맛이라니. 지석은 식사 때마다 거친 밥에 나물뿐인 고향집 식사를 생각하면 마음이 아팠다. 언제 고향 갈 기회가 생긴다면 이 고소한 김을 잔뜩 사가지고 가야지. 그런 생각을 열 번도 더 했다.

시간이 지나면서 일은 조금씩 손에 익어갔다. 그러나 일에 대한 의무감은 있어도 마음속으로 느끼는 즐거움은 없었다. 특히 검은 교복에 교모를 쓰고 책가방을 든 학생이 골목을 지나가는 걸 보면 기름때 전 자신의 작업복과 비교해 보면서, 저 아래 밑바닥으로 가라앉아 있던 공부에 대한 아쉬움이 막대기로 물속의 앙금을 휘저어놓은 듯이 마음을 어지럽혔다. 오르지 못할 나무는 쳐다보지도 말아야 한다. 시백이 고등학교 진학에 대해서 부모님께 말씀을 드리지 못하고 끙끙대고 있었을 때, 이를 알아차리신 아버지가 선수쳐서 하셨던 말씀. 정말로 내겐 고등학교가 오르지 못할 나무인가? 시백은 몇 번이나 자신에게 물어보았지만 돌아오는 대답은 없었다. 그렇지. 오르지 못할 나무는 쳐다보아야 마음만 아플 뿐. 일찍 단념하고 현실에 만족하는 것이 지혜로운 판단이지. 그렇게 다짐한 것이 여러 번이었으나 출퇴근길에 학생들을 만나게 되면 아물던 상처가 덧나듯이 공부를 하고 싶다는 마음이 끓어올라서 정신이 어지러웠다. 특히 시백의 주인집 바로 아래의 적산집에 사는 자기 또래의 여고생, 감색 교복에 하얀 칼라가 받치고 있는 예쁜 얼굴을 볼 때는 더욱 공부에 대한 소망이 간절하게 타올랐다. 출퇴근 길 그 집 대문 앞에서 몇 번 마주친 일이 있었는데, 가슴에는 이 도시 최고 명문 여고로 꼽히는 학교의 교표가 앙증스럽게 붙어 있었다. 그 여학생의 어머니와 이집 안주인 아주머니는 친구 사이였다. 둘이서 아이들 얘기를 하는 걸 들은 적이 있는데, 그 여학생은 학교에서도 모범생일 뿐 아니라 성당의 고등부 대표로 신앙생활에서도 모범이라고 했다. 시백이 고등학교 진학이 좌절되자 고향 중학교 한 해 후배인 영옥이가 '오빠. 전혀 길이 없을까?' 하면서 눈물을 글썽이던 모습이 눈에 선하다. 앞집 여고생 얼굴과 영옥의 얼굴이 오버랩 되면서, 공부를 계속해야 되겠다는 의지가 초봄 양지녘에 새싹 돋듯 뾰족뾰족 돋아 올랐다.

'그렇다. 공부를 하자. 내가 인간답게 살 수 있는 길은 공부를 해야 찾을 수 있다.' 시백의 마음 깊은 곳에서는 이런 결심이 마치 모래가 쌓여서 다져지면 돌이 되듯이 그렇게 굳어가고 있었다.

시백이 출퇴근 시간에 통과하는 보수동 골목에는 헌책방이 몇 개 있었다. 아침 저녁 하루 두 번씩 그 길을 통과하지만 서점 안엘 들어가 보지는 않았다. 국제시장 철물 골목 베어링 가게 점원인 자신에게 책은 인연이 닿지 않는 딴 세상의 얘기라고 생각했다. 그런데 공부를 해야겠다는 생각이 머리를 들면서 책방에 대한 관심이 높아갔다. 그래. 구경이라도 한번 하자. 주인집에선 잠재워주고 밥 먹여주는 것이 전부. 별도의 보수는 없었다. 그래도 고향 떠날 때 어머니가 주머니에 넣어주신 얼마의 지전은 그대로 있었다. 고향에서는 볼 수 없었던 큰 규모의 책방. 거기엔 온갖 책들이 많고도 많았다. 고향 중학교 도서실의 몇 배는 되지 싶었다. 책 구경을 하다가 낯익은 표지의 책을 하나 발견했다. 『고독한 산보자의 꿈』. 장 자끄 룻소의 명상록이다. 고향 중학교 도서실에도 이 책이 있었다. 하드 카바의 표지는 청남색 천으로 싸여 있어서 귀태가 느껴졌고, 은빛으로 쓰인 제목 또한 마음을 끌어당기는 힘이 있었다. 학교 도서실에서 이 책을 빌려선 집으로 오는 고갯마루에 앉아서 가야산 너머로 해가 질 때까지 읽곤 했었지. 내용은 어려워서 중학생이 읽기엔 부담이 됐지만, 잘 알지도 못하는 내용을 영옥에게 얘기해 주었을 때 영옥이 좋아하던 얼굴이 눈앞에 있는 듯하다. 이번엔 좀 더 잘 이해를 하고, 영옥에게 편지라도 쓸까? 시백이 책값을 치르고 돌아서 나오는데, 책방 입구에 붙은 흑백의 작은 광고지 하나가 시선을 잡아끌었다. 〈독학의 길. 뜻이 있는 곳에 길이 있다.〉 그것은 서울강의록 안내문이었다. 자세히 보니 서울강의록 사무실은 베어링 가게에서 그리 멀지 않은 대청동에 있었다.

다음날, 시백은 가게 형이 눈치채지 못하게 점심시간을 이용해서 그 사무실을 찾아갔고, 주머니 속의 돈을 모두 떨어서 회원 등록을 했다. 서울강의록 책 한 권과 '서울고'라고 한글로 쓰인 배지도 하나 받았다. 옷 속에다 책을 숨겨서 가게로 돌아오는데 정말로 고등학생이 된 듯 기분은 하늘로 치달았다. 책은 헌 신문지로 싸서 베어링 진열대 뒤에다 숨겨 놓았다. 틈이 나면 한 번씩 꺼내어보고, 쉬는 날에는 집에 가져가서 다락방에서 읽을 계산을 했다.

후텁지근한 더위가 언제나 물러가려나 했는데, 어느덧 추석이 지나갔고, 서늘한 바닷바람이 철물점 골목까지 불어왔다. 다른 사람 눈 피해서 읽은 강의록도 제1권을 끝내고 제2권으로 접어들었다. 일요일 아침, 시백은 다락방에서 작은 상을 펴놓고 강의록 공부를 하고 있었다. 혼자 하는 공부가 그리 호락호락할 리가 없었다. 머릿속은 잡념으로 가득했고, 시선은 자꾸 저 멀리 항구로만 향했다. 거기엔 정박해 있는 크고 작은 몇 척의 배가 보였다. 저 배는 어디로 갈까? 현해탄 건너 일본으로 갈까? 아니면 태평양 건너 미국으로 갈까? 사나이 꿈도 마땅히 먼 곳으로 향해야 도리일 것인데, 시백은 자기의 희망이란 게 몽땅 서울강의록 한 권에 얽매여 있다고 생각하니 코끝이 시큰해졌다. 안 되겠다. 용두산 공원 구경이나 가자. 용두산 공원은 국제시장 바로 뒤에 붙어 있었지만 1년이 다 되어가도록 딱 한 번밖에 가보지 못했다. 시백은 강의록을 덮었다.

용두산 공원으로 올라가는 길 초입에 성당이 하나 있었다. 붉은 벽돌로 된 건물 입구 위쪽엔 '천주교 부산교구 주교좌 중앙성당'이란 이름이 돌을새김으로 씌어 있었다. 그 글씨를 읽고 서 있는데 마침 미사가 끝났는지(미사라는 이름은 사실 나중에서야 알았는데) 사람들이 좁은 마당으로 쏟아져 나왔다. 그런데, 아아, 그 가운데 시백의 아랫집 그 여학생이 섞여 있는 게 아닌가?

"성당엔 웬 일로?"

그 여학생은 활짝 웃으면서 시백에게로 달려왔다.

"용두산 공원 구경 가다가……."

시백은 너무나 놀라서 말이 제대로 나오지를 않았다.

"나도 공원 비둘기 돌보는 당번이라 마침 공원에 가는 길입니다. 같이 갑시다."

둘이서는 천천히 공원으로 올라갔다. 시백은 너무 놀랍고 부끄럽고 해서 멀리 항구의 배들만 바라보고 걸었다.

"우리 엄마가 그 집 아주머니한테서 들었다고, 참 착하고 똑똑하고 부지런한 학생이라고 하십디다."

비둘기 먹이를 주고, 주변을 대강 살펴 본 그 여학생은 고등부 회의가 있어서 다시 성당으로 가야 한다면서 손에 쥐고 있던 묵주를 시백의 손에다 쥐여주었다.

"이건 내가 기도할 때 쓰는 묵주랍니다. 선물로 드릴 게 아무것도 없어서."(물론 묵주가 뭔지도 나중에서야 알았다.)

그 묵주는 그날부터 시백의 세 가지 보물의 하나가 되었다. '서울고' 배지와 강의록과 묵주.

베어링 매출은 눈에 띄게 줄었다. 사장은 종일을 바깥에서 무얼 하는지 알 수가 없고, 점원은 사장 몰래 자기 장사에만 신경 쓰고 있으니 서툰 시백 혼자서 가게 운영을 정상적으로 할 수가 없었다. 재고는 거의 없는데 새로 물건은 반입되지 않았다. 장사는 급격히 내리막길을 걷게 되었다. 더구나 국산 신한베어링은 수요자들에게서 품질을 제대로 인정받지 못했고, 인기 있는 건 스웨덴제나 미제인데, 신품은 고사하고 중고품조차 귀했다. 일제 베어링은 더러 신품이 있었으나 값이 비쌌다. 그러다 보니 암암리에 밀수품이 나돌았다.

사필귀정이라고 해야 하나? 물은 갈 곳으로 흐른다고 해야 하나? 드디어 일은 터지고 말았다. 주인은 밀수 혐의로 체포되었고, 가게 형은 그 밀수품을 싼값에 팔아넘기고는 물건값을 자기 주머니에 넣고 잠적해 버렸다.

11월 중순. 시백은 완행열차를 타고 고향으로 향했다. 기름때 묻은 작업복 주머니에는 기차표 한 장과 아랫집 소녀에게서 받은 묵주뿐. 그리고 손에 든 낡은 가방 속에는 몇 권의 서울강의록이 들어있었다. 밤마다 다락방에 엎디어 바라보던 항구의 불빛이 눈앞에 어른거렸다. 부산으로 갈 때 아른아른 봄기운이 돌던 낙동강 변엔 쓸쓸한 가을빛이 짙어가고 있었다.

실망의 눈빛으로 맞아주신 부모님의 시선을 피하며, 몇 달을 동면하는 곰처럼 구석방에 처박혀 이불 쓰고 강의록만 뒤지던 시백은 새해 봄에 고향 읍내에 있는 가야농고에 입학했다.

지석은 공부방 책상에 앉아서 소주잔을 든 채 밖을 내다본다. 코로나 창궐 이후, 칩거생활을 하면서 달라진 습관 하나가 이렇게 혼자서 마시는 술이다. 어둠 속 시가지의 불빛이 어쩐지 주눅든 듯 을씨년스럽다. 망월산(望月山) 공제선 위 어두운 하늘에 초승달이 떠 있다. 망월산. 달을 바라본다는 망월산은 어둠 속에서도 달을 바라보고 있을까? 초승달은 떴는데, 달과 벗해야 할 별은 단 하나도 보이지 않는다. 어릴 적, 별 하나 나 하나를 노래하던 시절은 까마득한 심연 속으로 사라졌다. 별이 없는 하늘도 하늘일까?

지석은 요즘 세상이 마치 별이 사라진 하늘 같다는 생각을 한다. 조금 전 텔레비전이 전해준 소식은 지석의 마음을 더욱 어지럽힌다. 코로나 국내 1호 감염자가 나타난 난 것이 오늘로 만 1년이란다. 뉴스를 전하는 앵커는 마치 무슨 기쁜 기념일이라도 되는 듯이 신이 나 있었지만, 그건 아픔이란 의미일 것이고, 슬픔이란 의미일 터였다. 세계의 감염자는 220개국에서 9천6백만 명을 넘어섰고, 사망자도 2백만 명이 넘는단다. 우리나라도 확진자가 73,500명이고 사망자도 1,300명을 넘었단다. 다만 며칠 동안 1일 확진자 수가 다소 줄었고, 백신접종도 가까이 오고 있다면서 실낱같은 희망을 전한다. 어두운 터널의 끝은 어디인지, 대통령은 그 끝이 보인다고 했다지만 체감할 수는 없는 형편이다. 들쭉날쭉하는 통계 숫자도 믿을 수 없다는 얘기들이 떠돈다. 설마 정치적 통제의 수단으로 숫자를 조작하는 일이야 있을라고? 지난 광복절 대규모 정부 규탄 시위 이후, 정부에서는 그 시위 때문에 갑자기 많은 감염자가 나왔다고, 시위에 참가한 사람들 조사를 하고 어느 교회의 목사를 구속하곤 했는데, 코로나 잠복기가 2주일인데 1주 만에 증상 감염자가 나온 걸 그 시위 때문이라고 할 수 있겠는가 하는 비판의 목소리도 있었다. 만약에 그런 일이 있다면 그건 이미 나라가 아니다. 그런 일은 있을 수 없어. 그렇게 마음을 고쳐먹어도 불안한 심사는 별반 달라지지 않는다.

그저께 있었던 대통령의 연두 기자회견을 두고는 말도 많고 탈도 많다. 북한의 핵 위협에도 대화제의를 하는 건 저자세 구걸일 뿐, 온당치 못하다는 평가도 있고, 입양아 정인이 양부모의 학대로 숨진 사고를 두고 한 이야기. 입양아가 맘에 안 들면 파양을 하든지 입양아를 바꾸는 방법이 있다고 해서 온 나라 입양 가족들의 분노를 샀다. 입양아는 맘에 안 든다고 반품하는 물건이 아니다. 곳곳에서 대통령의 비도덕적 사고를 질타하는 목소리가 높다. 청와대에서는 그런 의미가 아니라고, 입양제도에 대한 검토가 필요하다는 의미였다고 설명을 해도 이미 쏘아 놓은 화살이라 다시 주워 담을 수도 없는 노릇이다. 전에 어느 대통령이 그랬었지. 대통령이 한마디 하고 나면 그때마다 항상 청와대에서 비서진이 해설을 붙여야 하곤 했었지.

코비드19 팬데믹. 이 세상에서 이것보다 더 무서운 말은 없을 거다.

지난 1년을 되돌아보면 그저 섬찟지근하고 소름이 돋을 뿐이다. 단 1년만에 세상의 모습을 확 바꾸어버린 코로나. 새로운 유행어도 많이 만들어냈지. 집에서 먹기만 하고 있으니 살이 많이 쪘다고 하는 '확찐자'. '누우면 죽고 걸으면 산다'는 뜻의 '누죽걸산'에 빗댄 '나죽집산', 나가면 죽고 집에 있어야 산다는 뜻이란다. '뭉치면 죽고 헤어지면 산다'는 말도 있고, '불효자는 옵니다'란 말도 있다. 재치 있는 말들이지만 그냥 웃고 있을 수만은 없다. 기업경영도 마찬가지. 어떤 곳은 파산지경인데 또 다른 어떤 업종은 돈을 많이 벌어서, 여당 대표 입에서 '이익공유제'를 하자는 주장까지 나왔지. 그러니까 또 야당에서는 시장경제를 부정하는 발상이라고 반박.

영업시간 제한은 물론, 5인 이상 사적 모임도 금지라니 친척이라 할지라도 한 자리에서 식사를 한번 할 수가 있나, 친구들끼리 석양주 한 잔을 나눌 수가 있나. 종교시설에서의 대면 예식이 금지되다 보니 성당에서 미사를 못 드린 지도 오래 됐다. 기쁜 성탄절도 유튜브를 통한 간접 미사로 때워야 했고, 성탄 인사도, 신년 인사도 자의 반 타의 반으로 모두 생략했다. 친척집 방문도 죄짓는 것 같아서 할 수 없었고, 심지어는 안부전화조차도 불안하고 죄송스러워서 드릴 수가 없었다. 인간사에 이런 세상이 다 존재하다니.

이런 북새통에 날아든 저 태평양 건너 나라의 이야기. 미국 대통령 선거 결과에 불복하는 전임 대통령이 지지자들을 선동하여 의회엘 난입한 사건. 미국이란 나라는 세계 최강국일 뿐 아니라 가장 민주적이고 대표적인 법치국가라고 알고 있는 우리의 인식에 큰 혼란을 불러왔다.

거기다가 코로나 확진자 수나 사망자 수가 또 세계 1위라니. 온통 세상이 혼란과 혼란의 연속이다.

답답하고 불안하고 고통스럽다. 그러나 우리가 할 수 있는 일은 아무것도 없다. 지석은 이것이 더 답답하고 고통스럽다.

코로나 초기. 대구의 어느 종교단체를 중심으로 감염자 수가 하루에 1천 명에 육박하던 때. 서울 사람들은 '대구 봉쇄'를 외치곤 했는데, 지금 서울은 어떤가? 교통사고였던 세월호 침몰로 300명이 죽고, 그 후유증으로 대통령이 감옥엘 가고 정권이 바뀌었던 일을 생각하면 사망자 1,300명은 천문학적인 숫자다. 이건 누구 책임인가? 세계가 다 그러니 위정자에겐 책임이 없는 것인가? 실질적인 방역엔 구멍이 뚫려 있으면서 K-방역 자랑만 하다가 이 지경이 된 것은 아닌가? 일찍 정부와 의료진이 일체가 되어 방역을 함으로써 가장 효율적인 방역국가로 인정받는 타이완을 보면 아쉬움이 남는다. 그 통에 가버린 이시백 선생. 친구요 후배요 동료라는 관계도 있지만 특히 그는 가톨릭 세례를 받을 때 지석이 그의 대부(代父)가 되지 않았던가. 그 잘 생긴 풍채도 아깝고, 의욕과 용기가 넘치던 교육 활동을 생각하면 비록 퇴임 교사라 하더라도 아깝고 애석하다. 가족들에겐 유언이라도 있었는지. 박 원장의 간단한 전화 한마디로 그의 죽음을 알았을 뿐, 유가족에게 위로의 인사 한마디도 전할 수 없었다. 한 인간의 죽음 소식도 바람처럼 그렇게 스치고 지나가면 그뿐인가?

이시백 선생이 살아온 과정을 보면, 그 시대는 대개가 다 그렇고 그랬지만, 지석 자신과는 너무나도 비슷해서 동병상련(同病相憐)의 애틋함을

늘 가지고 있었다. 이시백 선생이 고향에서 중학교를 마치고 고등학교 진학이 좌절되어 부산 국제시장 베어링 점포에서 기름때에 전 작업복을 입고 헌 베어링에 사포질하고 있었던 때, 그때와 한두 해 차이가 있는지 정확히 판단이 안 되는데, 지석 자신도 고등학교 진학을 위한 아픔을 겪고 있었다.

대구 종로에 있었던 보건약국. 시백은 그곳에서 아르바이트를 하고 있었다. 고향에서 중학교 졸업을 했지만 고등학교 진학은 허락되지 않았다. 농토가 없는 농촌엔 살 길이 없다. 도시에 나가서 어떻게든 수돗물을 먹어라. 그래야 살 길이 보일 것이다. 그게 아버지의 지론이었고, 지석 자신도 별다른 길을 찾을 수 없었으므로 이 보건약국에서 일하게 되었다. 밥 먹여주고 잠재워주는 조건으로 아침에 약국 문 열고, 저녁에 문 닫을 때까지 전화도 받고 잔심부름도 하면서, 도시 수돗물만 먹으면 어디서 살 길이 저절로 찾아올지 확신도 없으면서, 그렇게 하루하루를 보내고 있었다. 가끔은 약 배달을 나가야했지만 자전거 탈 줄을 몰랐다. 그러나 자전거 배울 여가가 있을 리 없었다. 부득이 저녁에 약국 문 닫은 후에 어두운 도로로 자전거를 끌고 나와서 연습을 했다. 도시 아이들은 자전거를 잘도 타더라만 왜 그게 그리 어려운지. 앞에 전신주가 나타나면 저기 부딪히면 안 되는데, 조심해야지 하는 순간에 거기에 가서 꽝 부딪혔다. 한 번은 손잡고 가는 젊은 남녀를 들이받아서 눈에 불이 번쩍 나도록 두들겨 맞기도 했다. 자전거 타기가 조금 진도가 나가자, 자전거 뒤에다가 약을 싣고 배달을 나갔다. 더 이상 자전거 탈 줄 모른다는 말을 주인한테 할 수가 없었던 것이다. 그런데 아니나 다를까.

오토바이하고 충돌해서 반죽음이 되기도 했고, 무거운 크레졸 상자를 싣고 중앙통에 들어섰다가(그때는 중앙통에 자전거 통행이 금지되지 않았을 때다.) 오고가는 그 많은 자동차들 사이에서 어찌할 줄을 몰라 길 가운데서 자전거를 붙들고 대책 없이 서 있기도 했다.

저녁에는 약사가 가게를 지석에게만 맡겨놓고 퇴근해 버리기 때문에 혼자서 가게를 지키는 것은 물론이고 간단한 약을 팔기도 했고, 때로는 약사에게서 배운 대로 감기약 같은 걸 조제하기도 했다. 어떤 아주머니는 약사가 조제해 준 것보다 지석이 지은 약이 효험이 더 좋더라고 하기도 했다. 물론 그런 걸 금하는 약사법이라는 게 있는지도 몰랐다. 한 번은 저녁 늦게 손님이 왔는데, 무슨무슨 약을 청해서 내어놓았는데 또 다른 걸 더 달라고 해서 가지러 간 사이에 그 약들을 가지고 달아나 버린 일도 있었다. 이튿날, 지석은 물론 도둑맞았단 얘기를 할 수가 없었다. 촌놈 엉성하다고 욕먹을 것이 겁이 났고, 어쩌면 일 그만 두고 나가라고 할지도 모른다는 불안감 때문이었다. 약값은 지석 자신의 주머니에 있던 돈으로 때웠다.

어느 날은 아침에 약국 문을 열어놓고 바닥 청소를 하기 위해 약사의 일제 자전거를 바깥에 내어놓고 안으로 들어가서 바케쓰(양동이)에 물을 받아 나왔는데, 그 사이에 자전거가 행방불명이 되어버렸다. 이번에는 주머닛돈으로 해결할 수도 없었다. 아아, 그 절망감이란. 초등학교 다닐 때 뒷산으로 나무를 하러 갔다가 나뭇짐 지고 내려오다가 넘어져서 깔비짐이 다 흩어져버렸을 때의 그 절망감과는 비교도 되지 않는 것이었다.

3월 말경 어느 날이었다. 편지 한 통을 받았다. 그 편지의 발송인은 대구 시내의 D고등학교 교장 선생님이었는데, 고향집까지 갔다가 다시 대구로 지석을 찾아온 것이었다. 학업 관계로 의논하고 싶은 것이 있으니 교장실로 한번 방문해 달라는 내용이었다. 고등학교 교장 선생님이 학업 관계로 방문을 청하시다니? 뭐가 어떻게 된 것인지는 알 수 없으나 나쁜 소식이 아님은 분명했다. 다음날 그 고등학교 교장실에서 교장 선생님을 만났다. 앞머리가 약간 벗어지고 인자한 인상의 교장선생님은 졸업한 중학교에 가서 졸업증명서와 성적증명서를 한 통씩 떼어가지고 오면 A급장학생(학비 전액 면제) 대우로 입학을 허가하겠다고 하셨다. 중학교 3학년이었을 때 담임을 맡으셨던 신 선생님께서 지석이 진학이 좌절된 채 약국에서 아르바이트를 하고 있다는 걸 아시고는 친분이 있는 이곳 D고등학교 교장선생님께 탄원을 하셨다는 것이었다.

이렇게 해서 지석은 예상치 못했던 고등학교 진학의 길이 열렸다. 다른 아이들보다는 꼭 한 달이 늦은 4월 초순의 일이었다. '선생님'이란 이런 사람을 가리키는구나. 나도 나중에 선생님이 되어야지. 그래서 나처럼 어려운 아이들에게 희망을 주는 사람이 되고 싶어. 선생님 감사합니다. 지석은 맘속으로 이렇게 되뇌면서 고등학교 교복을 입고 교모를 썼다. 그러나 문제는 그렇게 쉽게 해결되는 건 아니었다. 낮에 학교엘 가야 하니 약국 일을 할 수가 없었다. 그러니 약국을 그만두고 나가야 하는데 갈 곳이 없었다. 학교 근처에 탁구부 선수들이 합숙할 때 쓰는 조그만 방이 하나 있었고, 학교의 배려로 우선 여기에 책 보따리를 풀었다. 몸을 뉠 수 있는 공간은 생겼는데 밥 해먹을 냄비도, 덮을 이불도,

입을 옷도 없었다. 고향 중학교 동기들이 자취하는 방을 수소문해서 하루 혹은 이틀씩 신세를 지면서 첫 한 학기를 마치고 방학을 맞아 고향으로 돌아갔다.

2학기 개학일이 다가왔다. 친구 자취방으로 가면 된다고 부모님을 속여 두고, 쌀자루 하나, 이불 보따리 하나, 간장병 하나와 책가방을 들고 대구행 버스를 탔다. 버스가 대구에 도착하는 것이 두려웠다. 그러나 두 시간쯤 후에 버스는 서부정류장에 도착했고, 짐을 들고 차에서 내렸으나 갈 곳이 없었다. 정류장 마당에 멍하니 서서 고향 쪽 하늘로 지는 해만 바라보았다.

전국교직원노동조합 출범으로 어수선하던 그 이듬해. 교장이 바뀌었다. 온 지 2년밖에 안 된 교장이 바뀌었다는 건 문책의 의미를 갖고 있는 것이었다. 전교조 출범을 막지 못했다는 것과 대학 진학 성적이 부진하다는 이유라고 교사들은 쑥덕거렸다. 새로 온 최오직 교장은 대구 시내 공립 교사들은 모르는 사람이 없을 정도로 유명한 분이었다. '최고집'이란 별명으로 통하기도 하는 최 교장은 소위 스파르타식 교육의 신봉자였다. 가는 곳마다 깜짝 놀랄 만한 진학 성적을 내놓았다. 재수생 포함이긴 하지만 한 번은 우리나라 최고 명문인 서울대학교에 30명 넘게 합격을 시키기도 한 신화적 인물이었다. 재주는 곰이 부리고 돈은 어느 놈이 먹는다고, 교장이 합격시켰나? 교사들 피땀 값이지. 이런 평가도 있었으나 어쨌든 교장의 지도력 덕분이란 평가가 대세였다.

취임인사부터 '최고집'의 진가를 드러내기 시작했다. 이 역사 깊은 명문 고등학교의 명예를 되살리는 새로운 장을 열어야 하고, 그러기 위해서는 교사의 피와 땀이 있어야 한다고, 모두 고생 좀 할 각오를 하라고 다그쳤다.

3학년 담임 열두 명을 모두 교체했고, 더욱 놀라운 것은 전교조 학교 대표를 하고 있는 이시백 선생님을 3학년 주임으로 임명한 것이었다. 지난해 2학년을 담임했던 지석도 3학년 자연계열 이시백 선생님의 옆 반 담임으로 배정됐다. 이시백 선생님을 학년주임으로 기용한 데 대해서는 몇 가지의 다른 예측이 나왔다. 전교조 결성선언문에서 다짐했던 그 사명감 넘치고 의욕에 찬 교육활동을 기대하기 때문이라는 사람도 있었고, 전교조와의 화해 내지 동행을 위해서 라고도 했고, 아이들의 대학 진학이라는 다급하고 무거운 책임을 지워놓고 전교조 활동을 할 시간적 심리적 여유를 주지 않으려는 의도라는 분석도 있었다.

3층에 따로 마련된 3학년 교무실에서는 개학하자마자 긴장감이 감돌았다. 아침 7시까지 학생은 물론 교사도 전원 출근, 7시 10분에 아침 보충수업이 시작됐다. 3학년 담임은 보충수업이 있건 없건 그 시간에 나와야 했고, 3학년 담임이 아니라도 수업이 든 사람은 두말할 필요가 없다. 교장은 반질반질하게 윤이 나는 탱자나무 막대기를 들고 복도를 훑고 지나간다. 아침 보충수업이 끝나면 학년 교사회가 열리고, 교장은 여기에 참석해서 아침 보충수업 상황에 대한 평가를 한다. 한 달 내로 교장실에 앉아서 전교생의 수업 상황을 볼 수 있는 첨단 시설을 계획하고 있다는 얘기도 했다.

담임교사들은 1교시 수업에 들어가기 10분 전에 자기 담임 교실에 가서 필요한 사전 지도를 해야 한다. 교실 환경정리도 실전에 임하는 분위기를 느낄 수 있게 하라는 지시에 따라, 여러 반에서 '4당5락'이라는 구호를 커다랗게 써서 칠판 위쪽 벽면에다가 붙여놓았다. '네 시간 자면 합격하고 다섯 시간 자면 떨어진다'는 경구다. 물론 교사의 생각에 따라서 여러 가지 다른 아이디어들도 나왔다. 교실 뒷벽에는 조그만 칠판이 두 개 나란히 붙어있었는데, 한쪽엔 영어, 다른 쪽엔 수학 공부 내용을 요약해서 한 주일에 두 번씩 바꾸어 게시하게 했다. 최고집 교장이 다른 학교에서 서울대 30여 명 합격의 빛나는 성적을 거둘 때 창안했다는 소위 '빡빡이 숙제'도 도입되었다. 밤 9시에 야간자습을 마치고 귀가할 때, 8절 갱지를 한 장씩 나누어준다. 그러면 학생들은 거기에다 밤새 공부한 내용을 '빡빡하게' 적어가지고 와야 한다. 그래서 이름이 '빡빡이 숙제'다. 4시간 자고서도 그 숙제를 다 할 수 없을 정도다. 그러면 아이들은 꾀를 부린다. 쓰레기통을 뒤져서 전날 제출된 숙제 종이를 주워온다. 교사는 한 수 위다. 저녁에 숙제 종이를 나누어줄 때, 특정한 위치에 교사의 도장을 찍어 놓는다. 날마다 도장 찍는 위치가 달라짐은 두말할 필요가 없다. 좀 더 여유가 있는 교사는 창의력을 발휘한다. 지우개에다 새긴 도장을 찍어주는데, 그 글씨가 요일에 따라서 바뀐다. 월요일엔 '희망', 화요일엔 '성실', 수요일엔 '용기', 목요일엔 '끈기', 이런 식이다. 그래도 아이들을 믿을 수 없어서 도장 찍는 위치는 날마다 바뀐다. 부지런한 교사는 도장 곁에다가 날짜도장을 함께 찍어서 아이들이 거짓 숙제 제출을 원천봉쇄하기도 한다. 아이들도 살아날 방도를 찾는다. 집에 돌아가면 숙제를 어머니한테 맡기기도 하고, 어떤 경우에는 동생에게 얼마의 용돈을 걸고 하청도 준다. 볼펜을 두세 개씩 묶어서 공간 메꾸기에 최대의 효과를 얻기도 한다. 심지어는 숙제 종이를 사고팔고 하다가 들킨 경우도 있다.

과유불급. 이 빡빡이 숙제는 두 달을 못 채우고 곳곳에서 생채기가 나기 시작했다. 아이들에게서 못 살겠다는 투정이 나온 건 말할 것도 없고, 학모들에게서 의욕은 이해하지만 아이 죽이겠다고 진정이 들어오기도 했다. 그 전에 교사들이 먼저 지쳐서, 잊은 척하고 한 번씩 숙제 종이 나누어주기를 빼먹기도 했고, 반장더러 거두어 오라고 시키고는 검사를 생략해버리기도 했다. 그래도 의욕과 사명감이 강한 몇몇 교사들은 이 방법이 효과가 좋다는 신념을 가지고 꾸준히 실천해 갔다.

5월 중순, 중간고사가 다가올 무렵엔 아이도 어른도 지쳐갔다. 수업 시간에 꾸벅꾸벅 조는 아이들이 눈에 띄게 늘어갔고, 교사 중에서도 식욕이 없어서 밥을 못 먹는다는 사람, 피곤해서 한 시간 수업 때우기가 겁이 난다고 호소하는 사람이 생겨났다. 지석은 자기 담임 교실 칠판 위쪽에 붙여 두었던 '4당5락'의 구호를 떼어버렸다. 처음엔 교장의 창의적 발상이라는 걸 존중해 주고, 다른 선생님과의 균형과 조화를 이루어서 독불장군 소리를 듣지 않아야 한다는 생각에서, 그리고 아이들에게도 결심을 단단히 하라는 의미로 붙여놓았으나 갈수록 그게 올바른 교육이 아니라는 생각이 머리를 어지럽혔다. 아니나 다를까. 그로부터 사흘 후, 6교시 수업을 마치고 나왔더니, 책상 위에 '김지석 선생님. 교장실로 오시랍니다.' 하는 메모지가 놓여 있었다.

교장선생님은 품위 있게 녹차 한 잔을 따라서 지석에게 권했다. 3학년 담임 맡아서 수고 많죠, 하면서 인사도 건네고. 드디어 본론. '4당5락' 구호를 떼어버린 것은 교장의 학교 행정권에 대한 도전이라는 질책이 터져 나왔다. '잘못했습니다. 다시 붙이겠습니다'. 설마 교장이 기다린 대답이 이런 건 아닐 테지. 지석은 아이들이 벌써 지치고, 병이 난 아이도 있다고, 이러다가는 학력고사(처음엔 예비교사, 학력고사를 거쳐 나중엔 대입수능시험으로 변천해 왔다) 때까지 견디지 못할지도 모른다고, 자라는 아이들은 어른들과는 달라서 하루에 최소한 6시간은 수면을 취해야 한다고, 교장 감정 안 상하게 조심하면서 의견을 전달했다. 그러나 교장의 생각은 굳었다. 그런데 어째서 다른 담임들은 아무 말 없느냐고, 김 선생 반엔 허약한 아이들만 모였느냐고 일축했다.

얼굴을 찌푸리고 교무실로 돌아왔더니, 이시백 선생님이 다가왔다. 아까 교장이 와서 지석의 책상 위 꽃병에 꽂힌 꽃을 뽑아서 쓰레기통에다 버렸다는 것이었다. 교사가 학생 지도 이외의 일에 관심을 가지면 교육에 실패한다고, 책상 위에 꽃도 꽂지 말고, 신문도 잡지도 읽지 말고 오직 문제집만 뒤지라고 했단다. 그러고 보니 꽃병의 꽃이 보이지 않는다. 지석이 무슨 꽃꽂이 취미가 있어서가 아니라 그저께 한 학모님이 상담차 오면서 사 온 장미 몇 송이를 꽂아 둔 것이었다. 세상에 이런 일이? 지석은 화도 나지 않았다. 대한민국의 교육이 저 끝없는 나락으로 추락하는 느낌. 그것뿐.

"선배님. 학년 주임 잘못 만나서 고생이 많으십니다."

이시백 선생님은 지석이 교장실로 불려간 것이 자기 책임이라도 되는 듯이 정중하게 인사를 했다.

"무슨 말씀을. 이 선생님이야말로 주임 맡은 죄로 수고가 많으십니다."

"퇴근 시간에 제가 사과 겸 위로주 한 잔 살게요. 같이 나갑시다. 드릴 얘기도 있고."

"고마운 말씀이지만 오늘은 어렵겠어요. 기분도 기분이지만, 그보다 내일이 중간고사 출제 마감일이잖아요? 난 아직 출제를 마무리하지 못했어요. 내일 마무리하고 내일 저녁에 합시다."

최 교장 선생님이 부임하고 바뀐 풍경이 한둘이 아닌데, 시험출제 과정도 그중 하나였다. 전에는 교사 개인이 일일이 스텐실페이퍼를 줄판 위에 놓고 철필로 긁어서 그걸 등사판에다 붙여놓고 잉크 묻힌 롤러를 밀어서 하는 소위 등사인쇄 방식이었다. 이건 상당한 기술이 필요하다. 힘을 많이 주면 원지(스텐실페이퍼)가 찢어져서 못쓰게 되고, 힘이 부족하면 잉크를 통과시키지 못해서 인쇄 불능이 된다. 그런데 몇 년 전부터 원본을 복사를 해서 인쇄하는 마스터인쇄 방식으로 바뀌었다. 확실히 한 걸음 앞선 방식이어서 환영을 받았다. 그런데 문제는 출제지 결재 방식이었다. 전에는 교무부장에게 제출하면 교무부장이 모아서 한꺼번에 결재를 받았는데, 올해부터는 출제 교사가 직접 자기 걸 들고 교장실에 가서 원고 위쪽에 마련된 교장 결재난에다 도장을 받아야 하게 된 것이었다. 출제자의 책임감을 제고하는 효과가 있다고 했으나 교사들의 반응은 시큰둥했다. 교사마다 전공이 다르니, 교장은 내용보다는 주로 글씨를 중심으로 본다는 소문이 먼저 교장실로 결재를 다녀온 사람들에게서 퍼졌다. 지석도 국어과의 특성이랄 수 있는 긴 지문에다가 글씨까지 신경 쓰다 보니 시간이 걸렸고, 마감일을 하루 앞둔 오늘까지 아직 마무리를 못 하고 있는 것이다. 그러니 이시백 선생님을 비롯해서 소위 악필로 소문난 몇몇 선생님들에게는 비상이 걸렸다. 평소에 '천재는 악필'이란 말로 농담을 하던 그들에게 이제는 '천재는 악필일 수 있어도, 악필이 천재는 아니다'라는 말로 위협을 받고 있었다.

다음날, 지석은 큰 탈 없이 출제지 결재를 받는데 성공했고, 야자(야간자습) 당번교사에게 '우리 반 좀 잘 살펴주소' 부탁을 해 두곤 이시백 선생님과 시간을 맞춰서 교무실을 나섰다.

"요즘 왜 이리 안 보여요? 얼굴 잊어먹겠어요."

지석이 이 선생과 함께 '행화촌' 문을 들어서니 주방에 있던 촌장 포항아지매가 반색을 하며 달려 나온다.

"행화촌 살구꽃 다 졌는데 뭐 보러 와요?"

"낙화인들 꽃이 아니랴, 쓸어 무삼하리요."

지석이 농담으로 인사를 대신하자 시백이 곁에서 한마디 응원을 한다.

한 팀이 다녀간 모양으로 아직 술잔과 안주 접시들을 치우지 않은 상이 하나 있을 뿐, 홀은 텅 비어있었다. 신문에서 보니까 요즘 경제 상황이 좋지 않다고들 하더니 이런 대폿집에까지 영향이 있는 것인가?

둘은 구석 자리를 잡고 앉았다. 둘이서 오면 특별한 이유가 없으면서도 이 자리에 앉게 되곤 했다.

"넓은 자리 다 놔두고 하필 구석 자리로 가십니까? 죄지은 사람처럼."

포항댁이 접시와 수저를 들고 오면서 하는 말이다.

"하하, 행화촌 촌장님 눈치 빠르네. 이 선생님이 오늘 죄를 많이 지었대요."

"그게 아니고 김 선생님께서 이 족자를 사랑하신대요."

이시백 선생이 벽에 걸린 족자를 가리킨다. 지석이 이 집 이름을 '포항집'에서 '행화촌'으로 바꾸라고 졸라놓곤 그 당위성을 입증하기라도 하려는 듯이 서예하는 친구한테 부탁하여 이 족자를 갖다 걸어 줬던 것이다. 시도 좋지만 초서의 멋이 살짝 가미된 행서 글씨의 세련미가 돋보인다.

淸明時節雨紛紛

路上行人欲斷魂

借問酒家何處在

牧童遙指杏花村 (杜牧)

청명 시절 어지러운 봄비

길가는 나그네 혼을 끊을 듯.

말 물어보자, 술집이 어디뇨?

목동은 저만치 살구꽃 핀 마을을 가리키네.

"우린 오면 저절로 이 자리로 오게 되네?"

"이런 걸 귀소본능이라고 하나 봐요?"

"맞는 말이지 싶어요. 귀소본능이란 말은 아주 많은 의미를 함축하고 있는 것 같아요. 퇴근하면 저절로 집으로 향하는 것부터 시작해서, 친구 만나면 술집으로 향하는 것도 그렇고, 어지럽고 혼란한 상황을 맞아서도 그래도 옳고 바른 곳으로 찾아가려는 것 또한 귀소본능의 한 가지 아니겠어요?"

"눈 뜨면 학교 가는 것도 그런 것 중 하나겠죠? 하하, 그러고 보니 세상은 모든 걸 귀소본능의 원리로 설명할 수 있겠는데요? 관성의 법칙으로 설명할 수도 있을 것 같고."

"오늘 이 선생님 뉴턴의 만유인력에 버금가는 대 발견을 하셨는데요? 그런 의미에서 축하주 한잔합시다. 사장님. 여기 술 빨리 가져와요."

"형님. 그런데 말요. 내 선생 노릇하고 최대의 사건이 터졌어요. 어제."

소주 한잔을 단숨에 쭉 들이키더니, 이시백 선생은 표정도 목소리도 갑자기 심각해졌다.

"무슨 일인데? 얘기나 좀 해 봐요."

"어제 아침, 1교시가 비어있어서 출제지 결재를 받으러 교장실로 갔어요. 내 과목 사회는 그저께 받았는데, 내가 지원하는 한문 있잖아요?(한문 담당 교사의 시간 수가 너무 많아서 이시백 선생님이 1학년 시간의 얼마를 나누어 맡고 있었다.) 악필인 데다가 한문은 더욱 글씨가 안돼서 늦어진 거죠."

"그래도 나보단 나은데요, 뭘. 나는 마감일 끄트머리에 겨우 해결했는데."

이시백 선생은 조심스럽게 교장실 문을 열고 들어섰다. 서로 말은 안 해도 교장과 교원노조 대표와의 사이라 눈에 안 보이는 약간의 껄끄러움이 있었다. 교장은 한참을 훑어보고 있더니, 학생들 앞에 내어 보일 건데 글씨가 통 정성이 안 들었다면서 오후 5시까지 다시 써서 가지고 오라고 했다. 이시백은 앞이 캄캄했다. 안 오겠다고 할 수는 없는 노릇이었다. '예, 그러겠습니다.' 출제지를 다시 들고 나왔다.

오후 5시. 세월이 흐르는 물과 같다고는 하지만 '오후 5시'가 이렇게 금방 눈앞에 와 있을 줄은 몰랐다. 수업에, 잡무에 허덕거리다 보니 그만 한문 시험 문제지를 다시 쓰지를 못한 것이다. 다른 일 아무것도 없었다고 해도 서툰 솜씨로 한문 문제지를 다시 쓸 수 있었을지는 알 수 없다. 어쩌면 교장도 그걸 알고 있었을 것이다. 그렇다면? 전교조 교사 길들이기? 그런 생각이 섬광처럼 머릿속을 스쳐 지나갔다. 교장실엘 가지 말아버릴까? 그러면 그건 교장의 작전에 말려들게 되는 것이다. 봐라. 교장한테 자기 입으로 한 약속도 안 지키는 당신네들이 뭐 참교육을 한다고? 그래서는 다른 사람들까지 욕보이게 될 것이다. 그래. 가자. 가서 솔직하게 일이 많아서 못 했다고 고백하고 용서를 청하자. 밤새워서라도 내일 아침까지는 다시 써가지고 와서 시험 일정에 지장을 초래하지는 않겠다고 하자.

이시백은 서랍 속에 아침에 넣어놓은 그대로 숨어있는 출제지를 꺼내들고 교장실로 향했다. 교장 책상 위에다 문제지를 내려놓은 시백은 뭐라고 서두를 떼어야 할지 얼른 말이 나오지를 않아서 머뭇거리고 있었다. 그 사이 교장은 책상 위의 인주통에 꽂혀있던 도장을 집어서는 시힘지 첫 페이지 상단의 교장 결재란에다가 힘주어 꾹 눌렀다. 그러면서 하시는 말씀. '봐요, 이 선생. 정성을 들이니까, 이렇게 글씨가 예뻐졌잖아요.'

아아, 이 일을 어쩐담. 그 순간 시백의 머릿속이 잠시 깜깜해졌다. 참으로 난감한 순간이었다. 그냥 들고 나갈까? 나 혼자만 알고 아무에게도 말 안 하면 영원히 묻힐 것 아닌가? 그러나 그렇게 했다가는 그 죄책감을 무덤까지 안고가야 할 거야. 잘못된 교육을 바로잡아 보겠다고 참교육의 기치를 든 교육자로서 할 짓이 아냐. 솔직하게 고백하고 용서를 청하자. 사실은 내가 거짓말을 한 건 아니잖아. 너무 죄책감에 사로잡힐 건 없어.

'교장 선생님. 죄송합니다. 사실은 오늘 수업 여섯 시간에다 잡무까지 만만치 않아서 다시 쓰지를 못하고 그냥 가지고 왔습니다.'

그 순간에 교장의 얼굴에 어리던 그 표정. 시백은 지금까지 반평생을 살면서 그렇게 험악하고 불안하고 처참한 사람의 얼굴을 본 적이 없었다. 교장은 입술을 파르르 떨더니 금방 결재했던 그 도장을 집어서 휙 던졌다. 도장은 맞은 편 벽면에 부딪혀서는 둔탁한 소리를 내고는 바닥으로 나뒹굴었다.

"형님. 상황이 이렇게 됐으니 어째야 되겠습니까?"

이시백 선생은 얘기하는 도중에 몇 번이나 말은 끊으면서 소주잔을 입으로 가져갔다. 지석도 시백의 얘기를 들으면서 참 난감한 일이란 생각이 들었다. 교장이 도장을 찍기 전에 이 선생이 얼른 실토를 했어야 했다. 그랬더라면 꾸중은 좀 들었겠지만 일이 이렇게까지 꼬이지는 않았을 것이다. 그러나 또한 이 선생이 고의적으로 그런 것이 아니라면 이 선생을 탓할 수도 없는 일이다. 누구의 잘잘못을 따진다는 게 이상하지만, 꼭히 따진다면 이시백 선생보다는 교장의 책임이 크다고밖에 볼 수 없다.

"이 선생님. 너무 자책하지 마셔요. 어제 오늘 이 선생님 고심한 것만으로도 보속은 다 됐어요. 자, 마음 털고 술이나 한잔합시다. 학교 얘기는 학교에서만 해도 넘치고도 넘쳐 머리 깨지고 가슴 터질 형편 아닙니까? 술집에선 잠시 잊어도 월급 도로 내놓으란 소린 안 하겠죠?"

"그런데 형님. 어제 교장실 문을 나서는데, 글쎄 무슨 심산지 어릴 적 부산에 베어링 장사할 때, 주인집 다락방에 엎디어서 내다보던 그 항구의 불빛이 보이는 겁니다. 눈앞에서 빠안히."

지석은 서둘러 얘기를 다른 데로 끌어갔다. 벽에 걸린 족자를 가리키면서.

"이 족자 쓴 내 친구 서예가 있죠? 윤수식(尹守植)이란 친군데, 호가 송곡(松谷)입니다. 고향 솔밭골 아랫마을에서 나서 거기서 자랐다고 호를 그렇게 지었대요. 한마을에서 자란 내 불알친굽니다. 어릴 때 할아버지한테서 한문을 배웠죠. 할아버지는 한학자이면서 서예가였어요. 어린 손자한테 늘 그러셨대요. 넌 동방의 명필이 되어야 한다. 제2의 추사가 되어야 한다고. 추사 선생은 벼루를 몇 개 바닥을 구멍을 냈다면서, 그렇게 손자를 독려했다고 해요. 그 친구 나중에 나이 들어 대학 졸업장도 받았고, 서예전에서 상도 여러 번 받은 제법 알아주는 서예가입니다. 난 그 방면엔 문외한이지만. 지금은 지산동 골짜기에서 서예학원을 내고 후학들을 가르치고 있습니다. 나도 그 서예학원엘 한번 가 본 적이 있는데, 그때 이 집 행화촌 얘기를 하고 이 족자를 부탁했었지요."

"저는 서예는 문외한이지만 제가 보기에도 명필이군요. 그런데 이걸 보는 사람들이 명필은 제껴두고 그 의미나 짐작하겠습니까?"

"그렇잖아도 촌장 아줌마가 그러시데요. 의미도 모르는 걸 걸어놓으면 뭣 하느냐고, 걸어 놓으려거든 무슨 뜻인지 옆에다 좀 써서 붙여놓으라고 하는 손님들이 많답니다. 이 선생님은 시인 아닙니까? 이 선생님이 번역해서 좀 붙여 놔요. 당나라 대시인 두목지(杜牧之)의 시와 송곡 선생의 명필 글씨와 이태백 동생 이시백 시인의 번역이 어울리면 이 집 명물이 될 겁니다."

이시백 선생님은 대구로 전입 오기 전, 경북 북부지방의 고등학교에 있을 때 서울의 어느 시 전문지의 추천으로 시인이 됐다. 그동안의 발표작, 미발표작 모아서 첫 시집을 준비 중이라던 얘기를 들은 적이 있다.

오르지 못하는 나무

여름방학 중에도 계속 보충수업을 했으니 개학이랄 것도 없지만, 8월 말에 2학기 개학을 했다. 시간이 갈수록 긴장감은 더 짙어갈 수밖에 없는 일이다. 그럴수록 아이들이나 교사나 피로감은 누적되고 지쳐갔다. 개학을 하고 한 주일이나 지났는가? 어느 날 아침에 지석은 출근하여 교무실로 가기 전에 교실에 잠깐 들렀다가 교무실로 향했다. 그런데 한 녀석이 복도까지 따라 나와서는 담임을 불러 세웠다. 박영식. 공부도 잘하는 모범생이다.

영식은 머뭇거리고 있었다.

"왜? 할 얘기 있어?"

"예."

영식의 대답에 힘이 없다. 이 녀석한테 무슨 좋지 않은 일이라도 있나? 그러면 안 되는데. 학력고사가 코앞인데. 둘은 복도 창가에서 운동장을 향하여 나란히 섰다. 늦은 등교를 하는 아이들이 몇 명 보일 뿐, 운동장은 조용하다. 운동장을 둘러선 플라타너스 싱싱하고 넓은 잎도 고요에 잠겨있다.

"선생님. 엊저녁 야자시간에 우리가 반장을 갈아치웠습니다."

"……?"

순간 지석은 귀를 의심했다. 권투선수가 머리를 한 대 얻어맞으면 이런 상황이 될까?

"상수는 우리가 뽑은 반장도 아니고, 학급에 대해선 통솔도 봉사도 없어요. 자기일 외엔 무관심해요. 수업시간에 '차렷, 경례'하는 것 외엔 아무것도 안 해요. 대표로서의 자격이 없어요. 불만이 곪아서 터진 거죠."

"그래서 쿠데타를 일으켰다고? 이 녀석들 참 희한한 놈들이네. 상담실로 좀 가자. 자세한 얘기 좀 해봐. 자초지종을."

새 학년 반 편성이 끝나고, 맨 먼저 해야 할 일이 반 대표를 뽑는 일이었다. 그런데 아이들이 지난해 다른 학급에 있다가 섞이게 되었으므로 서로에 대해서 잘 알지 못할 것이라고 지석은 생각했다. 어느 놈이 반장 하나 마찬가지 아냐. 귀한 시간만 낭비할 게 아니라 하고 싶은 사람 있으면 시키는 것도 좋은 방법이다 싶었다. 실제로 지난해 2학년 때는 그렇게 해서 맡은 아이가 모든 일 다 원만하게 해내었다는 경험도 있었다. 지석은 이거야말로 '민주적'을 훨씬 능가하는 최고의 대표선출 방식이라고 생각했다. 그래서 올해도 그렇게 하기로 작정을 했다. 그런데 예상치 못한 문제가 생겼다. 반장 하고 싶다는 사람이 아무도 없는 것이었다. 그래서 궁여지책으로 1, 2학년 때 반장 해본 사람 손 들어봐, 했더니 한 놈이 시선은 책상 위에다가 박아놓은 채 슬며시 손을 들었다.

"그래, 오상수. 네가 반장 해라. 대표라는 건 좋은 거야. 구성원을 위해서 봉사하는 기쁨이 있지. 모두 이의 없지?"

모두 조용했다. 그래서 오상수가 반장이 됐는데, 이 녀석이 고3의 특수성이 있어 놓으니 제 앞 치레하기도 바빴다. 열심히 학급을 위한 봉사도 못했지만 동급생들에게 거부감을 느끼게 한 이유는 전혀 딴 곳에 있었다. 상수의 아버지가 교육청 장학관이라는 것이었다.

"상수를 반장 시킨 것 때문에 선생님의 의도까지 의심하는 애들도 있어요. 더 이상 참고 있을 수가 없었습니다."

"그래서? 내가 장학관한테 아부해서 덕이라도 볼 거란 생각이었어? 그래서 나를 위해서 네가 쿠데타를 일으킨 거야? 그런 문제가 있으면 나한테 먼저 상의를 해야지, 이 소견 없는 놈아."

"죄송합니다. 그런데 이건 저 혼자 한 게 아닙니다. 반 전체가 함께 한 것입니다."

"그래서? 후임 대표도 뽑은 거야?"

"예. 영철이가 반장 하기로 했습니다."

"좋다. 쿠데타든 민주혁명이든 이왕지사니까, 인정하마. 자기들 대표는 자기들이 스스로 뽑아야 한다는 민주주의 기본 원칙을 무시한 내 잘못도 있으니까. 그러나 담임선생님한테 의논을 먼저 했어야지. 거기에 대한 벌은 받아야 한다. 알겠지?"

지석은 상담실 구석에 있는 빗자루를 가지고 와서 영식이의 엉덩이를 세 대 때려서 돌려보냈다.

그날부터 지석은 수업시간 앞뒤에 '차렷, 경례'하는 구령을 반장이 아닌 주번이 하도록 바꾸었다. 그런다고 쿠데타 사건이 감추어질 거라고 생각한 건 아니었지만, 말할 것도 없이 이 쿠데타 사건은 3학년 교실뿐 아니라 온 교내에 퍼져서, 교사들은 물론이고 학생들 사이에서도 심심찮은 군것질감이 되었다.

그런데 또 교사들 사이에선 이상한 소문이 떠돌고 있었다. 지석의 반 반장 쿠데타가 이시백 선생에게서 비롯됐다는 것이었다. 이건 또 무슨 도깨비 제삿밥 먹는 소린가? 지석은 반 아이들의 동정도 살피고 이시백 선생과의 면담을 통해서 서둘러 결론을 내었다. 이 선생님의 수업시간에 직접민주정치, 대의정치, 선거 등에 대하여 강의를 했는데, 한 놈이 그러더란다. '선생님. 우리 반 반장은 우리가 뽑은 사람 아닌데요.'

그러나 이 이야기는 시간이 흐르면서 봄눈 녹듯 스러지고 모두의 기억에서 서서히 잊혀져 갔다.

모두가 열심히 했지만, 특히 교장의 야심찬 노력에도 불구하고 그해의 진학성적은 평년 수준을 조금 웃도는 정도에 머물렀다. 이시백 선생 반에서는 서울대를 두 사람 합격시켜서 학년주임 체면치레를 했으나, 지석의 담임반에서는 서울대엔 단 한 명이 합격했을 뿐이었다. 학력고사 성적은 지석의 반이 더 좋았는데도 서울대를 많이 못 보낸 것은 담임교사의 진학지도가, 특히 대학 선택에 대한 지도가 부실했기 때문이라고, 또 한 차례의 교장 훈시를 들어야 했다. 지석이 반에서 학력고사 성적이 가장 좋았던 윤두수를 서울대에 보내지 못한 것에 대한 질책이었다.

2년 전, 지석이 1학년 담임이었던 해의 학년 초 4월의 어느 토요일 오후. 지석은 신입생들에게 따르는 여러 가지 잡무들도 대강 마무리가 됐고, 심리적인 여유도 좀 생겨서 퇴근길에 행화촌에 들렀다가 봄볕도 쐴 겸 천천히 걸어서 집으로 향했다. 맞은편에서 한 소년이 신문 뭉치를 안고 오다가 지석을 보자 꾸벅 인사를 했다. 누군지 짐작이 가지 않았다.

"저 1학년 3반 윤두습니다."

지석이 눈군지 모르는 눈치이자 그 소년이 먼저 자기소개를 했다. 1학년 3반이면 지석이 국어 수업을 맡고 있는 반이다. 입학한 지 한 달이 지났는데도 몰라봤구나. 이런 무심한 교사라니. 지석은 미안했다.

"그래? 이건 뭐냐? 신문이구나. 신문 배달하는 거니?"

"예. 일간지 배달은 시간이 안 맞아서 못하구요, 이건 주간집니더."

"주간지 배달을 하는 거야?"

"늘 받는 집엔 배달도 하고요, 가게나 다방에 가서 팔기도 하고 그럽니더."

지석은 눈물이 핑 돌았다. 내가 고등학교 시절에 공부하던 모습이 저랬을 거야.

윤두수를 보내고 집으로 돌아오는 길에 지석은 지나간 일 한 가지가 떠올랐다. 중학교 1학년. 아직 어린 나이에 새벽 신문배달을 하던 아이.

지석이 군에서 제대하여 복직한 그해 5월. 신혼살림을 봉덕동 골목 안쪽 구석집 작은 방을 월세로 얻어서 시작했다. 군 생활을 할 때 읽을거리에 목말라 있었던 탓인지, 그런 와중에서도 매일신문 구독 신청을 했다. 지역신문으로서는 평판이 제일 좋았고, 또 그 신문사에 아는 사람도 있고 하여 그렇게 한 것이었다. 그런데 어느 날부터 새벽에 중앙지한 부가 날아들기 시작했다(당시에 매일신문은 석간이었고, 나중에 조간으로 바뀌었다.). 물론 신청한 사실이 없는 신문이었다. 배달원을 붙잡아서 못 넣게 해야 하는데, 새벽 일찍 잠도 깨기 전에 철썩 던져두고 가기 때문에 잡기가 쉽지 않았다. 새벽에 일부러 일찍 일어나서 옷을 입고 기다리다가 철썩 소리가 나자마자 얼른 철문을 열고 뛰어나갔으나 배달원의 모습은 벌써 골목 밖으로 사라진 뒤였다. 추운 새벽에 며칠을 실패하고 나자 화가 났다. 이놈을 잡기만 해 봐라. 드디어 마음을 단단히 먹고 신발까지 신고 기다린 날. 신문이 떨어져 철썩 소리가 나기도 전에 후다닥 철문을 밀고 골목으로 뛰쳐나갔다. 그러나 배달원은 벌써 저만치 골목 바깥을 향하여 달려가고 있다. 오늘은 절대로 놓쳐선 안 돼. 이 새벽 고생이 며칠짼데.

"어이, 배달원. 거기 서 봐. 야, 이 자식아 거기 서라니까. 안 설 거야?"

소리를 지르자 드디어 배달원이 걸음을 멈추고 뒤로 돌아섰다. 자루 모자를 쓰고 얼굴에는 수건을 감았다. 어린 학생임이 분명했다. 지석은 목소리를 부드럽게 바꾸었다.

"추운데 새벽부터 수고가 많구나. 어떻게 우리 집에 신문을 넣게 됐는지 모르겠다만 우리는 매일신문 보고 있단다. 두 개 볼 형편도 안 되고 그리고 싶지도 않으니까 내일부터 넣지 말아라."

가만히 듣고 있던 녀석이 얼굴 가린 수건을 내리더니 지석을 쳐다보면서 하는 말.

"선생님. 접니더. 동철이, 조동철입니더."

아아, 이런 낭패라니. 그 아이는 지석이 담임반 학생 조동철이었다.

당황한 지석은 큰 소리로 외쳤다.

"동철아. 괜찮다. 넣어라. 계속 넣어라. 두 부씩 넣어라."

월요일 아침에 출근하자마자 3반 담임을 찾았다.

"박 선생님. 그 반에 윤두수라는 학생 있죠?"

"예. 똑똑한 아이죠. 중학교에서는 늘 반에서 수석했답니다. 그런데 두수는 왜요?"

"걔 집안 형편 알아요?"

"자세한 건 몰라요. 넉넉지 못한 것 같다는 인상만."

지석은 지난 토요일 오후에 신문팔이하던 두수를 만났다는 얘길 하고는 집 안 사정에 대해서 좀 자세히 알아보라고 부탁을 했다.

지석은 그날부터 3반 수업에 들어가면 윤두수를 눈여겨 살폈다. 외형적으론 다른 아이들과 별로 다른 점은 안 보였다.

며칠 후. 3반 담임 박 선생은 구내식당에서 점심을 먹고 나오면서 지석의 옷자락을 끌어서 청운정으로 올라갔다.

"김 선생님 말씀하신 개 있잖아요. 윤두수. 알아보니 문제가 많네요. 아버지도 없이 엄마 혼자서 두수와 동생을 기르고 있답니다. 하는 일이란 게 빌딩 청소하는 거라니 형편이 대강 짐작이 가지 않아요?"

"두수하고 상담은 한번 해 보셨어요?"

"물론이죠. 그리고 중학교 때 담임선생님을 수소문해서 만났어요. 자세한 얘길 해 주더군요."

두수 아버지는 평범한 회사원이었고, 두수 어머니는 초등학교 교사였는데 건강이 안 좋아서 벌써 여러 해 전에 퇴임을 하고 집안 살림만 꾸리고 있었다. 두수와 동생 형제는 착하고 공부도 잘해서 가정에는 별 문제 없이 평온했다. 그런데 어느 날. 회사로 출근했던 두수 아버지가 집으로 돌아오지를 않았다. 급한 출장이라도 갔나 하고 기다렸으나 다음날도 모습은 보이지 않고 회사에서 전화가 왔다. 무슨 일로 이틀씩 무단결근을 하느냐고. 그런데 그 다음날 들려온 소식은 청천벽력. 회사의 같은 사무실 경리 아가씨와 동반으로 잠적했다는 것이 아닌가? 수입은 없고, 아이 둘과 먹고 살아야하는 형편이라 두수 어머니는 아픈 몸을 이끌고 어느 빌딩의 청소 일을 해서 호구지책으로 삼고 있다는 것이었다.

"세상에 참 희한한 인간도 다 있죠? 무책임한 인간."

"참 딱하군요. 박 선생님. 우리 함께 두수 좀 도울 수 있는 방법 있는지 생각해 봅시다."

"못난 애비보다는 두수가 장하군요. 신문이라도 팔아가며 공부하겠다는 의지가."

담임 박 선생님과 지석은 우선 행정실장을 만나서 수업료 면제를 약속 받았고, 동창회 장학회와 협의하여 장학금을 한 번 받게 했다. 부교재는 서점에서 홍보용으로 가져다주는 것 중에서 골라 주었다. 그리고 박 선생님과 친한 젊은 교사 셋을 동참시켜 매달 얼마씩의 돈을 모아서 용돈으로 쓰도록 주었다. 이름도 성도 없이 시작한 이 초미니 장학회는 나중에 소문이 퍼지면서 이 학교의 직원장학회로 발전했고, 어려운 아이들에게 힘과 용기를 주기도 했다.

윤두수한테는 크게 힘이 되고 위로가 되었을 것인데, 두수는 토요일 오후의 신문팔이는 계속했으나 말이 없는 아이가 되어 갔다. 자랑스럽지 못한 집안 형편이 여러 사람한테 노출된 것이 부끄럽기도 하고, 도와주는 선생님들에 대한 감사의 정을 달리 표현할 길도 없었을 터였다. 지석은 그렇게 이해했다.

두수가 3학년에 진급하면서 마침 지석도 3학년 담임을 맡게 되었다. 두수 반의 담임과 협상을 해서 두수를 자기반으로 배속시켜야겠다는 생각을 했다. 문제아들은 그렇지 않지만 성적이 좋은 아이들은 소위 우수자산이라고 잘 바꾸어주려고 하지를 않는데 그게 걱정이 되기도 했다. 그런데 배정된 학생 명부를 살피다가 지석은 피식 웃음이 터졌다. 지성이면 감천이라더니, 윤두수의 이름이 거기에 있었다.

반 아이들에게 진학 희망 대학을 적어보라고 했더니, 두수는 서울대학교 물리학과를 적어왔다. 성적도 좋아야 하지만 가정 형편이 저런데 가능할까? 저도 형편이 어떤지 잘 알 것인데? 꿈은 높게 꾸는 게 좋다고, 공부 열심히 해야 한다는 다짐과 결심의 의미이겠지.

두수는 학력고사 성적이 매우 좋았으나 결국 서울대 물리학과 진학은 포기하고 지역 대학의 의과대학으로 방향을 돌렸다. 집도 절도 없는 놈이 서울 가서 어디서 먹고 어디서 자고? 학비는? 두수 어머니와 한 차례 상담도 했으나 결과는 지석의 예상과 같았다. 교장은 합격만 하면 길은 있다고, 자기 친구 아들도 서울대 가서 입주 가정교사로 졸업했다고, 서울대로 원서를 쓰라고 압력을 넣었으나 누구나, 언제나 다 그렇게 되는 것은 아닐 터였다. 지석은 자신도 그런 경험이 있지만, 집안 조카 한 사람에게서 서울에서 대학 다닐 때, 입주 가정교사 했던 얘기를 들은 적이 있었다. 소고기국을 끓이면 가족들은 모두 소고기국 먹고, 가정부와 가정교사에겐 돼지고기국 주더란 얘기. 뿐만 아니라 입주 가정교사는 내 뜻대로 항시 있는 게 아니었다. 심지어는 공원 벤치에 누워 찬이슬 맞으면서 밤을 새웠던 경우도 있었다고 했다. 그때 지석은 그 조카한테 '야, 하느님은 사랑하는 사람을 그렇게 단련시키신단다' 했지만 속으론 울었다. 그 고생 뻔히 알면서 두수한테 권하고 싶지는 않았다.

합격자 발표를 본 날, 지석은 두수를 불렀다.

"아쉽지?"

"아닙니다, 선생님. 쳐다본다고 어느 나무나 다 올라갈 수 있는 건 아니잖아요."

씨익 웃는 두수의 얼굴을 스치고 지나가는 쓸쓸함을 지석은 언뜻 엿보았다.

열등감의 정치학

    일요일 오후. 지석은 공부방 책상 앞에 앉았다. 입춘이 지났다고 서창으로 쏟아져 들어오는 햇살도 많이 따뜻해 져서, 친구들에게서 카톡으로 전해오는 매화소식이 아니더라도 봄이 이미 가까이 와 있음을 실감하겠다.

    오전엔 성당에 가서 미사를 드리고 왔다. 코로나 기세가 조금 꺾였다고 좌석 수의 20퍼센트 이내의 사람들만 집합한다는 조건으로 대면 미사가 허용되었다. 성당 현관에 도착하면 먼저 체온 체크를 한다. 37.5도를 넘으면 입장하지 못한다. 이어서 성당사무실에서 이미 발급받아둔 바코드를 찍고 참석자 명부에 이름을 쓴다. 돌아서면 또 주보 배부대 앞에서 손세정제를 받아서 손 소독을 한다. 그 후에 주보를 받아들고 성당에 입장이 가능하다. 성당 안에 들어가면 긴 나무의자에 띄엄띄엄 '여기에 앉으시오'라고 적힌 딱지가 붙어있다. 그 딱지는 의자 하나에 하나, 혹은 둘이 붙어 있다. 이 긴 나무의자는 코로나 문제가 없었을 때는 5명, 혹은 6명이 앉던 자리다. 지금은 하나에 양쪽 끝으로 한 사람씩 앉고, 그 뒷자리는 한가운데 한 사람만 앉는다.

    미사 진행 중에 마스크를 계속 써야 하는 건 두말하면 잔소리. 말을 할 수 있는 사람은 미사 집전하는 사제와 해설자, 독서자뿐이다. 마스크로 얼굴을 반 넘어 가린 채로 소리 없이 미사를 드리는 모습을 보면 마치 유령들 같기도 하고, 저 옛날 그리스도교가 탄압받던 시절의 지하 교회가 연상되기도 한다.

미사를 마치고 카페에 둘러앉아 커피잔을 돌리며 환담하던 모습은 이제 잊혀진 풍경이다. 마당에 서서 수인사를 나누는 것조차 눈치가 보여서 서둘러 문을 나선다. 그래도 친분이 있는 사람들은 눈빛으로도 서로를 알아보고 목례나 눈인사로 안부를 나눈다. 아쉽지만 아쉬운 만큼 눈빛은 간절하고, 시선을 따라 전달되는 인정은 진하다.

지석은 미사를 마치고 성당 계단을 내려오다가 데레사를 만났다. 오랜만이다. 박영숙 데레사. 아름답고 착하고 고마운 사람. 미사가 허용되어도 제한된 숫자 때문에 구역별로 미사를 드리다 보니 구역이 다른 데레사와 함께 미사를 드리지 못한다. 오늘은 다른 일이 있는가? 반가워도 반갑단 인사 한마디도 못하고 그냥 주먹인사만 나누고 헤어졌다.

성당에선 남녀 간에도 서로를 형제, 자매라고 부르지만, 그래도 대체로 남자들은 남자들끼리, 여자들은 또 그렇게 여자들끼리 어울렸다. 레지오 마리애도 남녀가 따로 했고, 신심단체나 활동단체도 남녀 혼성으로 된 것도 있긴 하지만 여성들과 교유가 이루어지는 경우는 매우 드물었다. 더구나 지석은 미사 외의 본당 활동에 소극적이다 보니 더욱 그랬다. 데레사는 지석과는 달리 본당의 여러 가지 활동에 매우 적극적으로 참여하고 있었다. 무슨 단체의 임원도 여럿 맡아 있다고 했다. 지석보다 열 살도 더 아래인 그녀는 신심이 깊고, 착하고 부지런한 모범 신자로 알려져 있었다.

벌써 오래전이다. 근 10년이나 됐지? 본당 신자들의 가을 성지순례

때, 삼삼오오 해미읍성 안길을 산책하고 있었다. 그때 지석의 곁에 서서 걷고 있던 데레사가 지석의 팔짱을 끼었다. 아무 말도 없이. 그 순간에 데레사는 따뜻한 체온과 함께 지석에게로 왔다. 친절하게 인사를 하고, 성탄절이나 부활절엔 선물도 주고, 가끔은 카톡으로 고맙고 반가운 인사를 전해주기도 하고. 사람 사이의 인정에 무슨 나이가 문제랴만, 그래도 이리 따습고 포근한 인정을 느낄 수 있다는 것이 신기했다. 성당에서 미사 때나 또 다른 행사 때도, 그녀를 만나는 기쁨은 신앙생활의 보람 위에 덧피어난 한 송이 기쁨의 장미였다.

언제였던가? 데레사가 지석에게로 온 그 이듬해 여름의 어느 주일날. 지석은 미사를 마치고 강당에 붙은 카페로 들어섰다. 그냥 가버리기가 서운해서 혹시 아는 사람 있으면 커피나 한잔 나눌까 하고. 그때 창가 테이블에 데레사가 수녀 한 사람과 마주 앉아서 얘기를 나누고 있었다. 낯선 얼굴이었다. 이 본당에서 일하는 수녀는 아니었다. 데레사는 지석을 보더니 그 자리로 오라는 손짓을 했다.

"인사하세요. 마리 마들렌 수녀님. 우리 성경학교 선생님이에요."

상하의 수도복과 머릿수건까지 회색 일색인 수녀는 나이가 제법 되는 듯 이마에는 가는 주름이 몇 날 보였으나 웃는 모습은 아직 곱다. 시집살이를 해 봤나, 아이를 키워봤나, 아침저녁 기도만 하고 있으니 늙을 여가가 없을 거야. 남자들끼리 모인 자리에서는 가끔 우스갯소리로 하던 말이 언뜻 생각났다.

"부산엔 더러 와 보셨나요?"

데레사가 수녀를 소개하면서 부산 광안리 올리베따노 성 베네딕도 수녀원 소속이라고 소개를 하자 수녀가 인사치레로 하는 말이었다.

"자주는 안 갔지만, 광안리 수녀원에서 피정을 한 적은 있습니다. 내 친한 친구 중에 국제시장에서 일 년 동안 베어링 장사를 한 사람이 있어서 부산 얘기는 많이 들었습니다."

지석은 이시백 선생에게서 들은, 어린 시절 국제시장 베어링 장사한 이야기를 했다. 앞집 여학생을 좋아했다는 얘기, 그 여학생한테서 얻은 묵주를 보물처럼 소중히 간직해 왔다는 얘기를 마치 자기 얘기인 듯 열을 올렸다.

수녀는 조용히, 미소 띤 얼굴로 듣고만 있다. 그 옆에서 데레사도 초면인 수녀 앞에서 이리 이야기에 장황한 지석이 뜻밖이란 듯, 시선을 지석에게로 고정하고는 듣기에만 열심이다.

수녀는 대구교구청 평신도국에서 평신도 대상으로 성경강의를 하고 있고, 데레사는 그 반의 수강생이라고 했다. 그러면서 2학기 개강이 낼모레로 다가왔는데, 지석도 함께 공부하러 가지 않겠느냐는 것이었다. 내년 가을에는 졸업 기념으로 이스라엘 성지순례도 계획하고 있다면서 지석의 관심을 유도했다.

가톨릭 신자로서 성경공부는 필수적이지만 늘 바쁘다는 핑계로 미루어오던 참이었는데, 데레사가 계기를 만들어 준 것이었다. 지석은 그렇게 마들렌 수녀의 제자가 됐고, 데레사와 동기생이 됐다. 성경공부를 해서 지식의 폭이 조금은 넓어졌고, 신앙생활도 조금은 두께를 더했지만, 그것보다도 매주 토요일 오후, 데레사와 함께 공부하고 성직자 묘소를 둘러서 성모당에서 기도를 하던 기억은 귀한 보물로 남아있다.

우리의 명절 설. 이제 겨우 한 주일 앞으로 다가왔는데 선물이라도 하나 할 걸. 그러나 또 그것이 데레사에게 혹시 부담이 될 수도 있겠다 싶어서 절제하고 있었다. 남의 말 하기 좋아하는 사람들이 또 무슨 입방아를 찧을지도 모른다는 불안감도 있었고.

지석은 들고 있던 커피잔을 내려놓고 컴퓨터에 전원을 넣고는 곧 인터넷으로 연결했다. 오늘이 주일이라서 그런지 새로운 소식은 별로 없고, 거의가 엊저녁 텔레비전에서 보았던 내용들이다. 코로나 현황부터 찾는다. 요즘은 전화기만 열어도 수시로 코로나 상황을 살피는 것이 버릇이 되다시피 했다. 확진자 수는 신규 확진자 372명을 더 보태어서 모두 80,896명을 기록하고 있다. 사망자 수도 7명이 늘어서 1,471명이다. 교통사고였던 세월호 침몰로 300명이 죽고, 그로 인해서 정권이 바뀐 걸 생각한다면 이건 엄청난 숫자다. 그래도 다른 나라들에 비하면 방역을 잘 하고 있는 것이라고 하니 그런 줄 알고 참고 기다리는 수밖에. 그 세월호 아이들이 수중혼이 된 그곳, 팽목항을 방문한 대통령 후보는 방명록에다 '너희들 고맙다'라고 썼다는데, 나중에 또 어느 정치인은 장례도 못 치르고 사라져 버린 목숨들 앞에서 무어라고 할까?

세월호 사건으로 촉발된 정치적 파문은 거칠 줄을 몰랐다. 광화문 앞에 촛불을 들고 모이는 사람들의 수는 날이 갈수록 늘어났고, 시위 진압 과정에서 한 사람의 나이 든 농민이 죽었다. 이 사건은 타는 촛불에다가 기름을 부었다. 시위는 격렬해 졌고, 드디어 대통령이 탄핵되고 정권이 바뀌었다. 이 무렵에 지석의 본당에서도 한바탕 난리를 치른 일이 있었다. 본당 주임신부가 그 죽은 농민을 추모하는 현수막을 내걸었는데, 못마땅하게 생각한 어느 신자가 그걸 떼어버린 것이다. 성당 안의 분위기가 싸늘해졌고, 사제와 그 신자 사이는 일촉즉발의 감정싸움으로 발전해 갔다. 신자대표인 총회장은 규정에도 없는 본당 원로회의를 소집했다. 결국 현수막을 원래의 자리에 다시 걸고, 사제를 설득해서 떼어내는 과정을 거쳐 문제는 해결되었지만, 정치의 바람은 비정치 조직인 성당에까지 불어왔다.

인터넷의 앞부분을 차지하고 있는 기사들은 역시 정치 분야다. 특히 요즘 며칠은 대북 원자력발전소 지원 이야기와 대법원장 거짓말 이야기가 계속 확대재생산을 하고 있어서 시끄럽고 어지럽다.

산업자원부에 대한 감사원 감사가 예정된 전날 밤. 공무원 두 사람이 몰래 사무실에 들어가서 원자력발전소 관련 문서를 4백 건 넘게 삭제를 했다. 이건 감사에서 들통이 났고, 그걸 신내림이었다고 둘러대던 관련공무원 두 사람은 구속됐다. 그 삭제된 문건을 포렌식해서 보니, 우리나라에선 탈원전하고 북한에는 원자력발전소를 지어준다는 내용이 있다는 것이었다. 야당에서 이걸 문제 삼자 여당에서는 담당 공무원이 아이디어 차원에서 만든 문건인데 야당이 낡은 북풍공작을 벌이고 있다면서 소리를 높였다. 일반 백성은 그 스토리조차 파악하기 힘들고, 텔레비전에서 앵커가 목소리를 높이고 패널들이 싸움해도 도대체 무슨 소린지 이해가 안 된다.

원자력발전소보다 더 큰 파워로 터진 폭탄은 대법원장의 거짓말 사건이다. 전 정권의 사법농단 관련 재판에서 계속 무죄판결이 나오자 국회에서는 여당이 임모 판사의 탄핵안을 통과시켰다. 그런데 임 판사는 여러 달 전에 건강상의 이유로 대법원에 사표를 냈고, 대법원장을 면담했는데, 국회에서 탄핵을 논의하고 있는데 사표를 수리하면 내가 무슨 소리를 듣겠느냐고 하면서 수리를 해 주지 않았다는 것이다. 임 판사가 이걸 노출시켰더니, 대법원장은 어찌 그런 일이 있을 수가 있느냐고, 임 판사가 거짓말로 자기를 모함한다고 했다. 그런데 참으로 웃어야 할지 울어야 할지 희한한 일이 벌어졌다. 임 판사가 대법원장 면담시에 해 둔 녹취파일을 공개해 버린 것이었다. 대법원장은 오래돼서 기억이 정확하지 않았다고 둘러댔으나 이미 터지는 봇물을 삽으로 막을 수는 없었다. 퇴근길 대법원장한테 녹음기를 든 기자들이 한 말씀만 하라면서 벌떼같이 달려들었다. 그런데 일은 거기서 멈추지를 않았다. 어느 지방법원장이던 그가 대법원장으로 벼락승진을 해서 국회청문회를 앞두고 있을 때, 임 판사에게 야당의원들한테 지지발언을 해달라고 부탁하라는 청탁을 했다는 것이었다. 토사구팽. 배은망덕. 은혜를 원수로 갚은 대법원장이란 목소리가 쏟아졌다. 그야말로 온 나라가 야단법석. 대법원장이 삼권분립의 기본정신을 망각하고 정권의 시녀 노릇을 했다는 비판이 쏟아졌고, 법관들 사이에서도 한 줌의 양심이라도 있으면 사죄하고 물러나라는 목소리가 터져 나왔다.

지석은 이런 정치적인 소란을 겪을 때마다 이시백 선생이 생각난다. 이시백 선생은 정치에 대한 불신감이 매우 강했다. '권력 이퀄 폭력과 이기심', '권력 이퀄 악덕'이란 등식을 굳혀놓고 있었다. 심지어는 상급자의 조그만 지휘권조차도 부정적으로 보았다. 그가 전교조 활동에 그리

열심이었던 것도, 지석의 학급에서 일어났던 그 반장 쿠데타 사건에 영향을 끼친 것도 그런 생각과 무관하지 않을 것이다. 가끔 대화 중에 그런 얘기를 했고, 지석은 다 그런 건 아니지 않겠느냐고, 그래서 선정(善政)이란 말도 있고, 성군(聖君)이란 말도 있지 않겠느냐고 반론을 펴 보기도 했으나 별로 소용이 있는 것 같지 않았다.

그게 언제인지 기억이 정확하지는 않지만 지석과 이시백 선생이 같은 학교에서 함께 3학년을 담임하던 그때이지 싶다. 과중한 수업시간은 물론, 끝도 없이 이어지는 잡무처리로 휴식의 단맛은 먼 나라 이야기였던 어느 가을날. 어쩌다가 조금 여유 있는 시간이 있어서 지석은 묵주를 손에 감고 청운정엘 올라갔다. 수업 들어간 줄만 알았던 이시백 선생이 거기 벤치에 심각한 얼굴을 하고 앉아있는 게 아닌가?

"세상 고민 혼자 다 짊어진 표정이군. 무슨 문제 있어요?"

지석은 시백 곁에 앉았다.

"선배님. 진로지도 홍보 행사한다는 소식 들었어요?"

시백은 엉덩이를 옮겨 앉으며 지석에게 공간을 내어준다.

"그건 또 무슨 소리야? 그렇잖아도 요즘 몸뚱이가 하나 더 있어야 할 판인데?"

"조금 전에 교장실에 불려갔다 왔어요. 내일 아침쯤 전체 직원회나 아니면 간부회의에서 발표가 되지 싶어요. 이번 주 토요일 오후에 학부모들 강당에 모아놓고 진학지도에 관한 안내 홍보대회를 한다는군요."

"그래요? 학부모나 학교 측에서나 모두 민감한 사항이니, 그런 것도 필요할지 모르죠."

"그런데 말요. 토요일 오후에 사람들을 붙들어두는 것도 문제지만, 글쎄 그 행사를 사설 학원 강사들을 불러서 주관하게 한다지 뭡니까? 이게 도대체 말이 됩니까? 교육의 주체와 주변자가 거꾸로 된 얘기 아닙니까? 사설 학원은 학교 교육의 부족한 부분을 보충해 주는 정도의 역할을 해야지, 학교를 깔아뭉개고 그 위에 군림하려고 해서야 되겠습니까? 교사들은 자존심도 없나요? 3학년 담임 전원 남아서 안내하라는 걸 못하겠다고 거절하고 오는 길입니다."

"3학년 주임이면 학교의 기둥 아닙니까? 담임들의 의견을 먼저 들어보는 게 좋지 않았을까요?"

"담임선생님들도 부담 많이 느끼겠죠. 차라리 내가 총대 메는 게 부담 들어주는 길 아니겠습니까? 토요일 오후 개인 시간 뺏는 것도 문제지만 학교 행사를 학원 강사들 데려다 맡겨놓고 우리더러 학원 광고지나 나누어주라니, 이게 무슨 희한한 일입니까? 이러니까 아이들은 수업 시간에 학원 숙제하고 앉았고 그렇지요."

"이 선생님 얘기 듣고 보니까 문제가 많군요. 그러나 행사 이름에 '진학'자가 붙었는데 3학년 담임이 아무도 참석치 않는다는 것도 명분 없는 일이지 싶어요. 내가 대표성은 없지만 참석할게요. 혹 희망하는 사람 있으면 함께."

그때 이 선생은 지석이 전교조 문제로 다른 의견을 보이고 있을 때 했던 이야기, 눈앞의 매화 가지를 꺾어 치워야 노을 진 서산을 볼 수 있다고 하던 얘기를 다시 끄집어내었다. 교장이 바늘만한 권한을 무슨 큰 권력으로 착각하고 앉았으면 교육의 진실이 무엇인지를 어찌 알겠느냐고 하면서, 저 높은 정치권력은 잘못하면 나라와 국민을 헤어나기 어려운 구렁텅이로 빠트릴 수도 있다고 했다.

토요일 오후, 행사는 예정대로 진행이 되었고, 3학년 담임은 지석과 또 다른 한 사람뿐. 3학년 담임들을 대신해서 애먼 부장교사들이 학원에서 한 아름 가지고 온 광고지를 안고서는 참석자들에게 나누어주고, 지루한 행사가 끝날 때까지 자리에 앉아보지도 못하고 다리 고생을 시켰다. 이시백 선생은 행사 시작 전에 강당 입구에 서 있는 지석에게 다가와서 묵직한 종이봉투를 하나 건네고는 그냥 퇴근해 버렸다. 그 봉투 속에는 책이 한 권 들어있었다. 책의 제목은 '삶의 길 흰구름의 길'. '오쇼 라즈니쉬의 장자 강의'라는 부제가 붙어있었는데 400페이지가 훨씬 넘는 방대한 분량이었다.

지석은 그때 그걸 다 읽었는데, 분량도 분량이지만, 도교적인 이야기여서 이해하는 데 많은 어려움이 있었다.

지석은 늘 역지사지의 정신으로 살려고 노력해 왔다. 다른 사람의 언행을 마주하면 그 사람에게는 그럴 만한 까닭이 있을 테지 하면서 비판보다는 이해를 먼저 하려고 노력했다. 평생을 그렇게 살아왔는데, 근래에 일어나고 있는 정치권의 행태들은 그런 지석의 인내와 포용의 자세에 회의를 갖게 했다. 정치인들의 근본적인 인성과 가치관에 의문이 일어났다. 그들은 정말로 국가와 국민을 위한 봉사의 정신을 갖고 있을까? 청문회장을 비롯한 정치권 곳곳에서 쏟아지는 저 거짓말과 비윤리적, 비상식적인 일들은 무엇인가? 어찌 그리도 논문표절도 많고, 위장전입도 많은가? 한 달에 60만 원으로 살았다는 장관후보자는 그 돈으로 어떻게 살았느냐는 질문에 고기 선물이 많이 들어와서 그렇게 살 수 있었다고 대답을 했다니 참으로 뛰어난 장관 능력 갖춘 후보자구나 하고 감탄하는 수밖에 도리가 없다. 어느 여류시인은 이 정권 하에서 출세를 하기 위한 필수조건은 부정과 부패라고 일침을 놓기도 했다. 그뿐 아니다. 나라곳간 걱정도 안 하고 얼씨구 코로나야 잘 만났다는 듯 퍼서 흩어뿌리는 거액의 돈은 어디서 나오는 것인가? 나라 곳간은 화수분이 아닙니다. 재정경제부총리의 그 말은 우리 상식으로는 지극히 옳은 말인데, 왜 그는 정치권에서는 뭇매를 맞는 것인가?

이시백 선생 생각이 나자 이어서 이 선생이 주던 그 책이 떠올랐다. 책장은 물론 공부방의 바닥과 구석에 어지럽게 쌓여있는 책더미를 뒤져서 그 책을 찾아내었다. 표지는 온통 푸른빛의 바탕에 오른쪽 아래에 말을 타고 가는 한 사람. 위쪽 끝에 설산의 작은 봉우리가 몇 개 늘어서 있고, 그 바로 아래에 책 이름이 흰색의 글씨로 적혀있다. 『삶의 길, 흰구름의 길』. 손에 잡으니 두께가 여간 아니다. 뒤표지를 열어보니 면수가 자그마치 416페이지다.

책을 뒤져보니 곳곳에 연필로 밑줄이 쳐져 있어서 전에 읽었다는 걸 증명하고 있다. 그중 한 부분이 눈길을 끈다.

"현대 심리학도 열등감이 욕망을 만들어 낸다는 점에서 장자나 노자, 붓다에게 동의한다. 정치인은 인간성의 가장 나쁜 본성에서 생겨난다. 모든 정치인은 수드라, 곧 불촉천민들이다. 그렇지 않을 수가 없다. 인간의 마음은 열등의식을 느낄 때마다 남보다 우월해 지려고 하기 때문이다. 그 반대쪽이 태어나는 것이다. 추하다고 느끼는 순간, 그대는 아름다워지려고 노력한다. 아름답다면 굳이 아름다워지려고 노력할 필요가 없다. 추한 여자를 보면 정치인들의 본성을 이해할 수 있다."

"열등하다고 느낄 때마다 인간은 자기가 열등하지 않다는 것을 증명하거나, 단순히 그것을 믿도록 자신에게 최면을 걸어야 한다. 그리고 이기주의자는 무슨 수를 써서라도 정치인이 될 것이다."

"정치가는 항상 두려워한다. 모든 사람이 적이고, 친구까지도 적이다. 친구로부터도 자신을 보호해야 한다. 그들은 항상 서로를 끌어내리려고 하기 때문이다. 기억하라. 아무도 친구가 아니다. 정치에서는 모두가 적이다. 우정이란 다만 겉모습일 뿐이다." (『삶의 길, 흰구름의 길』 오쇼 라즈니쉬 저, 류시화 역, 청아출판사, 제3부 '장자, 불사조를 말하다' 부분)

처음에 이 책을 읽었을 때 지석은 이 책을 자기한테 준 시백의 의도를 의심했다. 그냥 좋은 책 한 권 선물하고 싶어서가 아니라 다른 의도를 가진 것 같다는 생각. 그리고 저자의 이 견해에 동의하지 않았었다. 많고도 복잡한 인간사를 이렇게 간단히 규정해 버릴 수는 없는 일이었다. 이건 그 어지럽고도 복잡하고 다양한 세상사의 어느 한 단면을 얘기하고 있는 것일 뿐, 이 세상 모든 것을 포괄할 수 있는 것은 아니다. 더구나 도교(道敎)는 좀 특이한 관점으로 세상을 보고 있는 것 또한 사실 아닌가? 유교나 다른 종교처럼 세상 한가운데로 나와서 울고 웃고 부대끼고 하지 않고, 저 깊은 산중에 숨어서 하늘에 흘러가는 흰구름이나 벗하고 있지 않은가?

그런데 오늘 다시 듣는 오쇼 라즈니쉬의 목소리는 지석의 가슴에 진한 울림으로 다가온다. 이건 나의 착각인가? 아니면 저 어지럽게 얼룩진 정치판의 책임일까?

지석은 지금 읽고 있는 책의 뒤표지를 덮고 나면 이 책을 다시 한번 더 읽어봐야겠다고 생각한다.

코비드19 팬데믹. 전 인류의 재앙으로 다가온 이 상황이 역설적이게도 바쁜 삶의 와중에서 느긋하게 책 한 권 읽을 여가도 없었던 지석의 앞에 넓고도 긴 독서의 시간을 펼쳐놓고 있다. 너무 양이 많거나 어렵거나 재미가 없다는 등의 이유로 책장 구석에 숨어서 홀대받던 책들이 이번엔 지석의 손가락 끝에 잡혀 나왔다. 『공자평전』과 『소설 사마천』을 비롯해서, 한승원 선생의 장편소설 『추사』 1권과 2권. '21세기 영적 고백록'이란 부제가 붙어 있는 토마스 머튼의 『칠층산』은 어떻고. 대학에서 영문학을 강의하던 머튼이 수도원의 수사가 될 때까지의 과정을 자전적으로 서술한 것인데, 자그마치 845페이지의 대작을 1인칭 주인공 시점으로 전개해 가는 그 놀라운 능력에는 감탄을 금할 수가 없었다. 물론 이것뿐은 아니다. 아침저녁 기도시간에 조금씩 읽은 성경은 창세기 1장에서 시작한 것이 이미 신약의 4대 복음서에 이르고 있다.

집콕으로 얻은 코로나 블루를 이렇게라도 극복해 가야 할 것이다. 우선의 시간 때우기도 의미가 있지만 나중에 코로나가 걷혀가고 건강하고 평화로운 세월이 왔을 때, 하느님이 '너는 그때 뭘 했느냐?'고 물으신다면, 잠만 잤다거나, 텔레비전만 봤다고 대답할 수는 없을 것이다. 그래도 '저는 이런 걸 했습니다.' 하고 대답할 수 있는 게 뭐 있어야 할 것 아닌가? '기도하고 책 읽었습니다.' 이 정도의 대답이라도 해야 '잠만 잤습니다' 하는 사람보다는 좀 덜 부끄러울 것 아닌가?

고향의 봄

설날 아침. 성당에선 위령미사를 드리지만 엊저녁 미사에 미리 다녀왔다. 코로나 때문에 그믐날 저녁과 초하룻날 아침 두 번에 나누어 드리는데 가족 대표 한 사람만 참석하라는 공지가 있었다.

지석은 혼자서 제사상을 차린다. 아내는 '최소한'을 강조하는 지석의 충고를 듣지 않고, 아이들이 올지도 모른다면서 음식을 너무 많이 만들어 놨다. 딸도 아들도 아무도 오지 않았다. '불효자는 옵니다'를 온 세상에 퍼뜨려 놓았는데, 누가 오겠는가? 더구나 지석은 아내 몰래 아이들에게 문자를 보내어서 오지 말고 코로나 위험을 최소화하는데 진력하라고 당부를 단단히 해 둔 터였기도 하다.

초기 가톨릭교회에서는 조상 제사를 금했었다. 우상숭배라고 본 것이었다. 한국 최초의 순교자 윤지충도 조상제사 안 지냈다고 풍남문 밖에 효수되었다. 그러나 그 뒤에 제사는 조상에 대한 공경의 예이지 우상숭배가 아니라고 판단을 했고, 제사를 허용했으나 몇 가지의 조건이 따랐다.

지석은 전통적인 유교제사와 가톨릭적 의례를 섞어서 완전히 새로운 '우리집식 제사법'을 만들었다.

젊은 시절에 마련해 둔 커다란 제사상과 병풍은 창고 구석에 처박혀서 햇빛 못 본 지가 벌써 여러 해다. 창고에 있는 제사상의 절반만한 상을 하나 펴놓고, 아버지 어머니의 영정을 벽에 붙여서 세웠다. 그 사이에는 지방을 써서 붙인 수직의 얇은 상자를 세운다. 양쪽 측면에는 촛불을 밝히고, 앞쪽에는 탁상용 작은 고상을 얹는다. 영정 앞쪽에 떡국을 놓고 그 앞에 술잔을 놓았다. 수저는 미리 음식 위에 올려놓고, 술은 단잔으로 올린다. 다른 음식은 그 가운데로 적절히 배치한다. 상 앞의 바닥에는 향을 피운다.

준비가 다 되면 가족 모두(이번 설은 지석과 아내 둘뿐이다) 함께 재배를 드린다. 그리고는 상 앞에 앉아서 연도(위령기도)를 드린다. 그러면 제사가 끝나는데, 경우에 따라서 부모를 위한 기도, 자녀를 위한 기도, 가정을 위한 기도 들을 보태기도 한다.

명절제사나 기제사 때도 만찬가진데, 지석이 갈등을 일으키는 게 하나 있다. 제주(祭酒)를 뭘로 할 것인가 하는 것이다. 아버지는 술을 좋아하셨다. 그러나 아버지가 평생 잡수신 술의 90퍼센트는 막걸리였을 것이다. 생전에 즐기시던 막걸리를 제사상에 올리는 것이 옳은가? 아니면 생전에 잡수어 보지 못하신 양주라도 한 병 올리는 게 도리인가? 이번 설에도 막걸리를 준비해 두었다가 엊저녁 늦게 편의점에 가서 경주법주를 한 병 사 왔다.

아버지는 중절모에 두루마기 차림으로 출입(나들이)을 자주 하셨다. 장날은 장에도 가시고, 이웃 마을 혼인잔치, 환갑잔치, 혹은 상례에도 가셨는데, 저녁 무렵엔 술에 취하셔서 흰 두루마기 자락을 흔들면서 동구길로 돌아오셨다. 지석의 집 마루에선 동구길이 훤히 보였는데, 아버지 흰 두루마기 자락이 펄럭이는 게 보이면 어머니는 그러셨다. 얼른 달려나가서 안녕히 다녀오셨느냐고 인사해라. 그건 아들의 부모에 대한 도리를 가르치기 위함도 있었지만, 아버지가 아들이란 놈이 애비 마중도 안 나오느냐고 호통을 치실까 봐서, 그러면 또 집 안이 한참 시끄러워지니까 그 예방차원에서 하시는 말씀이었다. 초등학교 몇 학년 때, 숙제하느라고 정신이 빠져 있었는데, 마당으로 들어서신 아버지의 호통이 들려왔다. 출타에서 돌아오는 애비한테 인사도 할 줄 모르는 놈이 공부는 해서 무엇하느냐? 책 모두 아궁이에 집어넣어서 태워버려라. 그러시면서 지석의 책 보따리를 마루와 부엌 사이의 쪽문을 통해서 부엌 바닥으로 내던졌다. 책들은 보자기가 펼쳐지면서 부엌 바닥에 널브러졌다. 그러나 아궁이 속으로 집어넣진 않았다. 그 시간에 아궁이 속에 불이 지펴져 있지 않기도 했지만, 실은 아버지는 그냥 겁만 주고 버릇만 가르치려 하셨을 뿐 정말로 책을 불태워 없앨 의사는 없었을 것이다.

지석은 어린 마음에도 그걸 짐작했다. 그러면서도 아버지의 그런 훈육은 싫었다. 나는 나중에 술 안 마실 거야. 그런 생각을 몇 번이나 했으나 다 헛말이었다. 고등학교에 다닐 때는 혼자서 막걸리를 한 주전자나 마신 기록도 있다. 자식은 모든 게 다 부모 닮는다더니 술 마시는 디엔에이가 유전이 된 모양이었다. 대학생 때는 남산동 골목 안쪽 어느 집 골방을 얻어서 자취를 한 적이 있는데, 그 집 주인 아저씨가 마침 막걸리 배달하는 분이었다. 양조장에서 큰 플라스틱 말 통 네 개를 짐자전거에 싣고 집으로 와선 큰 두멍에다 비우고 거기에 수돗물을 한 말 부어서 저어서는 다시 네 통을 퍼담아서 배달을 나갔다. 한 번 다녀가면 한 말이 남았고, 그건 동네 술집에다 내다 팔았다. 지석의 자취방에서 부엌 쪽의 문을 열면 바로 문 아래 그 큰 술두멍이 있었고, 지석은 가끔 플라스틱 바가지나 양재기로 훔쳐 마시곤 했었다.

돌아가신 부모님이 언젠들 그립지 않으랴만 명절이나 기일(忌日)이 되면 더해지는 것은 인지상정일 것이다. 가난했지만 인정도 있고, 기쁨도 있고, 보람도 있었던 시절. 그 가운데에는 아버지 어머니의 사랑이 있었고, 그 사랑을 호흡하면서 우리 남매들은 성장해 갔다.

설날 아침에 일어나면 설빔으로 갈아입고 먼저 부모님께 세배를 드렸다. 그리고는 아직 어둠이 걷히지도 않은 시간에 큰집(백부님댁)으로 달려가서 가묘(家廟)에 참배하고 백부님 내외분께 세배를 드린다. 조금 있으면 집안 대소가의 남자들이 종가(宗家)인 큰집으로 모여들고, 가묘에서 합동으로 제사를 드린다. 제사가 끝나면 함께 아침식사를 하는데, 음식에 대한 총감독은 백모님이고, 집안에서 지원 나온 젊은 여성들이 음식 나르는 일을 돕는다. 식사가 끝나면 집안 어른들께 세배가는데, 타성바지는 환갑 지난 어른들만 찾아서 세배했다. 그 시절에는 환갑만 지나도 상노인으로 대접받았다. 집집마다 음식을 얻어먹고, 술도 한 잔씩 얻어 마셨다. 오후에는 동네 아이들이 모여서 연날리기도 하고, 제기차기도 하고, 자치기도 하면서 즐거운 시간을 보냈다. 계집아이들은 색동옷을 뽐내면서 널뛰기를 즐겼고.

어느 해 설엔 나일론 양말 한 켤레를 설빔으로 장만했다. 그 시절엔 모두가 면양말이었는데, 새것이라 하더라도 하루만 신으면 뒤꿈치가 양말을 뚫고 튀어나왔다. 어머니는 호롱불 아래에서 헝겊을 덧대어 기워주셨으나 이튿날 저녁이면 또 그 옆이 터져있기 일쑤였다. 그 무렵 나일론 양말이 선을 보였다. 질기고 색상도 알록달록 고와서 그것 한번 신어 보는 것이 소원이었다. 그러나 면 양말에 비해서 값이 너무나 비쌌다. 설빔으로 나일론 양말 한 켤레를 사달라고 졸랐고, 그러는 어린것을 측은히 여기신 아버지는 나일론 양말 장사를 하는 동네 청년에게서 외상으로 한 켤레를 사 오셨다. 얼마나 기뻤던지 자리에 누워서도 볼 수 있도록 반쯤이 앞으로 튀어나오게 옷장 위에다 걸쳐 놓고 잠자리에 누워서 쳐다보고 있다가 잠이 들었다.

설날 아침. 아직 어둠이 채 가시지 않은 시간에 눈이 뜨였다. 옷장 위의 양말을 쳐다보았다. 아아, 그런데 양말이 한 짝뿐이 아닌가? 눈을 깜빡거린 후에 다시 보아도 양말은 역시 한 짝뿐. 나머지 한 짝은 옷장 아래쪽에 놓인 다리미에 반쯤이 녹아 붙어있었다. 어머니가 엊저녁 늦은 시간에 설빔을 다림질하신 후 뜨거운 다리미를 거기에 두셨고, 농 위의 양말 한 짝이 그 위로 떨어졌던 것이다. 아아, 이 절망감. 그리고 두려움. 아버지한테서는 불호령이 떨어졌다. '그래, 이놈아. 내가 뭐라고 하던? 송충이는 솔잎 먹고 살아야 한다고. 당치 않게 나일론 양말이 다 뭔 놈의 나일론 양말이야?'

세월이 약이라더니, 세월은 참으로 묘한 존재다. 이런 눈물 나고, 부끄럽고, 서러운 이야기도 세월 지나고 보면 그립고 아름다워 보이니.

2월 늦추위는 그 맹위가 대단했다. 서해안과 제주도에는 내린 눈이 녹기도 전에 또 내려서 제설작업이 어려울 뿐 아니라 교통사고도 여러 건 났다고 한다. 미국은 더하단다. 뉴스 시간에 보니 남부에 있는 텍사

스에까지 폭설이 퍼붓고 한파가 몰아쳐서 수십만 가구가 정전되고, 아이들 장난감을 태워 난방을 하고, 촛불로 요리를 하는 집도 있단다.

그러더니 우수(雨水)가 지나자 거짓말같이 따뜻해졌다. 창으로 내다보니 팔공산 동봉이 희뿌옇게 흐려 있다. 오늘 미세먼지는 나쁨 상태이지만 낮 최고 기온은 15도를 상회할 것이라던 일기예보가 생각난다. 저밝은 햇살과 따뜻한 기운으로 겨울 껍질 속에서 눈뜨려고 옴작거리고 있을 들판은 지석을 유혹한다.

윗도리 하나를 덧걸치고 마스크를 찾아 쓰고는 아파트를 나선다. 따뜻한 햇볕이 온몸으로 확 감겨든다. 도로를 건너서 임당들로 들어선다. 농로 입구에는 올 1월1일 이후 대임공공택지지구인 임당들 일대에서 농사행위가 금지된다는 빛바랜 현수막이 한쪽이 찢어진 채 걸려 있다.

임당. 엄청나게 넓은 들판이다. 경상도 지방에서는 이만치 넓은 들을 보기는 쉽지 않다. 경산은 군 단위로는 전국에서 저수지가 가장 많다고 한다. 농사에 강물 관개(灌漑)가 어렵다는 얘기도 되겠지만 그만치 농토가 넓다는 의미 아니랴. 더구나 이 임당들 농사를 위해서는 수성못보다 더 큰 남매지(男妹池)가 따로 있을 정도이니 그 규모를 쉽게 짐작할 수 있다.

멀리 들판의 끝을 가늠해 본다. 아득하게 먼 저쪽 끝, 금호강 변으로난 철길을 따라 길고 날씬한 KTX가 조용히 미끌어져 가고 있다. 그 너머는 반야월이고 그 뒤쪽으로는 팔공산에서 갈라져 뻗은 아름다운 초례봉 자락이 반야월을 안고 있다.

농로는 넓고 튼튼한 콘크리트 길로 자를 대고 그은 듯이 곧게 뻗어 있다. 손에는 묵주를 잡고 천천히 눈앞의 풍광을 음미하면서 앞으로 나아간다. 오늘은 사순 제1주일. 40일 후면 다시 부활절을 맞이한다. 작년처럼 올해도 또 그렇게 침묵과 불안 속에서 맞이하게 될까?

'예수님 우리를 위하여 피땀 흘리심을 묵상합시다.'

사도신경, 주님의 기도, 그리고 세 번의 성모송을 넘어서서 기도는 고통의 신비 제1단으로 들어선다.

들판은 넓고, 햇살은 따뜻하다. 아직 푸른 봄의 빛깔은 보이지 않고 온통 누런 빛 일색이다. 그런데 저기 몸을 굽혀 논두렁을 살피고 있는 여인은 이른 냉이라도 찾고 있는 것일까?

이 넓고 기름진 땅에서 이제 포도도 복숭아도 열리지 않을 것이다. 포도밭의 가림막은 모두 걷혀 있고, 농막은 철거되고 잔해만 어지럽다. 곳곳에 하얀 알미늄 꼬챙이가 줄을 맞춰 꽂혀 서서 빨간 비닐 조각을 깃발인 양 흔들고 있다. 벌써 공사가 시작되고 있다는 얘기인가 싶다. 여기저기 여러 군데 흙더미가 쌓여있고, 논바닥 곳곳을 조금씩 파헤쳐 놓았다. 저만치에선 작업을 하던 덩치 큰 빨간색의 굴삭기 한 대가 땅바닥에 코를 처박고 오수를 즐기고 있다.

이건 뭘 하는 공사일까? 아직 집을 짓는 것 같지는 않은데? 저만치 가볍게 흔들리는 현수막이 하나 보인다. 가까이 가서 보니 '대임공공주택지구 문화재 시굴조사'라고 적혀 있다. 아하, 이게 그거구나. 땅에 문화재나 유물 같은 게 묻혀있는지 미리 파 본다는 것. 그래서 무엇이 나오면 공사를 중단하고 발굴을 해야 하는데, 그 경비를 시공사에서 부담해야 하기 때문에 다른 사람 눈치채기 전에 덮어버린다고 하던 그것?

이 지역은 그 옛날 삼국이 정립하기 이전에 압독국(押督國)이란 나라가 있었다고 하고, 그 뒤엔 신라 영토였으니 무슨 유물 같은 게 나올 가능성이 높다.

'지금은 남의 땅 - 빼앗긴 들에도 봄은 오는가?
나는 온몸에 햇살을 받고 푸른 하늘 푸른 들이 맞붙은 곳으로 가르마 같은 논길을 따라 꿈속을 가듯 걸어만 간다.'

그도 지금 내가 이렇게 걷고 있듯이 그렇게 들판을 걸었을까? 비록 지금 여기는 푸른 들은 아니지만 이 들판을 혼자 걸으면서 상화(相和, 尙火)의 이 시를 떠올리는 건 너무나 자연스러운 일이다. 더구나 옥토가 택지로 바뀌는 현실은 '빼앗긴 들'이나 다를 바 없다.

상화는 대구정신을 지탱하는 여러 역사적 인물 중의 한 사람이다. 기념사업회가 있고, 해마다 상화시인상 시상식이 열린다. 그런데 늘 상화 옛집 바깥마당에서 열리던 시상식은 작년엔 코로나로 인하여 열리지 못했고, 무슨 무슨 잡음이 들려서 귓구멍이 간지럽기도 했었지.

농수로 근처에서 어른 키보다 더 높이 자란 갈대는 바싹 마른 머리칼을 바람에 빗고 있고, 그 곁의 농막자리는 논 주인이 신다 버린 헌 장화와 운동화가 널브러져 있는데, 추위를 이긴 봄동 배추 몇 포기가 파란 속살을 햇볕에 녹이고 있다.

마른 풀이 우거진 과수밭 구석, 녹슨 철조망으로 몸을 감은 매화 한 그루. 검고 가는 가지 끝에 좁쌀 튀밥 같은 동그란 꽃맹아리들이 돋아

있다. 이 매화나무도 곧 생명을 잃게 될 테지. 혹여 누가 다른 곳으로 옮겨 심어 생명을 보존해 줄지. 작은 가지 하나를 꺾어 집에 가져가서 꽃병에 꽂아놓고 바라보고 싶다. 분질러 보았으나 이미 물이 오른 가지는 꺾어지지를 않는다. 비틀어도 안 되고 잡아당겨도 질기기만 하다. '매일생한불매향(梅一生寒不賣香)'. 매화는 일생이 추워도 향기를 팔지는 않는다더니. 이것도 매화의 지조인가?

'예수님 우리를 위하여 십자가에 못 박혀 돌아가심을 묵상합시다.'

들판을 한 바퀴 도는 사이, 기도는 어느덧 고통의 신비 제5단으로 들어선다.

한 곳에 가니 농부 한 사람이 마스크도 안 쓴 채 포도원에서 일하고 있다.

"수고하십니다. 여기는 올해에도 농사짓습니까?"

지석의 물음에 고개를 돌리는 그 사람의 얼굴에는 표정이 없고, 대답에는 생기가 없다.

"아니오. 철거작업입니다."

"이 옥토에다가 아파트를 짓는다면서요?"

"그렇다네요. 농사를 지어야 입으로 들어갈 게 있지, 원참. 인구는 준다는데 집은 왜 자꾸 짓는지."

지석은 그 농부의 구릿빛 얼굴에서 아버지 얼굴을 연상한다. 손바닥만한 논 한 뙤기에 의지하여 가난을 숙명으로 여기고 사셨던 아버지. 어느 시인은 아버지 평생의 8할이 바람이었다더니, 지석의 아버지는 가난이 8할도 넘었다. 아프고 슬픈 평생을 사시고, 지금은 고향 마을 뒷산 머구밭골에 어머니와 나란히 누워 잠드신 아버지. 작년 봄 기일에 한번 다녀온 후, 가을 벌초도 못했다. 코로나 때문에 종중의 공동 벌초도 모두 생략되었고, 혼자서 부모님 묘소만이라도 벌초를 하려고 했으나 외부인의 내왕을 꺼린다는 소문 때문에 다 포기했다.

어머니 기일이 며칠 앞으로 다가와 있고, 그 뒤 한 주일 안에 아버지 기일도 들었으니, 그 무렵에 산소엘 한번 다녀와야지. 외지에서 사람 오는 걸 아직도 꺼린다고 하지만, 마을에 들르지 말고 우회해서 산소에만 조용히 다녀오면 될 거야.

차는 벌써 고향 마을 건너편의 도로를 달리고 있다. 계기판 옆에 붙은 시계는 10시 반을 조금 넘어서고 있다. 너무 속력을 냈나? 집을 나설 때가 9시였지? 길 좋고 차 좋으니 빠를 수밖에 없지만. 옛날 학창시절에는 마을 앞에서 버스를 타면 대구의 서부주차장까지 두 시간이 더 걸렸었다. 거기에서 경산까지는 또 거리가 얼만데.

마을 뒷산 솔밭골(송골)은 그 깊고 높은 기상이 예나 다름없다. 솔밭골 자락에 마을이 앉아있고, 그 앞으로는 제법 넓은 들판이 펼쳐져 있다. 그래서 마을 이름도 들마였고, 한잣말로는 평촌(坪村)이다. 40여 호나 되나? 한창 때는 50호가 넘었었는데, 곳곳이 다 인구가 줄고 있다니까. 들판의 가장자리를 따라 큰개울이 흐르고, 그 곁으론 도로가 나 있다.

평소엔 여기에서 다리를 건너 마을로 진입한다. 그런데 오늘 지석은 그 지점을 그냥 지나친다. 윗마을과의 중간쯤 농로를 따라 부모님 유택

(幽宅)이 있는 머구밭골로 바로 올라갈 심산이다.

산 아랫길에 차를 세워두고 산기슭을 개간해서 만든 작은 밭뙈기를 지나서 머구밭골로 오른다. 밭둑의 산수유는 벌써 피어 봄의 전령임을 과시하고 있고, 양지 바른 밭둑엔 겨울을 이겨낸 냉이가 몇 포기 움츠리고 있다. 둘러보아도 아직 진달래 붉은빛은 아무 데도 안 보인다. 음력이 좀 늦었었던가? 아버님 유해를 여기에 모시던 그해는 진달래가 제법 붉었다고 기억하는데.

쌍분으로 된 부모님 산소는 작년에 벌초를 못 한 탓인지 주변이 어수선하다. 산돼지 짓이지 싶은데, 군데군데 들쑤셔서 파헤쳐 놓았다.

상석 위에 쌓인 낙엽과 흙먼지를 대강 쓸어내고, 소주를 잔도 없고 안주도 없이 병째로 얹어 놓고 재배를 드린다. 안주도 조금 준비하겠다는 아내에게 '잡숫고 가나 뭐. 정성이고 마음이지.' 하면서 그냥 온 것이 후회가 된다. 그리고는 부모님께서 못 알아들으실까 걱정이라도 되는 듯이 목소리를 높여서 인사를 드린다.

'며느리는 못 왔습니다. 발목을 꾸물쳐서 걷기가 힘들답니다.'

지금 이 골짜기에서 안주 장만이 가능한 것도 아닌데 후회한들 무슨 소용이랴. 돌아가신 부모님 생각이야 다 정신 문제 아닌가? 지석은 묵주를 꺼내어 든다.

환희의 신비 제1단. '마리아 예수를 잉태하심을 묵상합시다.'

사순(四旬) 기간이라 고통의 신비를 할까 하다가, 아버지, 어머니, 그리고 아들인 자신이 함께한 자리니, 예수님 태어나신 가정을 묵상하는 게 옳겠다는 판단을 한 것이다.

낙엽송 우듬지 너머로 멀리 두무산 등성이가 황소 등처럼 밋밋하다. 그 서남쪽 기슭에 지석이 졸업한 초등학교가 있었다. 마을에서 학교까지는 대략 10리 길. 광목 보자기 책 보따리를 어깨에 대각선으로 메고선 열심히 쫓아다녔던 6년 세월. 비가 많이 와서 개울물이 불으면 책 보따리는 머리에 이고 허리까지 차는 물을 건너면서도 막연하지만 장래에 대한 꿈을 키우기도 했었지. 그때 함께 공부한 친구 중에는 많은 사람들이 이미 이 세상 사람이 아니지만, 아직도 몇몇 친구는 카톡을 통해서 안부를 묻곤 해서 옛날 기억을 되살려주곤 한다.

오른쪽 산자락 끝으로 고향마을 들마가 보인다. 일부는 산에 가려서 보이지 않으나, 옅은 연둣빛이 은은히 서려있는 들판과 보이는 마을만으로도 어린 시절의 기억을 불러내기에는 충분하다.

친구 조명수는 아직도 가시오이 농장 하고 있는지? 지난여름에 통화를 한번 하고는 근래엔 전화도 못 했다. 코로나가 뭔지. 전화 목소리 따라서 코로나 바이러스가 날아가는 것도 아닐 텐데 전화조차 꺼려지는지 모를 일이다. 서예가 송곡 선생은 노년엔 고향 가서 죽겠다고 노래를 하더니 아직 고향에 돌아왔단 소식은 없다. 한 번 떠난 고향 다시 오는 것도 그리 수월하지는 않을 것이다. 대구에 살던 흔적 지워야지, 고향에 몸 누일 자리라도 마련해야지. 영판 못 오고 대구에서 저승으로 바로 갈는지도 알 수 없는 노릇이다.

산소 아래쪽의 묵은 밭에는 개망초 마른 줄기와 잡초의 시체들이 어지럽다. 지석이 초등학교에 다닐 때, 아버지와 함께 나무뿌리를 캐어내

96

고 돌을 주우며 개간을 했던 밭이다. 농촌의 삶이란 것이 굶주림과 고통스런 노동이었던 시절이다. 그래도 여기서 수확한 한두 가마니의 고구마는 겨우내 식구들의 주린 배를 채워주던 귀한 식량이었다. 상급반이긴 했지만 아직 초등학교 학생이었던 지석의 노동력이 얼마나 개간에 도움이 되었을까? 그런데도 아버지는 왜 그리도 집요하달 만치 농사일이나 사방 사업이나 그 힘든 일에 꼭 지석을 데리고 다니거나 혼자에게 일을 맡기곤 하셨을까? 자라면서 나중에 혼자서 생각해 낸 대답은 지석에게서 공부에 대한 희망과 집념을 지워버리기 위해서였다. 아버지가 가끔 뱉으시던 말씀은 어릴 때부터 일이 몸에 배어야 나중에 반거충이 농부가 안 된다는 것이었다. 그 말씀 속에는 일찍 공부에 대한 희망의 싹을 깨끗이 잘라내어야 가난해도 운명으로 알고 그 삶에 순응하게 될 것이라는, 아버지의 판단이 섞여 있었을 것이다. 이런 짐작을 하게 하는 일이 6학년 말에 있었다. 학교에서는 진학 희망 중학교 조사를 하면서 부모님의 의견을 들어오라고 했는데, 지석은 떨어지지 않는 입을 억지로 열어 부엌에서 땔감을 정리하고 계신 아버지께 담임선생님의 뜻을 전달했었다.

'대한민국에서 제일 좋은 중학교에 간다고 해라. 중학교에 가면 네 담임이 돈 대어 준다더나?'

그게 아버지가 버럭 화를 내면서 내어던진 말씀의 전부였다. 말씀에 이어서 뚜다닥 삭정이 부러지는 소리가 부엌을 울렸다. 다음날 아침. 지석이 책 보따리를 들고 집을 나설 때까지 아버지는 다른 말씀은 없었다.

그날 지석은 담임선생님 앞에서 아무 말도 못 하고 서 있었고, 끝내는 눈물을 보이고야 말았다. 아버지가 늘 하시던 말씀. 남자는 평생에 두 경우에만 운다. 부모가 죽었을 때와 나라가 망했을 때다. 그런 아버지의 가르침을 처음으로 어긴 날이었다. 그러나 처음이란 건 사실이 아니었다. 중학교 진학이 어려울 것이란 걸 예감한 후 잠자리에서 몇 번이나 흘렸던 눈물이었다. 어쩌면 아버지도 밤마다 벽 쪽으로 돌아누워 흘리던 지석의 눈물을 눈치채시고 그 얘기를 하셨을지도 모르는 일이다. 담임선생님은 중학교 입학시험에서 성적이 좋으면 돈을 안 들이고도 공부할 수 있다는 말로 아버지를 설득했고, 아버지는 입학시험에서 1등을 해서 '납입금이 완전 무료가 된다면' 하는 조건을 달아서 담임선생님의 설득을 수용했다.

아버지가 오래 병석에 누운 일이 있었다. 목 주변에 종기가 나고 등에는 등창이 났다. 원근 의원에서 처방을 받아서 치료를 해도 낫지를 않았고, 집안일을 아무것도 할 수 없는 상황이 되었다. 당장 급한 것이 땔감이었다. 그 무렵. 지석은 겨우 초등학교 5학년이었으나 학교에서 돌아와 책보를 던져두고서는 나뭇지게를 지고 동네 뒷산엘 올랐다. 그러나 그가 장만해 온 땔감은 다음날까지 하루를 제대로 버티지 못했다. 어린 소견에도 한 번에 이틀 치는 해 와야 시간적으로 여유가 생길 것이란 판단을 했고, 그러기 위해서는 뒷산 높은 곳까지 올라가야 했다.

다음날, 지석은 좀 더 일찍 나뭇지게를 지고 머구밭골 꼭대기, 조모님 산소 근처까지 나무를 하러 올라갔다. 조모님은 지석이 이 세상에 태어나기도 전에 별세를 하셨지만, 산소는 아버지 따라와 봐서 알고 있다. 지금 아버지의 유택은 아버지 생전에 스스로 정한 자리인데, 그때 아버지는 좌청룡 우백호라 자손이 잘 될 자리라고 하셨지만, 언젠가 무심결에 뱉은 말씀으로는 당신의 어머니 가까이, 그 품속으로 가고 싶어서라고 하신 적이 있다.

　불땀이 있기는 깔비라고 부르는 소나무 낙엽이 제일이지만 그걸로만 한 짐 하기는 어려운 일이어서 밤나무 잎을 섞어서 긁어모으곤 했는데, 그날도 그렇게 해서 겨우 한 짐을 채웠다. 나뭇짐을 지고 일어서니 다리가 후들거렸다. 더구나 경사가 심한 곳이라 지게목발이 자꾸 나뭇가지와 길바닥에 걸리곤 했다. 그러다가 결국은 나뭇짐을 언덕 아래로 굴리고 말았다. 지게를 그 자리에다 벗어놓고 나뭇짐을 주우러 언덕 아래로 내려가 보았으나 나뭇짐은 어디에서도 찾을 수 없었다. 굴러내려 가면서 다 흩어져 버린 것이었다. 온몸에서 기운이 쭉 빠졌다. 눈물이 왈칵 솟았다. 울지 않아야 한다. 울어서는 안 된다. 부모님이 돌아가신 것도 아니고, 나라가 망한 것도 아니잖아. 빈 지게만 지고 집으로 왔다. 오는 길에 누가 빈 지게 지고 오는 이 초라한 나무꾼을 보지나 않을까 싶어 고개를 숙인 채로. 집 안은 조용했다. 아버지는 방에 누워계실 터이고, 어머니는 밭일을 가셨는지 보이지 않았다. 빈 지게를 헛간 앞에다 살며시 벗어놓고 밥솥 뚜껑을 소리죽여 열었다. 거기에는 이미 퍼져버려서 국물이라고는 남아있지 않은 김치국시기 한 사발이 늦은 점심으로 기다리고 있었다. 부뚜막에 걸터앉아 국시기 한 숟가락을 떠서 입에 넣자 다시 왈칵 눈물이 솟았다. 울지 마라. 울어서는 안 돼. 눈물을 국시기 숟갈에 담아서 목구멍으로 넘겼다.

　오늘처럼 이렇게 부모님 산소엘 찾아오는 날은 두 분 살아계실 때의 온갖 일들이 생명을 가지고 살아있다는 듯이 꿈틀거리며 기억의 밑바닥으로부터 기어 나왔다.

두무산 능선 위로 지금 막 여객기 한 대가 날개를 번쩍이며 날아가고 있는 모습이 보인다. 비행기만 봐도 또 두 분 생전 모습이 떠오른다. 6·25전쟁이 한창이었을 무렵, 여기까지도 인민군이 들어올 것이란 소문이 파다했다. 지석의 가족은 뒷산 밤나무숲 속에다 굴을 파고 간단한 취사도구를 갖다 놓고 숨어 지냈다. 강 건너 마을에는 비행기가 폭탄을 던져서 불길이 치솟았다. 숨어 있는 인민군을 죽이려고 우리 공군이 폭탄을 던진 것이라고 아버지가 소리를 낮추어서 설명을 해 주셨다. 사태가 급박해지자 지석의 가족은 간단한 짐만 챙겨서 이고 지고 피난길에 올랐다. 목적지는 외가가 있는 가야산 기슭의 숭산 지뫼마을이었다. 피난지라고 찾아간 외가 마을에도 전쟁의 폭음은 마찬가지였다. 인민군이 집결해 있다는 숭산초등학교에는 몇 발의 포탄이 떨어졌고, 그 요란한 굉음은 온 골짜기를 깨어 부술 듯이 요란했다. 놀란 가족들은 방안에서 문고리를 꼭 붙들고 문틈으로 바깥을 살폈고, 미처 방 안으로 들어가지 못한 지석은 툇마루에서 혼자 울음을 터뜨렸다.

까마귀 같이 까만 전투기가 날쌔게 하늘을 종횡무진하는 모습은 순박한 농민들에게는 공포의 대상이었다. 국군 비행기라고는 하지만 건넛마을에도 외가 마을에도 폭탄을 던져서 집을 불태우는 무서운 괴물이었다. 인민군이 북으로 쫓겨 갔다는 소식을 듣고 지석의 가족이 마을로 돌아왔을 때, 마을의 모습은 그 전과 별반 달라진 것은 없었다. 다만 동네 청년 한 사람이 인민군을 따라서 북으로 갔다고 했다. 가다가 총살을 당했는지, 전투에 휩쓸려 죽었는지, 그렇지 않고 자발적으로 삼팔 이북까지 간다고 해도 남은 가족에게 어떤 불행이 올지 알 수 없는 일이라고 모두 걱정에 싸여 있었다.

그 뒤의 비행기 기억은 고막을 찢는 굉음의 전투기가 아니었다. 두무산을 넘어온 비행기는 소리도 없이 하늘에다 삐라(bill) 더미를 뿌리고는 서쪽 하늘로 날아갔다. 그 삐라 조각들은 햇살을 받아 반짝이면서 마치 눈송이처럼 온 하늘에서 날아내렸다. 동네 아이들은 이제 무서움도 없이 그 삐라를 주우러 들판으로 달려갔고, 주워 온 삐라는 곧 어른들 손으로 옮겨갔다. 미처 북으로 달아나지 못한 인민군과 산속에 숨어서 백성을 괴롭히는 빨치산들에게 자수를 권하는 거라고, 궁금증으로 머리를 디밀고 있는 아이들에게 어른들이 설명을 해 주었다. 경찰이었던 영수 아버지가 지리산에서 빨치산 토벌작전에 참여했다가 전사했다는 소식을 들은 것도 이 무렵이었다.

지석이 결혼을 하고 소꿉장난 같은 살림을 시작했을 때, 부모님을 대구로 모시자고 의견을 모았다. 평생을 가난한 농부로 살아오신 부모님. 이제는 고생 좀 덜하고 도시생활 맛도 좀 보셔야 되지 않겠느냐는 게 주된 이유였지만, 아내가 생업을 위해서 바깥나들이를 해야 할 일이 많았으므로, 그때 두 돌 지난 딸아이 영실이를 좀 돌보아 주셨으면 하는 바람도 중요한 이유였다.

도시로 이사한다고 조금은 기대도 있었을 것이나 도시생활이란 게 그리 즐겁고 신나는 게 아니란 걸 깨닫는 데는 긴 시간이 필요치 않았다.

모든 게 낯설었고, 아는 친구 한 사람 없는 도시는 감옥이나 별반 다르지 않았다. 다만 허리 아픈 노동이 면제되었고, 어린 손녀 재롱 보는 재미로 위안을 삼았다.

날이 가물어서 상수도의 수압이 낮았고, 4층의 살림집에는 자정이나 되어야 수돗물이 나왔다. 이 시간에 물을 받아놓아야 다음날 쓸 수 있기 때문에 누군가는 그때까지 깨어 있다가 물 받는 일을 해야 했다. 이 일은 아버지가 주로 하셨는데, 어느 날 밤 물통을 들다가 허리를 다치셨다. 그런데 이걸 중풍이라는 한의원 말만 듣고 중풍약만 드시다가 반년 만에 세상을 떠나셨다. 얼른 병원에 입원만 시켰더라도 이리 허무하게 세상을 떠나시지는 않았을 것인데, 두고두고 한스러운 일이 되었다. 돌아가시기 직전에 성당의 신부님과 수녀님이 집에 오셔서 아버지는 비상세례를 받고 요셉이라는 새 이름으로 천주교 신자가 되셨다.

어머니는 그 뒤 정식으로 교리 공부를 이수하고 마리아라는 이름으로 세례를 받았다. 연세가 미수에 이르렀으나 오래 몸져누워 자리보전만 하셨으므로 도시 생활에 대한 기대는 헛된 꿈으로 사라졌다.

주님. 주님께서는 부모를 효도로 공경하며 은혜를 갚으라 하셨나이다. 세상을 떠난 아버지 어머니를 생각하며 기도하오니, 세상에서 주님을 섬기고 주님의 가르침을 따랐던 제 아버지 어머니께 자비를 베푸시어 영원한 행복을 누리게 하소서. 또한 저희는 아버지 어머니를 생각하여 언제나 서로 화목하고 사랑하며 주님의 뜻에 따라 살아가게 하소서. 아멘.

환희의 신비 다섯 단 끝에 '돌아가신 부모님을 위한 기도'를 더 보탠다. 지석은 어린 시절의 기억 속을 헤매다가 현실로 돌아온다. 아직 겨울잠에서 완전히 깨어나지 않은 고향 풍경. 그러나 지석의 기억 속에서는 고향은 봄이 한창이다. 살구꽃도 피고, 개나리도 피고.

마음보석 장학회

아침마다 컴퓨터 앞에 앉으면 코로나 상황을 먼저 점검하는 게 필수 일과가 됐다. 네이버를 열고 코로나 상황을 검색한다. 어제 새 확진자는 다시 400명대로 진입했다. 누적 확진자 수는 88,922명이다. 사망자도 4명 더해져서 1,585명이란다. 저 숫자 안에 자기보다 훨씬 건강하던 이시백 선생도 끼어있다고 생각하니 지석은 두려움이 슬쩍 느껴진다. 경산은 며칠 동안 확진자 없이 점만 찍혀있더니 결국 오늘은 다시 한 사람을 더했다. 조금 안심이 되던 마음은 다시 긴장하게 된다. 눈도 코도 없는 괴물이 모습도 소리도 냄새도 없이 아무에게나 어디서나 달려드니 환장할 노릇이다. 그래도 수도권에 집중되어 있다니 여기까지는 거리가 멀다 싶어서 조금은 안심이 된다. 나만 살면 된다는 자기중심적인 마음은 누구에게서나 살아있는 모양이다. 처음에 대구 경북에서 급속하게 창궐하고 있을 때, 서울 사람들이 '대구 봉쇄'를 외쳤던 것도 비슷한 심리일 것이다.

오늘은 우리나라에서도 첫 백신 접종이 시작된단다. 누가 먼저 맞을 것인가? 대통령이 먼저 맞아라. 대통령이 실험 대상이냐? 그러면 국민은 실험 대상이냐? 좀 차분하고 주도면밀하게, 체계적으로 할 수는 없는 것인가? 시끄럽더니, 시도별로 처음 맞는 모든 사람이 첫 접종자라는, 약간은 궤변 같으면서도 현명한 판단을 했다. 일찍 백신 접종을 시작한 나라들은 새 확진자 수의 증가세가 확연히 둔화됐다는 기사도 보인다. 기대 반, 두려움 반이다. 진인사대천명(盡人事待天命). 그 길밖에 더 있겠는가?

오늘 국회에서는 가덕도 신공항법 통과를 한다는데, 어제 대통령이 가덕도를 방문하여 '최대한 지원'을 약속했다고, 대통령의 공공연한 선거개입이라고, 탄핵 대상이라고 야당 대표는 목소리를 높인다. 불미스러운 일로 여당 소속의 부산시장이 자리를 떠났고, 이런 경우 보궐선거에서는 후보를 내지 않겠다고 했던 약속을 뒤집고 후보를 내는 여당. 여론조사에서 야당이 우세하다는 결과가 나오자 김해공항 확장으로 이미 결론이 났던 신공항을 부산 가덕도에다 지어주겠다고 들고 나온 것이다. 야당도 반대했다가는 표를 못 얻지 싶으니까 어정쩡하게 동의를 하고 있는 상태다. 안전성, 건설비용, 접근성, 경제성, 환경영향 등 7개 분야에서 부적합하다는 보고서를 냈던 부처에서도 슬쩍 꼬리를 내리고는 대통령 가덕도 행에 동행했다. 여러 가지 이유를 들어서 한도 없이 돈을 퍼주다 보니, 경제부총리 말마따나 국고는 화수분이 아닌데, 결국 여당에서는 증세 필요성을 들고 나온다. 국태민안(國泰民安)이 정치의 의미이지 싶은데, 국민은 정치 때문에 골치 아프고 정신 어지럽다.

전자우편함을 연다. 받은 편지함의 맨 위쪽에 새로 도착한 편지 목록이 굵은 글씨로 대여섯 개 늘어서 있다. 그중 하나가 먼저 눈에 들어온다. 'RE. 다시 장학금'. 어제 지석이 보낸 편지에 대한 박영식 원장의 답장이다. 2월은 석 달 마다 한 번씩 주는 장학금 지급달이고, 지석이 그 결과를 장학회 회원 네 사람에게 공동으로 보낸 편지의 답장인 것이다.

'선생님. 수고하셨습니다. 선생님 덕분에 저희들의 작은 정성이 큰 의미로 전달됩니다.'

지석이 고3 담임을 맡았던 해, 야간 자습시간에 반장을 갈아치웠던 쿠데타의 주역 박영식. 그가 친구 몇 사람과 함께 꾸려오는 무명의 장학회가 있다. 매달 얼마씩의 돈을 지석의 계좌로 넣어주면 지석이 그걸 모아서 석 달마다 한 번씩 대상자를 물색하여 장학금을 지급한다. 벌써 20년도 더 지났고, 그 사이 도움 받은 학생 수도 수십 명에 이른다.

서기 2000년. 뉴밀레니엄이라고 기대와 불안이 뒤섞여 있던 그해 가을에 박영식 원장한테서 전화가 왔다. 친구들 몇이서 가끔 함께 식사를 하는데, 이번에 옛 담임선생님을 모시기로 했단다. 수성구청 옆의 작은 횟집이었는데, 규모는 작으나 음식이 깔끔하고 맛깔스러웠다.

박영식, 윤두수, 손경화, 문진복. 이렇게 네 사람이었다. 모두 그해 3학년 지석이 담임했던 반의 동급생 친구들이다. 박영식은 쿠데타 주도했던 사람이고, 손경화는 반장으로 추대됐던 사람이다. 박영식은 대구에서 내과의원을 경영하고 있었고, 윤두수는 부산에서 종합병원에 근무하고 있단다. 문진복은 대학 교수, 손경화는 변호사다.

"선생님, 일찍 한번 모실 건데 저희들 살기에 바쁘다 보니 늦었습니다. 앞으론 좀 자주 모시겠습니다."

지석은 고등학생이던 그들이 이미 사회의 어엿한 중견이 되어 일하고 있는 걸 보니 마음이 뿌듯했다.

윤두수가 먼저 제안을 했다면서 네 사람이 돈을 조금씩 모아서 어려운 학생 있으면 조금이라도 도움을 주고 싶다고 했다. 왜 윤두수가 먼저 그런 제안을 했을까? 고마운 사람. 아무도 말을 안 했지만 지석은 충분히 이해가 되는 일이었다.

그날 지석은 정말로 기분이 좋았고, 교사라는 데 자부심도 가졌다. 그래도 내가 영판 형편없는 교사는 아니었구나 싶어서 속으로 눈물이 났다. 돈도 없고 권력도 없고 명예도 없는 교사. 그러나 그에게는 제자가 있었다.

어차피 이런 활동을 시작하면 이 모임은 오래 지속되어야 할 것이고, 이름을 하나 갖고 있으면 그 이름이 서로를 결속시켜주는 끈이 될 수 있을 것이라며, 지석에게 작명을 청했다. 그냥 있는 듯, 없는 듯, 무명으로 하자는 의견도 있었으나 그래도 이름을 하나 갖는 것이 좋겠다는 데 의견이 모였다. 그날 지석이 그들에게 붙여준 이름은 '마음보석 장학회'다. 어려운 사람 돕겠다는 그 마음이 바로 보석이라는 소박한 의미였지만 지석이 그렇게 이름을 붙인 건 또 다른 의미가 있다. 네 사람 성의 첫 자모를 모아보면, 문진복은 ㅁ, 윤두수는 ㅇ, 박영식은 ㅂ, 손경화는 ㅅ 이니, 그게 '마음보석'의 첫 자모와 일치한다는 의미였던 것이다. 멋진 이름이라고 박수를 치면서 앞으로 이 작은 장학모임을 진짜 보석이 되도록 알차게 키워가자고 다짐을 했다.

그날 이후 그들은 월말이 되면 얼마씩의 돈을 지석의 계좌로 보냈고, 지석은 또 그것을 모아서는 분기마다 한 사람씩을 선정하여 전달했다.

마음보석 장학회에는 아무런 규정도 없다. 장학생의 자격에 관한 규정도 없고, 심사하는 과정도 없다. 다만 지석은 마음속으로 기준을 정하고 있었다. 집안 형편이 어려우면서 공부도 잘하면 1순위, 성적은 좀 못해도 경제적으로 어려운 학생은 2순위, 공부는 잘해도 형편이 어렵지 않으면 3순위. 지금까지 3순위까지 밀린 경우는 한 번도 없다. 그러나 영수증만은 꼭 받아둔다. 제자들의 귀한 돈을 헛되이 쓰지는 않는다는 것을 보여주기 위해서다. 그 돈으로 술 마시고 밥 사먹을 걸 의심하지는 물론 않을 것이지만, 그래도 최소한의 선은 지켜야한다고 생각한 것이다. 그렇게 모아놓은 영수증철이 두 권이다.

지석이 근 사십 년을 교직에 있었으니, 귀한 제자가 많다. 지난 연말에 지석의 주례로 결혼식을 올린 손수정이도 그런 제자 중의 한 사람이다. 신혼살림 차린 아파트로 선생님 한번 모시겠다는 걸 부부가 다 직장에 나가니 바쁠 것이고, 코로나도 설치고 있으니 좀 천천히 가겠다고 답장을 보냈다. 지석이 수정이를 가르친 것은 2005년 무렵이다. 그해 지석은 남녀 공학인 고등학교로 전근을 갔다. 지석은 벌써 고참 교사 대우를 받고 있어서, 담임도, 부장 보직도 없이 상담부장 보조역이란 이름만 달고 상담실에 자리를 잡았다. 사범대학 한 해 선배인 교장선생님의 특별한 배려였던 셈이다. 학년 초, 1학년 여학생반 수업시간. 새로 사 온 부교재 표지에다 유성매직펜으로 이름을 쓰던 한 여학생이 갑자기 표정이 굳어지면서 난감해 하고 있었다. 등굣길에 바삐 서점에 들러서 사오느라고 제대로 확인을 못 했더니, 표지 그림은 같은데 과목 이름이 고전문학 문제집이었던 것이다. 그런데 거기에다가 유성 매직펜으로 커다랗게 이름을 써놓았으니 교환도 못 하게 된 것이다. 지석은 출판사에서 기증받은 책이 한 권 있어서 그걸 그 여학생한테 주었다. 그가 바로 손수정이고, 그 뒤 마음보석장학금을 서너 번 받았다.

상담실은 별채인 도서관 건물의 한쪽 구석에 있었는데, 부장 교사인 한영숙 선생님과 지석의 책상이 나란히 있고, 상담을 위한 소파가 놓여 있었다. 가끔 도서실엘 드나드는 아이들이 떠들어서 시끄럽기도 했으나 평소에는 대체로 조용했다. 수정이는 부교재 사건 이후 혼자서, 혹은 친구를 한둘 데리고 상담실을 찾아오곤 했다. 그러는 사이 수정이의 가정 사정이나 공부, 교우 등에 대해서 많은 이해를 할 수 있었다.

어느 날은 수정이 혼자서 상담실로 지석을 찾아왔다.

"선생님. 어려운 부탁이 하나 있는데요."

고개를 푹 숙이고 선 태도가 이전과 같지 않다.

"왜? 또 책에 이름 잘못 썼나?"

하나뿐인 교복 치마를 다림질하다가 태웠다는 것이었다. 하나밖에 없는 교복치마인데다가 다행히 많이 타지는 않아서 입고 오긴 했는데, 아무래도 하나 구해야겠다는 것이다. 여학생이 교복치마 얘기를 여자 선생님한테 가면 될 건데 왜 하필 자기한테 의논하는지 싶었지만, 그래도 문제집 사건 이후에 수정이가 얼마나 자신을 의지하고 있는지 알 것 같아서 구해 볼게 하고는 돌려보냈다.

지석은 상담부장 한 선생님한테 이 얘길 했고, 한 선생님은 작년 졸업생들한테 사발통문을 돌려서 사흘 만에 교복치마 여섯 벌을 구했다.

"이것만 하면 네 졸업 때까지 입어도 남겠다."

옷 보따리를 받아든 수정이는 고맙습니다 하는 인사도 제대로 못하고 상담실을 나갔고, 지석은 그 후 마음보석 장학금을 서너 번 지급했다.

이때 이 학교 교무부장이 이시백 선생과 사회과 동기인 조영호 선생이었다. 지석과는 1정연수동기이기도 한 사람이다. 조 선생은 사립학교에 있었는데 교원노조에 앞장섰다가 해임됐고, 교원노조가 합법화되자 공립학교로 복직이 된 것이다. 원래 말씨가 세련되고 똑똑한 사람이라 그렇겠지만 해임에서 복직된 사람을 교무부장의 중책을 맡긴 건 좀 이례적이라는 느낌이 들었다. 그런데 가만히 보니 교장도 교감도 조 선생 눈치를 많이 살피는 것 같았다. 그건 이 학교에서 교원노조의 세력이 상당하다는 의미일 것이다.

"이시백 선생님 더러 만납니까? 전에 같은 학교 있을 땐 나하고 가까이 지냈는데, 내가 이리로 오고 난 후엔 한번 보기가 힘드네요."

점심시간에 우연히 같은 식탁에서 점심을 먹게 됐을 때, 지석은 의례적인 인사치례로 조 선생에게 말을 걸었다.

그런데 조 선생한테서 돌아온 대답은 지석을 놀라게 했다.

"예. 김 선생님 얘기 많이 하데요. 교원노조 만들 때 의견차를 보였단 얘기도 하고."

식탁에서 나누는 가벼운 대화가 자꾸 깊은 수렁으로 빠지고 있었다.

"1학년 여학생 교복 치마를 열 벌이나 구해 줬다면서요?"

말 속에서 가시가 느껴졌다. 숫자도 여섯 벌이 열 벌로 튀겨져 있다. 그게 온 교무실에 소문이 다 퍼졌단 말인가?

"그건 한영숙 상담과장님이 하신 것입니다. 올해 처음 온 내가 어떻게 졸업생들한테서 치마를 구할 수 있겠습니까?"

"하하, 오해하지는 마십시오. 나는 좋은 뜻으로 드리는 말씀입니다. 그 여학생을 김 선생님 셋째 딸이라고 하는 것도. 제자를 딸 같이 사랑하는 거야 칭찬받을 일 아니겠습니까?"

수정이가 지석을 많이 따르고, 장학금을 몇 번 주었다는 얘길 듣고 한 선생님이 농담 삼아 한마디 한 것이 교무부장 귀에까지 들어갔구나. 발 없는 말이 천리를 간다는데, 상담실에서 교무실까지야 몇 걸음이나 되나? 언행을 조심해야겠구나. 남자 학교에만 있다 보니, 여학생에 대한 이해가 부족하다는 생각을 지석 자신도 가끔 하곤 한다.

"틈나면 이시백 선생님하고 같이 술이나 한잔 나눕시다."

지석은 서둘러 자리에서 일어섰다.

지석이 상담실 자기 자리로 돌아왔으나, 식당에서 교무부장이 하던 얘기가 자꾸 생각이 났다. 자기 말마따나 별 얘기 아니고, 오히려 좋은 얘기일 수도 있다. 그런데 그게 어떻게 교무부장 귀에 들어갔을까? 한 선생님은 매사가 신중하고, 특히 상담부장이란 직책을 의식하고는 학생들 얘기를 함부로 하는 사람이 아니다. 그렇다면? 지석의 머릿속을 언뜻 스쳐가는 사람. 도서관 관리 담당의 젊은 여교사다. 지석이 한 선생님과 수정이와 함께 환담하고 있을 때, 그가 와서 커피 한잔하고 간 적이 있었다. 그가 이 학교의 전교조 대표라고 했었다. 조영호 교무부장과는 그만치 친밀한 사이일 수 있고, 꼭 무슨 의도를 가지고서가 아니라 가벼운 대화 가운데서 그런 얘기가 오갈 수 있을 것이다.

지석이 지금 사용하는 컴퓨터는 작년까지 다른 여선생이 쓰던 것인데, 그 여선생이 출산휴직 가고 올해 전입 온 지석이 그 여선생이 맡았던 상담실 보조의 역을 맡게 되면서 자연스럽게 지석이 사용하게 된 것이다. 이 학교에서는 (요즘은 모든 학교에서 다 그렇다고 하는데) 내부망을 통해서 여러 가지 공지사항들이 전달되곤 했다. 그런데 한번은 이런 소식이 떴다. 전교조 조합원 선생님들은 점심시간에 구내식당으로 가지 말고 교문 밖 국밥집으로 모여라. 현안 토의를 위한 임시회의를 하고, 5교시 수업 없는 사람은 뒷산 등산을 가겠다. 이런 소식은 조합원 선생님들한테만 알려도 될 건데 왜 모든 선생님들한테 다 알리는 걸까? 도서관엘 갔다가 그 여선생한테 그 얘길 했었다.

"별 간섭을 다하시네요?"

그 여선생한테서 돌아온 대답은 싸늘한 느낌을 머금은 간단명료한 한마디였다. 그 여선생은 사범대학 후배였다. 출신학교를 따지지 않아도 지석이 대선배 아닌가? 저런 말투라니? 지석은 간섭한 것이 아니었다. 순수한 충고의 정신에서 나온 말인데.

'빈 배'. 그 여선생의 이야기를 듣는 순간에 떠오른 말은 '빈 배'였다. 오쇼 라즈니쉬의 『장자(莊子)강의』에 나오는 말이다. 이시백 선생이 사준 그 책에서 지석이 배운 건 한두 가지가 아니다. 이 선생은 이런 효과를 예견하고 그 책을 사 준 것일까? 배를 저어가다가 다른 배와 부딪혔을 때, 항의를 하려고 들여다보았으나 그 배가 아무도 없는 빈 배라면 다툼은 발생하지 않는다. 그러므로 '빈 배'가 되는 것은 현자(賢者)의 선택이다.

나중에 알고 보니 출산휴직 간 그 여선생도 전교조 조합원이었고, 조합원 사이에서만 통하는 내부망이 따로 있었는데, 컴퓨터 주인이 바뀌었는데도 그 연결망을 끊지를 않았던 것이었다. 그 일이 있은 후에 지석의 컴퓨터에는 다시 전교조 관련 메시지는 나타나지 않았다.

근거 없이 남을 의심하는 건 옳지 않은데, 교무부장한테 수정이 치마 얘기며 셋째 딸 얘기를 전한 것도 저 사람이지 싶었다. 몇 번이나 수업료를 해결해 주었단 얘기도 물론 했을 것이다.

한번은 국어 보충수업 시간이었는데, 교재에 윤고산의 '오우가(五友歌)'가 나왔다.

"대나무는 나무일까요? 풀일까요?"

지석이 농담 삼아 질문을 던졌다. 대답은 다양하게 나왔다. 나무다. 풀이다. 나무도 아니고 풀도 아니다. 나무이면서 풀이다. 자기가 옳다고 하는 대답에 손을 들어보라고 했다. 나무도 풀도 아니라는 대답이 가장 많은 표를 얻었다. 이유를 물었더니 이 시에 그렇게 써 놨으니까 라고 했다. 그 다음에는 나무라고 하는 대답이 표를 많이 얻었다. 이유는 우리가 대나무라고 부르고 있으니까. 그런데 풀이라고 하는 대답에다 표를 던진 사람이 딱 한 사람 있었다. 바로 수정이었다. 왜 그렇게 생각하느냐고 물었더니 어느 책에서 읽었는데, 대나무는 부피자람을 하지 않기 때문에 식물생태적인 입장에서 보면 풀이라고 하는 게 옳다는 것이었다. 수정은 거기에 더 보태어서 은행나무는 침엽수로 분류하는 것이 옳다는 얘기까지 덧붙였다. 잎맥이 거물잎맥이 아니고 나란히잎맥이기 때문이란다. 그날 지석은 수정이의 폭넓은 독서에 대해서 칭찬을 해 주었다. 사실 학교공부와 직결된 것 밖의, 교양이나 수신을 위한 책을 아이들은 거의 읽지 않는 게 현실 아닌가?

부끄러운 시민

아침식사 후에 혈압약을 먹으려고 약통을 꺼내어보니, 저녁에 먹는 전립선 약이 하나도 안 남았다. 병원에 가기가 싫어서 자꾸만 뒤로 미루었는데 오늘은 귀찮아도 갈 수밖에 없겠다. 더운물에다 가루 커피를 한 잔 타서 들고는 여느 날과 마찬가지로 공부방 책상에 와서 앉았다. 창밖으로 멀리 망월산이 보인다. 평소와는 달리 하얀 설산이다. 어제는 오랜만에 제법 많은 비가 왔다. 다른 데는 눈 소식도 비 소식도 많더라만 이곳 대구와 경산에는 비도 눈도 오지 않더니, 어제는 3·1절이라 조상들이 돌봤는지 제법 많은 비가 내렸다. 봄 가뭄에 완전 해갈은 안 되더라도 좀 마음이 놓인다. 비가 마른 땅을 적시면 움츠리고 때만 기다리는 땅속의 생명들을 일깨워 움이 돋을 것이다. 그 비가 저 망월산에는 눈으로 내렸나 보다. 아니면 비로 내린 것이 얼어붙었거나. 겨우내 눈 구경 한 번 못 해봤는데, 오늘 아침에 이렇게라도 설산을 바라보니 기분이 좀 좋아진다.

또 인터넷을 열고는 코로나 상황부터 살핀다. 숫자는 조금 줄었는데 어제가 공휴일이라 검사 건수가 줄어든 영향이라면서, 방역 수칙을 계속해서 엄격하게 지켜줄 것을 당부하고 있다. 빗속에서의 시위는 막으면서 복작대는 백화점은 왜 그냥 두느냐고, 코로나 바이러스가 시위대만 따라다니느냐는 비아냥거림도 있다. 강원도에는 60센티가 넘는 폭설이 내려 동해안으로 놀러갔던 차량이 눈에 갇혀서 8시간 이상 꼼짝을 못했다는 얘기도 보인다.

그런데 지석은 방역수칙 얘기가 나올 때마다 껄끄러운 게 있다. '사회적 거리두기'라는 말이다. 사회가 뭔가? 사람들이 관계를 이루어 모여 사는 공동체가 사회 아닌가? 그렇다면 '사회적 거리'를 띄우라는 건 인간관계를 느슨하게 하고 소원하게 하라는 말인가? 서로 믿지도 말고 사랑하지도 말라는 말인가? 물론 그런 건 아닐 것이다. 코로나 바이러스가 옮겨붙지 못할 만치 거리를 두라는 얘기일 것인데, 그렇다면 마땅히 '공간적 거리두기'나 혹은 '물리적 거리두기'라고 해야 하는 것 아닌가? 방역수칙이란 말 속에 함유되어있는 이 말은 이 시대에 가장 자주 입에 오르내리는 말일 것인데, 다시 검토를 해볼 필요가 있지 않을까? 그런 경우는 하나둘이 아니다. 텔레비전에서 본 장면인데, 전에 천하장사로 이름을 날리던 사람이 종이상자에다 여러 가지 쓰레기를 담아 와서 종류별로 부대에다 넣고서는 빈 상자를 보여주면서 이렇게 '분리수거'를 잘 해야 한다고 말하는 장면이다. 이런 걸 '분리수거'라고 해서 맞는 말인가? 이건 가져가는 사람 입장에서 할 수 있는 말 아닌가? 내어놓는 사람 입장에서는 '분류배출'이라고 해야 할 것 아닌가? 아니면 '분리배출'이라고 하든지.

국어교사로 평생을 살아온 지석으로서도 요즘 언론에 난무하는, 새로 만들어서 마구 뿌려대는 말들은 무슨 소린지 알아먹기가 어렵다. 외래어, 젊은이들 사이에 유행하는 신조어, 은어, 속어, 변형어, 사투리까지. '검수완박'이란 말도 그런 것 중의 하나다. 처음 들었을 때는 '숫자를 검색해 보면 완전한 대박'이란 말인가? 무슨 숫자를 검색하는데? 그게 어째서 대박이 되는데? 로또복권 얘긴가? 혼자 의아해했는데, 텔레비전에서 하는 얘기를 들어보니 그게 아니고, '검찰 수사권 완전 박탈'이란 말을 줄인 거란다. 언론이 언어생활의 지남(指南)이 되어주어야 할 건데 요즘 상황을 보면 오히려 혼란을 더 부추기는 것 같다. 시대에 뒤떨어진 당신의 언어감각 때문 아니냐고 한다면 입을 다물 수밖에 없겠지만.

병원에 갔다가 돌아오는 길. 지하철 임당역에 내려서 출구를 나서는 지석의 눈에 또 거슬리는 것이 있다. 사무실 앞쪽에 내어 걸린 현수막. 'K방역의 주역. 대구시민임이 자랑스럽습니다.' 이곳 임당역이 어딘가? 대구시가 아니고 엄연히 경상북도 경산시다. 타고 내리는 사람의 95퍼센트 이상이 경산시민이다. 그런데 대구시민이 자랑스럽다고? 대구시민은 자랑스럽고, 경산시민은 부끄러운가? 전에도 '대구시민이 최고의 백신입니다.'라고 써 붙여놓은 걸 보고, '그러면 경산시민은 바이러스냐?' 고 항의한 적이 있는데, 이번에 또 이런 걸 붙여놓은 것이다. 야당 국회의원이었던 지석의 후배가 '이부망천'이란 말을 한번 했다가 본의 아니게 탈당을 해야 했고, 결국 새로 국회의원으로 선출되는 데 실패한 일이 있다. 서울지역에는 '이혼하면 부천 가고, 망하면 인천 간다'는 말이 전해진다. 그걸 한번 입에 올렸다가 아까운 인재가 일이 어렵게 된 걸 본 적이 있다. 대구에서도 옛날부터 '망하면 신천 넘어 간다'는 말이 있었다. 이건 지석 자신에게 딱 맞는 말이다. 요즘은 신천 이쪽이나 저쪽이나 같지만, '신천 넘어' 정도로는 해결이 안 돼서 집값 싼 곳 찾아 경산으로 이사했던 지석 아닌가?

유리창 너머로 역 사무실을 들여다보니, 저쪽 구석 자리에 검은 옷을 입은 젊은이 한 사람이 보인다. 유리창을 두드리니 돌아다보고는 밖으로 나왔다.

지석은 현수막을 손가락으로 가리켰다.

"대구시민은 자랑스럽고 경산시민은 부끄럽습니까? 집값 비싸서 대구에 못살고, 집값 싼 경산으로 밀려온 경산시민들 자존심 상합니다."

이렇게 말하는데 갑자기 눈물이 왈칵 솟았다.

지석이 집 때문에 열 번도 더 넘게 이사를 다녔던 걸 생각하면 눈물이 나지 않는 게 오히려 이상할 정도다. 봉덕동 골목 안집 부엌도 없는 구석방 하나를 곗돈 1번 타서 월세로 얻어 든 신접살림. 결혼 1주년 무렵에 첫아이가 태어났다. 연탄 아궁이에다 양은솥을 얹어놓고 음식을 만드는 제 어미를 내다보다가 아이가 거꾸로 넘어져 떨어진 일이 일어났다. 펄펄 끓는 솥 위로 떨어지지 않은 것이 천만다행. 안 되겠어요. 이사 갑시다. 아내의 의지는 단호했다. 그래서 이사 간 곳이 수성동의 상가건물 4층. 방이 둘이었고, 가운데에는 조그만 마루도 있었다. 가난하게 살다가 가난한 집으로 시집온 아내는 사글셋방 생활을 벗어나야겠다는 꿈을 키웠다. 고향의 부모님을 대구로 모시고, 아이 돌보기 도움을 받으면서 근처 초등학교 학생들의 방과 후 학습을 지도하고 얼마의 수입을 얻었다. 여기에서 둘째와 셋째가 태어났다. 그러나 아버지는 고달픈 농촌 생활을 벗어난 기쁨도 느껴보시기 전에 허리를 다쳐서 세상을 떠나셨다.

얼마 후, 그동안 모은 돈과 힘에 겨운 융자를 합해서 저 서쪽 변두리에 작은 아파트 하나를 분양받았다. 조그만 방 세 개와 거인 콧구멍만한 거실이 있었다. 내 이름으로 등기된 집을 가지고 싶다는 소원이 이루어지는 감동의 순간이었다. 그 무렵, 아내는 초등교사 임용고시에 합격하여 포항으로 발령을 받았다. 통근이 불가능한 먼 거리였으므로 아이들 데리고 포항으로 가서 자취생활을 시작했다.

어느 봄날. 이시백 선생님과 함께 3학년을 담임했던 그 이듬해이지 싶다. 지석이 구내식당에서 점심을 먹고 교무실로 돌아왔더니, 이시백 선생이 편지를 하나 내밀었다.

"선배님. 이 편지 뭔지 좀 이상한 편진데요?"

편지의 수취인은 분명 '김지석 선생님'으로 되어있는데, 겉봉에 '내용증명'이라는 붉은색의 글씨가 커다랗게 찍혀있었다. 내용증명이라? 무슨 내용을 어떻게 증명하라는 건가? 이런 편지를 받아보기는 난생처음이었다.

지석이 성당에서 예비신자 입교교육을 맡고 있을 때 지수라는 청년이 있었다. 어느 회사에 입사하게 됐는데 보증인이 필요하다고 했다. 친척한 사람에게 부탁했으나 거절하더라면서 울먹이는 게 아닌가. 이런 일 도와주지 못하면서 무슨 예수님 제자라고, 그러면서 예비신자들한테는 네 이웃을 네 몸같이 사랑하라고 가르치는가? 내가 해 줄게. 내일 서류 가지고 와.

아내는 강한 어조로 반대 의사를 표명했다. 보증은 부자간에도 서지 않는 법이랍니다. 그 사람 뭘 믿고 보증을 서요. 지석은 아내의 의견을 무시했다. 누가 돈 내어놓으라고 하나요? 도장만 한 번 찍어 달라는 걸. 그 사람은 내 도장 하나로 취직이 되는데.

그런데 보증을 서 준 그 사람이 거액의 공금을 횡령하여 고발을 당했고, 재판에서 유죄가 인정되어 교도소에 수감 중이란다. 그러니 보증인이 그 돈을 다 변상해야 한다는 것. 그것이 그 '내용증명'의 내용이었다.

갑자기 온 세상이 노랗게 변했다. 하늘이 무너져서 자기 위로 쏟아져 내리는 것 같았다. 맨 먼저 머리에 떠오른 것은 집이었다. 집이 아니고서는 그 돈을 해결할 수 없을 것이다. 반은 빚을 안고 분양받은 콧구멍만 한 우리 가족의 보금자리. 거기에는 아내의 소망이 엉겨있다.

포항에 있는 아내는 토요일에 왔다. 다음 날 아침까지 함께 있으면서도 지석은 그 '내용증명' 얘기를 꺼내지 못했다. 이 일은 숨겨서 될 일이 아니다. 한 번은 결국 난리가 나고 말 일이다. 오전에 성당에 가서 미사를 드리고 나오면서, 그렇게 생각을 굳히고 아내를 성당 앞에 있는 다방으로 데리고 갔다. 웬일로 커피를 다 사주느냐며 생글생글 웃고 있는 아내에게 차마 입이 떨어지지 않았다. 그러나 다른 도리는 없다. 목구멍을 통과하여 나오려던 말이 몇 번을 다시 기어들어 간 후에 그 얘길 했다. 아내는 웃던 얼굴이 순간 파랗게 질리더니 커피잔을 탁자에 떨어뜨렸다. 그건 그냥 놓은 것이 아니라 떨어뜨린 것이었다. 잔이 깨어지지는 않았으나 커피는 탁자 위에 질금 쏟아졌다. 잠시 입술에 경련을 일으킨 아내가 입을 열었다.

"다시 시작합시다. 우리가 언제 돈 가지고 살림 시작했나요. 맨손으로 다시 시작합시다."

아아, 그 순간. 지석이 왈칵 솟는 눈물을 훔치고 났을 때, 그 앞에는 이 세상에서 가장 훌륭한 아내가 앉아있었다.

그런 연유로 지석의 아파트는 공중분해가 됐고, 동부주차장 근처 신천동에 방을 얻기로 했다. 아내의 직장이 포항이니 오고 갈 때 조금이라도 시간을 줄이지 싶다는 계산이었다. 방 두 개짜리 반지하인 집을 하나 발견했고, 주인과 합의가 잘 이루어졌다. 그런데 계약서를 쓰려는데 주인이 갑자기 집에 아이가 몇이냐고 물었다. 셋이라고 했더니 그러면 안 되겠단다. 지석은 순간 이성을 잃었다. 여보쇼. 당신은 어찌 잘나서 세놓을 집이 다 있나? 아이가 셋이면 당신 옷을 뺏어 입나, 당신 밥을 뺏어 먹나. 당신 집 아니면 내 발 뻗고 잠잘 집 없지 싶어요?

지석은 벌떡 일어나서 문을 왈칵 밀고 나왔다.

동부주차장 근처에서만 이사를 네 번 했다. 그러고는 지산동의 임대아파트로 이사를 했다. 3년 후에 분양을 해 준다는 조건이었다. 그동안에 아내는 경주로 전근을 했고, 시어머니까지 다섯 가족을 두고 혼자 경주에 머물 수가 없어서 결국 통근을 하기로 했다. 지산동 집에서 시내버스를 타고 동부주차장까지 가서, 다시 경주행 시외버스를 타고, 경주에 내려서는 또 학교까지 가는 시내버스를 타야 했다. 이걸 매일 왕복으로 해야 하니 여간 힘든 일이 아니었다. 어느 겨울날 아침, 동부주차장에 도착하니 경주행 시외버스가 출발하기 위해 슬슬 움직이고 있었다. 이걸 놓치면 지각이다. 아내는 출발하는 버스로 달려들었고, 그러다가 미끄러져 넘어져서 손목을 다쳤다. 통증이 심해서 결국 경주까지

가지 못하고 되돌아와서 파티마 병원으로 갔다. 손목 골절. 수술을 받고 입원을 했다. 그날이 필리핀의 독재자 마르코스와 그의 아내 이멜다가 2백 켤레의 구두를 남겨두고 미국으로 쫓겨 가던 날이었다.

분양의 꿈을 키우며 3년 세월을 다 메워갈 무렵에, 설상가상으로 건설사가 부도가 나면서, 잘못하면 임대보증금까지 날아갈지도 모른다는 불안을 안게 됐다. 이 돈으로 갈 곳이 어디 있는가? 수소문 끝에 경산에 그런 아파트가 있다는 걸 알게 됐다. 가자, 경산으로. 비가 억수로 쏟아지던 날 오후, 그 폭우를 뚫고 새 정착지 경산으로 차를 몰았다. 지석의 가족이 경산시민으로 다시 태어나는 날이었다.

멸치의 꿈

지석이 이시백 선생과 함께 3학년 담임을 했던 그 이듬해, 그러니까 이시백 선생이 지석에게 그 청천벽력같은 '내용증명' 편지를 전달해 주던 그해의 3월 말경. 아침에 출근하니 책상 위에 책이 한 권 놓여있었다. 『멸치의 꿈』. 이시백 선생의 첫 시집이었다. 경북 북부지역에 근무할 때 서울에 있는 시 전문지의 추천으로 시인이 됐단 얘긴 이미 들었으나 막상 이 선생의 시를 한 번도 읽어보지를 못했었다. 조그맣고 얇직한 책이었지만 표지가 깨끗해서 첫인상이 좋았다. 표지를 넘기니 왼쪽 표지 날개에 이 선생님의 사진과 함께 약력이 나열되어 있고, 오른쪽의 빈자리에는 '김지석 선배님께, 이시백 드림'이라고 서명을 해 놓았다. 교실을 둘러보러 가야한다는 부담이 있었지만 궁금해서 우선 표제작 「멸치의 꿈」을 찾았다.

멸치의 꿈

남해 바다 넓고
많고 많은 생명들 사이
작고 힘없어 삶이 두려운
멸치.

큰놈에게 먹힐까 상처 받을까

숨죽이고 살지만

할 수 있는 거라곤

여럿이 함께 모여 사는 것뿐,

살아남는 요행 바라는 것뿐.

어쩌다 죽방에 갇혀 비늘 상하지 않고

선비의 진짓상에 오르는 것도 좋지만,

외로운 섬 바위 끝에 짠바람 맞고 피어난

한 송이 핏빛 동백도 바라보고

자유로이 꼬리 흔들며 헤엄치는 것.

멸치의 꿈.

교실을 한 바퀴 둘러보고 교무실에 돌아오니, 잔잔한 소란이 방안에 가득했다. 선생님들은 모두 이 선생님 시집을 펼쳐 들고, 어느 선생님은 소리 내어 낭독하고 있고, 또 어떤 선생님은 출판기념회 한번 하자고 외쳤다. 학년주임 선생님이 내일이라도 축하자리 한번 마련하자면서 분위기를 가라앉혔다.

"우리끼리 출판기념회 전야제 합시다."

그날 퇴근 시간에 지석은 시백의 옷자락을 슬며시 잡아당겼다. 야간 자습이 시작되는 걸 보고 둘은 서둘러 교무실을 나섰다.

'살구꽃 마을'. 주점 '행화촌'이 이름표를 바꾸어 달고 있었다. 행화촌이란 이름이 너무 어렵고 생경하다고, 손님들이 이름 바꾸자는 소리를 자주 듣는다고 하더니 결국 이렇게 된 모양이다.

"부드럽고 인상도 좋은데요? 간판 말예요."

늘 그들의 자리로 전세를 내어놓은 그 구석 자리에 앉자 이시백 선생이 이렇게 운을 뗀다.

"괜찮은데요. 뜻은 같으면서 한자말 대신 순우리말로 바꾸니 또 다른 정다움이 있군요. 당나라 대시인 두목(杜牧) 선생 섭섭할지 모르지만. 이 족자까지 얻어다 걸어둔 나도 그렇고."

"섭섭할 것 없어요. 행화촌을 그냥 우리말로 바꾸어놓은 것뿐이잖아요. 두목 선생이나 김 선배님 오히려 한 단계 업그레이드 된 셈인데요, 뭘."

막걸리를 한 병 시켜놓고 둘러보니 변한 게 간판만이 아니다. 족자 아래에 조그만 쪽지에다가 번역시를 붙여 놓은 건 벌써 오래전에 이시백 선생이 한 것인데, 그 곁에 소박한 플라스틱 액자에다 시를 한 수 적어서 걸어놓았다. 이호우 선생의 저 유명한 시조 '살구꽃 핀 마을'이다.

살구꽃 핀 마을은 어디나 고향 같다.
만나는 사람마다 등이라도 치고지고
뉘 집을 들어서면은 반겨 아니 맞으리.

바람 없는 밤을 꽃그늘에 달이 오면
술 익는 초당(草堂)마다 정이 더욱 익으리니,
나그네 저무는 날에도 마음 아니 바빠라.

지석은 수업시간에 이 시를 몇 번 다룬 적이 있다. 그리고 청도 남쪽 낙동강 변에 있는 이호우 선생과 이영도 남매 시조시인이 나서 자란 집에도 가 보았다. 거기 가서 낙동강을 바라보면 이 시조「살구꽃 핀 마을」과 함께「달밤」이 정겹게 다가오곤 했다.

낙동강 빈 나루에 달빛이 푸릅니다.
무엔지 그리운 밤 지향 없이 가고파서
흐르는 금빛 노을에 배를 맡겨 봅니다.

낯익은 풍경이되 달 아래 고쳐보니
돌아올 기약 없는 먼 길이나 떠나온 듯
뒤지는 들과 산들이 돌아돌아 뵙니다.

아득히 그림 속에 정화된 초가집들
할머니 조웅전에 잠들던 그날밤도
할버진 율 지으시고 달이 밝았더니다.

미움도 더러움도 아름다운 사랑으로
온 세상 쉬는 숨결 한 갈래로 맑습니다.
차라리 외로울망정 이 밤 더디 새소서.

"이 선생님도 학창시절에 이호우 선생 시조 좋아하셨죠? 대학 프레쉬맨 시절에 벌써 이백의 「망여산폭포」를 줄줄 외던 이 선생님 아닙니까?"

"아, 예. 우리 한국 사람 정서에 잘 녹아드는 시죠. 그런데 이 액자는 누가 걸었는가? 행화촌 촌장 아줌마한테 물어봐야지."

"행화촌이 '살구꽃 마을'로 바뀌었으니 이제 촌장님 대신 이장님으로 불러야 하는 것 아닌가?"

"그런데 저쪽에 걸린 저 액자는 또 뭐야? 저것도 안 보던 건데?"

주방에서 일하다가 불려온 이장 아줌마는 자세한 경위를 설명해 준다.

'살구꽃 핀 마을' 시조 액자는 간판 바꾸라고 졸라대던 손님이 간판 바뀐 것 축하한다면서 갖다 걸어놓았다고 한다. 그리고 다른 액자는 어느 텔레비전 방송에서 전국 아름다운 식당 이름 컨테스트를 했는데, 이 집 '살구꽃 마을'이 5등으로 표를 많이 얻었고, 그 방송에 나왔던 장면을 찍은 사진이란다. 그러면서 아주머니는 미소 지은 얼굴로 한마디를 보탠다.

"요즘 우리 가게 손님 많이 늘었습니다. 텔레비전 위력이 얼마나 대단한 건지 실감했습니다."

아하, 그래서 맛집이라는 식당엘 가면 꼭 언제 무슨 방송 방영장면이라는 사진을 걸어놓는구나 싶다.

"시집 출판기념회 한다면서 딴 얘기만 했네. 자, 한 잔 들고 본론으로 들어갑시다."

둘은 막걸릿잔을 부딪쳤다.

"이 선생님. 이게 첫 시집이라고 했죠? 첫 애기 낳은 엄마 맘 같겠군요."

"선배님이 역시 제 맘 알아주시는군요. 소위 데뷔라는 걸 한 게 언젠데 이제사 첫 시집이라니요. 많이 늦었죠."

"요즘은 대개 자비출판으로 한다더군요. 책 장사가 잘 안되니? 돈 많이 들지 않았나요?"

"마침 출판사에서 출판해 주겠다고 제의를 해 왔습다. 고맙게도."

"이태백 동생은 역시 알아주는 사람이 있군요. 낭중지추(囊中之錐)가 따로 없네요. 어찌 주머니 속에 송곳을 감출 수 있겠습니까?"

"그건 과찬의 말씀이고요. 어쩌다가 행운이란 놈이 길을 잃었던 모양입니다, 하하."

"표제작「멸치의 꿈」좋던데요? 내가 이 선생님 시를 평가할 입장은 아니지만. 한번 낭독해 볼게요. 작은 출판기념회 아닙니까?"

지석이 시집을 뒤져서「멸치의 꿈」을 찾아 손짓을 섞어가며 소리 내어 읽었다.

두 사람의 수작을 알아들은 모양으로 이장 아줌마가 소주를 한 병 축하선물이라면서 들고 왔다.

"이 선생님. 요즘 책 장사도 잘 안된다는데, 고마운 출판사 손해보여서도 안 되고. 또 이 선생님도 인세라는 걸 받아보는 재미도 좀 봐야지요. 내가 우리 학교 아이들한테 한번 팔아볼게요."

"뜻은 고맙지만 그만두세요. 교사가 아이들한테 책 장사했다고 소문

나면 곤란해요."

"아니, 출판사에서 서점 넘기는 값으로 하고, 이 선생님 돈 안 남기면 누가 뭐라고 하겠어요? 이 선생님은 모른 척 가만히 있어요. 내가 알아서 할 테니. 자기 가르치는 선생님 시집인데 한 권 사는 건 기쁨이고 자랑이지요, 뭘. 걔들 주전부리값입니다."

다음날 아침, 지석은 각반의 반장들을 교사휴게실로 불러 모았다. 이시백 선생님이 시인으로 등단한 것은 벌써 오래전인데, 이번에 첫 시집을 냈다면서 시집을 쳐들어 보여주었다. 아이들의 얼굴에는 신기하다는 표정, 보고 싶다는 표정, 자랑스럽다는 표정들이 동시에 불을 켰다.

"절대로 강요하지 마라. 완전한 자유의사로 선택하게 해라."

이렇게 강조를 한 다음, 책값은 출판사에서 서점에 넘기는 값으로, 이시백 선생은 한 푼도 남기지 않는다는 걸 주지시켰다.

그렇게 해서 시집 3백여 권이 아이들 손으로 들어갔고, 지석은 책값을 모아서 출판사로 보냈다. 여기에 대한 교무실 내의 분위기는 대체로 양분되었다. 중이 제 머리 못 깎는다고, 지석이 대신 나서 준 것은 좋은 일이었다는 평가가 우세했지만, 아무리 원가라고 해도 교사가 나서서 책을 사라고 종용한 것은 바람직하지 못하다는 분위기도 만만찮았다.

며칠 후, 지석이 수업 교재를 뒤적이고 있는데, 이시백 선생이 커피 한잔하자면서 휴게실로 가자고 했다. 교사들끼리 휴게실에서 커피를 마시는 거야 자주 있는 일이라 이상할 것 없지만, 이시백 선생의 표정이 뭔가 수상쩍다.

이시백 선생이 자판기에서 커피 두 잔을 뽑아 왔다. 표정이 밝지 못하다. 지석은 얼른 눈치를 챘다. 시집 때문에 무슨 일이 있구나.

"선배님. 아침에 교장실에 불려갔다 왔습니다."

"아, 그랬어요? 웬일로?"

지석은 짐작을 하면서도 짐짓 모른 체 시침을 뗐다.

"제 시집요. 학생들한테 교사가 책 장사했다고 어느 학부형이 교육청에다 투서를 넣었답니다."

"내가 괜히 시키잖은 일을 해가지고선 이 선생님한테 누만 끼쳤군요. 그래 교장 선생님은 뭐랍디까?"

"교육청에선 징계를 해야 한다는 걸 교장 선생님이 말렸다고 하는데, 며칠 기다려 봐야 되겠답니다."

"걱정 마십시오. 그런 일 가지고 징계하고 그러진 않겠죠. 교장 선생님이 이 선생님 주의 주는 정도의 의미일 겁니다. 만약 정말로 징계를 준다면 내가 나서서 자초지종을 밝힐게요. 책임이 있다면 나한테 있지 이 선생님이 무슨 잘못이 있다고. 자, 커피 마시고 걱정 싹 씻어내십시오."

이시백 선생의 시집 이야기는 학년 교무실에서 끊일 듯 이어졌다. 교육청에 투서 넣은 사람이 어느 반 누구 아버지일 거야. 전에도 말썽을 일으킨 적이 있지. 어쩌면 그런 일은 처음부터 아예 없었는지도 몰라. 전교조 학교 대표인 이시백 선생님한테 교장이 처신 조심하라는 예방 주사를 놓은 것일지 누가 알아?

한 주일이 지나도록 징계 얘기는 다시 나오지 않았다. 교육청에서도,

교장실에서도, 교무실에서도.

목요일 5교시에는 지석과 이시백 선생이 모두 수업이 없는 시간이었다. 그래서 구내식당에서 점심을 먹고 나면 여유를 가지고 청운정으로 올라가서 커피를 마시곤 했다. 징계 얘기가 잊혀질 무렵의 어느 목요일 5교시. 둘이서 청운정 벤치에 앉았다.

"이 선생님. 「멸치의 꿈」은 물론 상징이겠죠. 원관념이 뭡니까? 시인의 얘기 직접 한번 들어봅시다."

"설명은 시의 구조를 해체시킨다고 하잖아요. 선배님 느끼고 생각하시는 게 정답이죠, 뭐. 어떻게 생각하셨어요? 제가 오히려 선배님 얘길 듣고 싶은데요."

"시는 발표한 후에는 독자의 것이라고 하데요? 내 맘대로 허황한 얘기 한번 해 볼까요? 이 선생님 어릴 적에 부산 국제시장에서 베어링 닦던 얘기는 아무나 할 수 있는 체험이 아니지요. 그렇다면 이 선생님의 문학 속에 항상 녹아있을 것이라고 생각해요. 그때 앞집 여학생, 용두산 공원에서 묵주를 쥐어주던 일은 잊을 수가 없겠죠? 멸치가 꿈꾸는 '핏빛 동백'은 그 여학생의 기억이 아닐까요?"

"하하, 김 선배님의 눈은 시인보다 더 시적(詩的)이십니다."

"그 묵주가 이 선생님의 보물이라고 하셨잖아요? 아직도 가지고 계시나요?"

"아뇨. 언제 어디서 잃어버렸는지도 모르겠어요. 어느 날 보니까 없더라고요."

"그렇다면 말이죠. 자꾸 밍기적거리고 있을 게 아니라, 천주교 세례

말입니다, 용기를 내셔야 하지 싶어요. 자꾸 부정적으로만 보면 끝이 없어요."

"저도 요즘 그 문제 좀 고민하고 있습니다. 한번 생각해 봅시다."

"시각을 바꾸는 게 중요합니다. 난 수업시간에 작품의 시점(視點)을 미술시간의 석고상 소묘에다 비유하곤 합니다. 대상인 석고상은 하나인데 앉은 자리에 따라서 다른 그림이 나오죠. 시각의 차이. 석고상의 뒤통수만 노려보지 말고 돌아가서 앞 얼굴을 봐야 제대로 보이는데."

"글쎄요. 제 눈엔 예수님의 앞 얼굴은 안 보이고 뒷모습만 어른거리니 탈이죠."

"그게 바로 눈앞을 가리는 매화가지 아닙니까? 그걸 걷어내야 멀리 있는 저녁놀 뜬 서산이 보이지요. 일체유심조(一切唯心造). 잘 아시잖아요? 다 내 마음에 달린 건데."

새 이름, 새 사람

어제는 어지럼증이 심했다. 병원엘 다녀온 후 종일을 누워서 지내느라고 컴퓨터를 열어보지 못했다. 여느 날 늘 그렇게 하듯 오늘 아침에도 지석은 커피잔을 들고 컴퓨터 앞에 앉는다. 밤사이 봄비가 좀 내렸는가? 창틀에 물방울이 대롱대롱 맺혀 있다. 그 사이 가뭄이 너무 심했다. 어디어디에는 눈도 많이 내렸다더라만 이 지역엔 눈도 비도 오지를 않았다. 그러잖아도 물가가 많이 올라 서민들의 삶이 위험수위라는데, 가물어 농사 망치고, 물 부족까지 겹치면 이제는 생존을 걱정해야 할지 모른다.

촉촉한 봄비는 만물의 소생을 도울 것이다. 아침에 신문을 가지러 현관 밖엘 나가서 바라보니, 며칠 전에 지석이 농사 금지를 안타까워하며 걸었던 임당들이 빗속에서 고즈넉했다. 다행한 일이다. 그런데 온 나라를 혼란에 빠뜨린 토지투기가 저 들판에서도 다수 발견되었다고 한다.

인터넷 신문을 펼친다. '겨우 7명 찾으려고 14,000명 뒤졌나'. 머릿기사의 제목이 이렇다. 토지주택공사의 신도시 개발 정보를 이용한 토지투기 문제로 온 나라가 시끄럽다. 서울 근교의 신도시 예정 지구는 물론 온 나라 구석구석 투기꾼의 큰손들이 쓸고 지나가지 않은 곳이 없을 지경이다. 여당은 서울, 부산 시장 보선을 앞두고 악재가 될까 싶어서 전전긍긍이고, 야당은 연일 공격의 강도를 높여가고 있다. 검찰의 수사

권을 박탈하고 셀프조사를 하고 있으니 무엇 하나 밝혀내지 못한다는 것이다. 뿐만 아니라 증거인멸에 충분한 시간을 준 이후에다 겨우 토지대장과 공사 직원의 이름을 대조하는 정도였다고 하니, 차명, 가명, 친인척 명의의 것은 하나도 밝혀낼 수가 없다는 것이다. 이건 수사도, 조사도 아니고 거짓으로 시늉만 하여 또 한번 국민 속여먹기라고 열을 올린다. 'LH토지주택공사'라고 쓰고는 '내토지주택공사'라고 읽었다는 비아냥거림도 보인다.

'코로나 상황'을 찾아서 클릭한다. 어제 하루 신규 확진자 수는 488명, 지금까지 누진확진자 수는 무려 94,686명이나 된다. 사망자도 10명을 더하여 1,662명이란다. 저 사망자 수를 볼 때마다 지석은 이시백 선생을 생각한다. 사망률은 2퍼센트 미만이다. 그런데 그 가운데 그 건강하고 씩씩하던 이 선생이 들어 있구나.

지석이 이시백 선생과 같은 학교에 있다가 다른 학교로 전근된 해 여름. 방학 중 보충수업을 위해 학교에 나갔더니 책상 위에 편지가 한 통 놓여 있었다. 이시백 선생이 보낸 것이었다. 같은 학교에 있을 때는 두말할 것도 없고, 지석이 학교를 옮겨간 후에도 할 얘기가 있으면 전화로 했고, 시간 여유가 있으면 '살구꽃 마을'로 불러내곤 했었는데. 편지는 이렇게 시작했다. 시작부터 좀 이상하다. 존경은 무슨 존경? 늘 함께 술 마시던 친구 아닌가? 그리고 동료 교사였고. 무슨 일 있나? 안 하던 짓을 하게?

'존경하는 김 선생님께.'

편지는 이렇게 시작했다. 시작부터 좀 이상하다. 존경은 무슨 존경? 늘 함께 술 마시던 친구 아닌가? 그리고 동료 교사였고. 무슨 일 있나? 안 하던 짓을 하게?

'건강도 근무도 여전하시죠? 저는 물론 잘 있습니다. 근무에 충실하지 못할까 봐 늘 노심초사하면서.

김 선생님은 늘 저에겐 존경스런 선배였습니다. 그러나 '존경'이란 말을 쓰고 보니 많이 어색하군요. 그런데 오늘 전교조 지부 회의를 마치고 집으로 오다가 문득 그때 교원노조 시작할 때 저와 나눈 얘기가 생각났습니다. 동참하지 않겠다는 선생님께 제가 했던 말, '박쥐의 길'을 선택하시느냐고 했었지요. 이렇게 무례한 후배한테 선생님은 한마디 서운하단 말씀도 안 하셨죠? 그 뒤로도 선생님이 보여주신 따뜻한 인간애를 느끼면서, 오늘 처음으로 '존경하는 선생님'이라고 불러봅니다.

그리고 그동안 제 나름대로 고민하고 고심했던 일, 가톨릭 입교 문제 말입니다, 아무래도 선생님 말씀에 따르는 것이 옳겠다고 마음을 굳혔습니다. 저의 졸시 「멸치의 꿈」을 보시고 '핏빛 동백'의 의미를 이야기하셨을 때, 저는 선생님의 날카로운 시각에 놀랐고, 그 여학생의 묵주는 잃어버렸지만, 마음속엔 항상 보존되어 있었던 보배였음을 깨달았습니다. 그건 제가 끊을 수 없는 가톨릭과의 질긴 인연의 끈이었습니다. 그리고, 가톨릭 교리를 모두 다 이해한 다음에 입교를 한다는 건 불가능하다는 걸 알면서도 저는 왜 이리 오래 고집을 부렸던 것일까요? 선생님이 말씀하셨죠? 신앙의 신비를 이해하는 것은 숟가락으로 바닷물을 다 퍼내는 것보다 더 어렵다고요. 또 김 선생님이 상대방에게 주는 온화하고 따스한 느낌 또한 신앙에 바탕하고 있음도 알았습니다.

　조만간 한번 뵙겠습니다. 깨우쳐 주시고 이끌어 주시기를 부탁합니다.'

　"오, 하느님. 감사합니다. 이시백을 허락하셨군요."

　지석은 편지를 접어서 서랍에 넣으면서 하느님께 감사의 화살기도를 드렸다. 학창 시절엔 지석 자신도 신앙이 뭔지 몰랐었고, 이시백 선생과 신앙에 관한 대화를 한 것은 1980년대 초, 이 선생이 경북 북부지방의 어느 고등학교에 재직하고 있을 때부터였다. 그 무렵, 지석 자신도 세례를 받은 지 몇 년 안 된 때였으므로 교리에 대한 지식은 너무나도 얇았다. 그래도 새로운 삶, 지금까지 못 보았던 삶의 다른 부분에 자신이 섞여 있다는 자각은 놀라운 흥분이었다. 갑자기 무슨 도라도 통한 듯이 이시백 선생에게 종교적인 냄새 물씬 풍기는 편지를 보내곤 했다.

　이시백 선생은 종교에 대해서 매우 부정적인 생각을 갖고 있었고, 여러 가지 어려운 질문을 하곤 했다. 그러나 지석 자신도 교리지식이 아직 어린애 수준이었기 때문에 시백의 질문에 제대로 응답을 할 수가 없었다. 두 사람이 같은 학교에 근무하게 된 이후에는 만나고 대화할 기회도 잦아졌고, 지석의 교리 지식도 수준이 좀 향상된 때여서 교리에 대한 두 사람의 대화도 조금 수준이 높아졌다.

　하느님이 계신다는 걸 어떻게 알 수 있는가? 창조론과 진화론은 서로 모순 관계가 아닌가? 이 세상 창조하신 하느님이 전지전능하시다면 모든 걸 다 해결하시면 될 것인데 왜 인간에게 그리도 많은 짐을 지워놓은 걸까? 모든 것이 다 하느님의 뜻이고 섭리하심이라면 인간이 짓는

죄에 대한 책임도 하느님께 있는 건 아닌가? 예수님의 죽음이 어떻게 인간의 죄를 씻을 수 있는가? 예수님은 회당을 비롯한 곳곳에서 설교하셨으니 누구나 다 알 것인데, 왜 유다가 돈을 받고 팔았다고 하는가? 십자가에 못 박혔을 때, 경비병들은 창으로 예수님 심장을 찔렀다고 하는데 왜 피는 오른쪽 옆구리에서 나오는가? 예수님은 심장이 오른쪽에 있었는가?

이시백 선생의 질문은 끝도 없이 이어졌다.

하느님의 창조 프로그램 속에 진화 프로그램이 포함되어 있었을 거다. 떼이야르 드 샤르댕 같은 학자 신부도 그와 비슷한 이론을 얘기하고 있다. 인간의 죄는 하느님의 뜻에 순종하지 않은 인간 자신의 책임이다. 공책 사라고 준 돈으로 아이스크림 사 먹고 배탈 났다면 돈 준 엄마 탓인가? 2천년 동안 그 수많은 성인, 천재, 학자 들이 왜 예수를 믿고 따랐을까? 신앙을 지키려다가 목숨까지 바친 사람들은 모두가 바보였을까? 신앙의 신비는 너무나도 크고 높아서 자연과학적 지식으로 완벽한 이해를 하려 드는 것은 숟가락으로 바닷물을 다 퍼내려는 것만큼이나 무모한 일이다.

지석은 더듬거리며 대답을 찾곤 했으나 이시백 선생에게 만족을 주지 못했음은 두말할 필요도 없다. 그런데 이시백 선생은 스스로 세례를 마음먹었노라고 편지를 보내어 왔다. 한 동료 교사의 삶의 모습, 이름도 모르는 어느 여학생이 선물로 준 묵주 하나, 시 한 구절. 입에 침이 마르도록 떠들던 교리보다 이 작은 것들이 그의 마음을 움직였다는 건 어떻게 설명해야 할까? 비신자인 사람이 교리를 이해하기란 어려운 일일 것이다. 그래서 하느님은 보이지 않는 손으로 곳곳에다 가지가지의 장치를 해 두시는 모양이다.

혹시나 또 마음 변할라? 변하기 전에 쐐기를 박아놓아야지. 당장 다음날 퇴근시간에 살구꽃 마을에서 만나자는 문자 메시지를 띄웠다.

살구꽃 마을에서 만난 이시백 선생은 얼굴이 밝고 기분이 좋아 보였다. 술상을 보면서 이장 아줌마도 장사가 잘된다면서 웃음을 날린다.

"이 선생님. 잘 생각하셨습니다. 이제야말로 눈앞의 매화가지 치우고 저녁놀 뜬 서산을 보셔야 할 때입니다."

막걸릿잔을 부딪치고, 선물로 준비해 간 성경을 건네면서 지석이 인사를 했다. 마음먹고 인조가죽 표지에다 지퍼까지 달린, 조금 비싼 거로 선택했다.

"예. 이 둔한 사람이 이제야 세상이 조금 보이는 듯합니다. 매화 고운 자태가 눈을 가리고, 매화향이 후각을 마비시키고 있었던 모양입니다. 김 선배님 덕분입니다."

"이 성경 천천히 읽어보세요. 서둘지 마시고. 결국 모든 비밀은 이 성경 속에 숨어 있습니다. 모래를 체로 일어서 금 부스러기를 찾듯이, 이 속 어느 구석에 숨어 있는 보물을 찾는 것은 스스로의 노력에 의해서 이루어집니다. 성당에 가시면 예비신자 지도하는 누군가가 있을 겁니다. 신부님이든지 수녀님이든, 아니면 평신도 누구라도. 이후에라도 또 유혹과 의심이 있을 수 있습니다. 호사다마라고 하잖습니까?"

"선배님도 그렇게 마귀의 유혹이 많았나요?"

"예수님도 마귀의 유혹 받았는데, 나 같은 사람이야 일러 무삼하리오, 이지요. 누구에게나 있는 일입니다. 사람마다 차이는 있지만."

지석은 자기가 가톨릭 신자가 되기까지 겪었던 이야기들을 시백에게 들려주었다.

예수님과의 첫 만남은 초등학교 5학년 때로 거슬러 올라간다. 고개 넘어 이웃 마을에 조그만 교회가 하나 있었다. 친구 따라서 거기엘 갔다. 젊은 목사님은 유식했고, 언변이 유창했고, 친절했다. 목사 부인은 이런 시골구석에선 보기 힘든 미인이었고, 아이들에게 간식을 나누어주기도 했다. 교회 옆집에 산다는 소녀는, 지석보다는 두어 살 위로 보였는데, 성경의 장과 절을 찾는데 지석이 매우 빠르다면서 머리가 좋다고 칭찬을 해 주었다. '양반집에 예수쟁이가 웬 일이고?' 교회에 살살 재미를 느껴가고 있던 어느 날, 아버지의 호통이 터졌다. 아버지보다 연세가 많고 항렬이 높은 어른들께 불려가서 꾸중을 들으셨다고 했다.

두 번째는 고등학교 1학년 때 흥사단 고등학생 대구아카데미라는 단체에 입회했는데, 그 집회 장소가 교회 안에 있었다. 그 교회의 주인인 장로님은 안경을 낀 인자스런 얼굴의 여성이었는데, 도산 선생의 가르침을 배워 익히고 실천하겠다는 학생들이 대견스럽다면서 모임 장소를 무료로 빌려주신 것은 물론, 여러 가지 편의를 제공해 주었고, 물질적 도움을 주시기도 했다. 예수님 믿고 따르는 사람들은 아버지 말씀처럼 그런 단순한 '예수쟁이'가 아님을 가르쳐 주신 분이었다.

그다음은 지석이 전방에서 군에 복무할 때였다. 어느 일요일 아침에 식당에서 아침밥을 먹고 내무반으로 내려왔더니 주번하사가 '5분 내로 연병장에 집합'하고 소리를 질렀다. 일요일 아침부터 또 무슨 사고라도 터졌나? 불안한 마음으로 연병장에 집합했고, 줄지어 어디론가 향해 걸어갔다. 왜, 어디로 가는지도 모르고 따라간 곳은 뜻밖에도 부대 안에 있는 교회였다. 키가 자그마한 목사님은 군복에다 대위 계급장을 달고 있었는데, 일반적으로 가지고 있는 군인에 대한 선입견을 씻어 주는 분이었다. 예배 후에는 맛있는 과자도 나누어 주었고, 특히 목사님은 톱 주라는 걸 잘하셨다. 넓고 커다란 톱을 구부려 안고서는 바이올린 활로 음악을 연주하는 톱주는 찬송가와 가곡 등 다양했는데, 군가에만 익숙해 져 있는 군바리들의 귀에 호사를 시켜 주었다.

사막에서 오아시스를 만났다고 하면 과장이겠지만, 일요일마다 교회에 가는 것은 새로운 즐거움이었다. 더구나 교회엘 가지 않는 병사들은 그 시간에 잡초제거나 도로보수작업 같은 사역에 동원되고 있어서 교회파 병사들의 기쁨은 배가 되었다. 그런데 기쁨도 잠시, 한 달 뒤부터 그들은 기독교 통신교리를 받아야 했다. 한 달 치의 강의록을 받아서 틈틈이 공부하고, 저녁 휴식시간에는 군종병에게서 교리교육을 받아야 했고, 월말에는 시험을 쳐야 했다.

1년에 시험을 열 번을 쳤는데, 교재를 뒤져가면서 치르는 시험이라 어려울 건 없었다. 지석은 그중 아홉 번을 만점을 받아서 부대 내에서 1등을 했고, 목사님의 추천으로 부대장의 표창도 받았다. 그러나 합동 세례식에 지석은 참석하지 않았다. 그 무렵에 입대 전에 교제하던 처녀가 수녀가 되기 위해 직장을 그만두고 거제도의 어느 성당으로 들어갔다는 소식을 들었는데, 그때 지석은 자신도 개신교가 아닌 가톨릭 교회로 가야 할 것이란 의무감 같은 걸 느꼈던 것이다.

지석은 군에서 제대를 하고 3월 초에 학교에 복직이 되었다. 옷이라고는 제대복으로 받은 예비군복뿐이라 입대 전에 입던 낡은 점퍼 차림으로 첫 출근을 했다. 이 초라한 모습을 본 교장선생님이 그러셨다. '내 아는 양복점 하나 소개해 줄까? 외상으로 옷 한 벌 장만하게.'

3월 중순의 어느 날. 어떤 여인이 꽃다발을 들고 수업 중인 교실로 찾아왔다. 수녀가 되려 했으나 수녀원 가는 길을 버리고 다시 돌아온 그 처녀였다. 둘은 결혼식을 올리기 전에 성당에서 관면혼배 의식을 가졌다. 한쪽이 신자가 아니면 혼배미사를 드리지 못하고 약식의 의식으로 대체하는 과정이었다. 그때 가톨릭 신자가 되겠다고 신부님께 약속했으나 아이 삼 남매가 모두 유아세례를 받을 때까지도 지석은 비신자인 상태로 남아있었다.

다그치는 아내가 아니라도 지석 자신이 '성당 간다'는 의지는 굳히고 있었고, 드디어 어느 날, 예비신자 교리반 출석을 결행하게 됐다. 학교와 성당의 거리가 멀었기 때문에 늦은 퇴근 시간을 고려하여 서둘러 버스를 탔다. 그런데 그만 이 버스가 중간에 다른 차와 충돌하는 사고가 발생했고, 같은 노선의 같은 회사 버스가 올 때까지 썰렁한 길거리에서 마음만 졸이고 있었다. 얼마를 기다려서 다음 버스를 타고 가는데 이번엔 또 급정거를 하는 일이 있었고, 지석은 손잡이를 잡고 있던 오른손 손가락이 피부가 벗겨져서 피를 흘리는 일이 일어났다. 버스에서 내려 다시 얼마의 길을 달려서 성당에 도착했으나 교리 시작 시간은 훨씬 지난 시간이었다. 성당 마당으로 들어섰으나 날은 이미 어두웠고, 교리실이 어디인지도 알 수가 없어서 그냥 마당 가운데 허수아비처럼 우두커니 서 있었다. 그때 어떤 여자 한 사람이 들어오더니 현관으로 들어갔다. 옳거니, 저 사람도 교리반 가는구나. 지석은 그 여자를 따라갔다. 거기에서는 젊은 신부님이 교리수업을 하고 있었으나 지석은 성인반으로 가야 했다. 그 젊은 신부님은(나중에 안 일이지만 그분은 보좌신부였고, 뒤에 교구장 대주교가 되셨다.) 수업을 중단하고 지석을 주임신부님이 수업하시는 성인반으로 데려다주셨다.

지석이 속한 교리반 수강생들은 그해 봄, 부활절에 모두 세례를 받았으나, 지석은 늦게 온 탓으로 수업시수가 부족해서 세례자 명단에서 제외되었다. 교리반 친구들은 지석을 보고 세례 낙제생이라고 농담을 하곤 했다.

그 후에 보증사건이 터졌고, 집이 이사하게 되었다. 성당사무실에 가서 교리반 전학 서류를 발급해 달라고 청했으나 그런 서류는 없다는 대답이었다. 그러면 이사 가는 곳의 성당에 가면 또 수업시간 부족으로 세례를 못 받을 가능성이 컸다. 아내의 말마따나 마귀란 놈이 곳곳에서 훼방을 놓고 있는 모양이었다. 전학 서류가 없으면 예비자 교리반에서 몇 시간 수업을 받았다는 증명서를 써 달라고 해서 주임신부님 서명을 받았다.

이사한 곳의 지역 관할 성당에 다시 교리반 등록을 했고, 그해 성탄절에 세례를 받게 됐다. 세례를 받기 위해선 교리 시험이라고 할 수 있는 찰고라는 과정이 있었다. 찰고는 구두 대화로 이루어졌는데, 지석에게 주어진 질문은 '대세(비상세례)를 주기 위해선 어떻게 해야 하는가?'였다. 정답은 '성부와 성자와 성령의 이름으로 줍니다'였는데, 지석은 '흰 수건 깔아놓고 맑은 물 떠 놓고 줍니다'라고 엉뚱한 대답을 하고 말았다. 사람 수가 많다 보니 한 사람에게 한 번의 질문밖에 할 수가 없었고, 지석은 결국 빵점 신세가 되고 말았다. 아아, 마귀의 장난은 그치지를 않는구나. 지석은 자신의 잘못을 마귀에게 뒤집어씌웠다. 교리반 재수도 모자라서 삼수를 해야 하나? 걱정했는데, 마음씨 좋은 신부님은 지석을 세례자 명단에 포함시켜 주셨다.

성탄절을 이틀 앞둔 12월 23일 저녁에 세례식이 있었다. 지석은 버스를 내려서 성당까지 걸어서 갔는데, 성당 앞 희미한 가로등 불빛 아래서 조그만 소녀가 껌을 팔고 있었다. 초등학교 2학년이나 됐나 싶은 조그만 아이였다.

"얼마냐?"

지석은 안데르센 동화에 나오는 성냥팔이 소녀가 언뜻 떠올라 한 개라도 팔아 줘야겠다고 생각했다. 한 개 500원. 천 원짜리 지폐 한 장을 건네고 거스름을 받지 않고 성당 안으로 들어갔다. 천주교 신자로 다시 태어나는 뜻 깊은 날인데, 작은 자선이라도 의미 있는 일이 될 것이라고 생각했다. 성당 안으로 들어가서 자리를 잡고 앉아있는데, 자꾸 그 껌팔이 소녀가 생각났다. 저 쪼꼬만 계집애가 이 춥고 어두운 거리에서 껌팔이를 한다는 건 예사로운 일이 아니다. 부모가 없거나 앓아누웠거나 무슨 사연이 있을 거야. 내 주머니에는 아직 천 원짜리 지폐가 서너 장 더 있는데 왜 그렇게 인색했을까? 다시 나가서 천 원이라도 더 주고 와야겠다.

지석은 다시 성당 문 밖으로 나갔다. 그 소녀는 아까 그 자리에 있었다. 지석이 가까이 가자 그 소녀는 한 개를 더 팔겠다는 모양으로 껌을 들고 지석에게로 다가왔다.

"애야. 아까 껌 사 간 아저씨다."

그런데 그 소녀는 지석의 얼굴을 쳐다보더니 획 돌아서서 어둠 속으로 달아났다. 멍하니 서 있는 지석의 시야에서 그 소녀는 어둠 속으로 사라져 갔다. 왜 그랬을까? 오백 원 거스름을 받으러 온 줄 알았을까?

그날 저녁, 지석은 천주교 신자로 다시 태어났다. 황공하게도 성모님께 수태고지를 맡았던 천사 가브리엘의 이름으로.

"그 정도라면 마귀 얘기까지 꺼낼 필요도 없겠는데요? 그 마귀는 착한 마귀였는지."

"이 선생님 마귀는 더 독한가요? 어쨌든 한 번 먹은 마음 흔들리지 말아요. 질질 끌면 또 딴생각이 비집고 들어올 수 있어요. 우리 성당에 와도 좋지만 이 선생님한테 부담스러울 수도 있고, 또 거리도 멀고 하니까 가까운 곳으로 가셔요. 어디라도 똑 같아요. 친절하게 잘 안내해 줄 겁니다."

"세례를 받으려면 새 이름을 지어야 한다면서요?"

"예. 그걸 세례명이라고도 하고 영명이라고도 해요. 혹은 본 이름을 속명이라고 하고 세례명을 본명이라고 부르기도 해요. 그러나 그건 서둘지 않아도 됩니다. 세례받을 때 정하면 되니까."

"어차피 선배님이 대부를 해 주셔야 할 거니까 이름도 멋진 걸로 하나

지어주셔요. 친구 아이들 이름도 여럿 지어주셨다고 하셨잖아요."

이시백 선생은 이듬해 4월, 부활절에 세례를 받고 가톨릭 신자가 됐다. 지석이 대부가 됐고, 세례명은 지석이 지어준 대로 바울로로 정했다. 기독교 신자들을 박해하던 사울이 한 번 눈이 멀었다 다시 뜨이자 바울로가 되어 예수님의 사도가 되고, 지중해 연안을 몇 바퀴나 돌면서 복음을 전한 것이, 가톨릭에 대해서 부정적이던 시백이 다시 눈 뜨고 세례를 받는 것과 비슷하다고 지석이 그리 권한 것이다.

이름은 그 사람의 상징이다. 새 이름을 갖는다는 것은 새 사람이 된다는 의미다. 이시백은 그렇게 새 사람으로 태어났다.

멀고 높은 곳으로

사순 제4주일 아침. 지난밤 두통으로 잠을 못 이루다가 새벽녘에야 잠이 들어 아침에 늦잠을 자고 있는데, 머리맡의 전화기에서 카톡 울리는 소리가 여러 번 났다. 오늘 새벽 01시 20분에 그분이 선종하셨다는 소식이다. 사인은 노환이라고 되어있다. 전에 식도암 수술한 것이 완치됐다고는 하지만 그 후로 그분의 건강은 많이 좋지 못했었다. 사람이 죽으면 으레 향년 몇 세라는 게 따라붙는다. 그분은 향년 몇 세인가? 1935년생이면 만86세가 되는가?

지석에게 그분은 늘 멀고 높은 곳에 계신 분이었다. 행사장에선 단상에 계셨고, 신문 지면이나 텔레비전 화면에 계셨고, 주보에 계셨고, 신부님들의 강론 중에 계셨다. 한 자리에서 식사를 한 적도 있긴 하지만 숨죽이고 말씀을 듣기만 했을 뿐, 서로 간의 대화라는 걸 해 본 적은 손가락으로 꼽을 정도다. 지석이 처음 그분을 사적인 식사 자리에서 만났을 때, 그분을 '신부님'이라고 불렀다가, 동석한 신부님한테서 '주교님이라고 하세요.' 하는 주의를 들은 적도 있다. 이제 그분은 더 멀고 더 높은 곳으로 가셨다. 이어서 날아든 소식은 성당마다 빈소를 차리고 영결미사는 수요일에 있다는 것, 그리고 장지는 군위 가톨릭 묘원 성직자 묘역이란 것.

2007년 1월 말. 지석은 나가사키 성지순례 팀에 끼어 후쿠오카(福岡) 공항에 착륙했다. 김해공항을 이륙한 지 30분이나 됐나? 기내에서 나누어주는 입국신고서도 덜 썼는데 벌써 도착이라니. 이렇게 가까운 거리인 줄 몰랐다. 전에도 일본엘 가 본 적은 있지만 그때는 싱가포르에서 일본의 동경 나리따 공항으로 날아갔기 때문에 몰랐었는데, 오늘 보니 한국과 일본은 매우 가까운 나라였다. 물론 지리적 거리를 말하는 것이지만, 어쩌면 역사적, 정치적 관계 또한 멀지 않을지도 모른다.

공항에는 조용히 비가 내리고 있었다. 1월 말이면 한국에서는 한겨울이다. 그러나 위도상 더 남쪽에 있고, 해양성 기후인 일본의 후쿠오카에 내리는 비는 봄비처럼 조용하고 부드럽다.

"후쿠오카 하면 생각나는 사람 있죠?"

입국 심사를 받기 위해 줄을 서 있으면서, 지석은 앞에 서 있는 이시백 선생에게 말을 건넸다.

"누구 말씀입니까?"

"시인의 머릿속에서는 항상 살아있는 분."

"아아, 윤동주 얘기군요. 물론 살아있습니다. 그 발자취를 찾아서 도지샤(同志社) 대학까지 다녀왔는걸요. 거기 가니까 윤동주와 정지용 시비가 나란히 있더군요. 촛불 하나 켜 놓고 왔죠."

"그랬군요. 나도, 벌써 오래전입니다만, 중국 용정 갔다가 용정중학교에 가서 윤동주 흔적들 살피고 온 적 있습니다. 학교 이름이 원래는 대성중학교였는데 바뀌었죠. 마당에 시비도 서 있고, 자료관도 따로 마련되어 있더라고요."

"윤동주는 '잎새에 이는 바람에도 괴로워했다'는데, 우린 너무 괴로움도 아픔도 모르고 사는가 싶어요."

출국장을 나와서 일행은 버스를 타고 나가사키로 향했다.

후쿠오카에서 나가사키로 넘어가는 버스 안에서, 그분은 앞자리에 뒤쪽을 향해 앉으셔서 엔도슈우사쿠(遠藤周作)의 소설 『침묵(沈默)』을 읽어주셨다. 흔들리는 버스 안이라 불편하시지 싶어서 한 사람이 '제가 읽겠습니다.' 했지만, 그분은 '아뇨. 내가 읽어야 해요.' 하시면서 읽기를 그치지 않으셨다.

방호원(放虎園)과 운젠 지옥을 둘러서 숙소인 고와꾸엔(小涌園) 호텔에 도착한 것은 늦은 시간이었다. 시마바라(島原) 항구가 호텔 곁에 바짝 다가와 있었고, 종업원들은 환영 현수막을 들고 나와서 허리를 굽혀 인사를 했다. 조용하고 차분하며 친절이 그득히 배인 환대는 일행의 마음을 편안하게 해 주었다. 친절은 역시 일본의 큰 자산이다 싶었다.

배정된 방에다 짐을 풀고 우선 온천욕부터 하기로 했다. 짐 정리부터 하겠다는 이시백 선생을 방에다 남겨두고 지석은 먼저 온천으로 내려갔다. 호텔만큼이나 소박한 온천 탈의실에서 역시나 소박한 플라스틱 바구니에 옷을 벗어 담고는 탕으로 들어갔다. 다시 문 하나를 열고 나가면 노천탕이다. 그분이 거기에 계셨다. 지석은 탕의 넓이가 좁은 덕에 저절로 그분 가까이에서 몸을 담갔다. 물은 좀 뜨거웠으나 금방 쾌적한 감촉으로 바뀌면서 온몸을 녹여준다. 앞쪽을 가린 낮은 발 너머로 멀리 산과 도시의 끝자락을 내다보면서, 그분이 들려주시는 엔도슈우사쿠 문학관과 그의 대표작 『침묵』에 관한 이야기를 들었다. 지석은 아직 그 작품을 읽어보지 못한 것이 부끄러웠다. 그러나 그분의 말씀 한마디 한마디는 따뜻한 온천물처럼 지석의 온몸으로 스며들었다.

저녁 식사를 마치고 객실로 돌아와서, 이시백 선생은 낮에 하다가 만 윤동주 얘기를 다시 끄집어냈다. 지석에게 용정(龍井) 갔던 얘기를 하라는 것이었다.

그때가 언제인가? 연도는 기억 못하겠다. 길림성 성도 장춘(長春)에 한국어학교를 개교한다고, 그 축하객 속에 끼어서 장춘으로 갔고, 온 김에 백두산엘 가자고 해서 도중에 집안(集安)을 거쳐 용정으로 갔었다. 폐수가 거품을 이고 흐르는 해란강, 그 위의 낡은 용문교, 그리고 용정 중학교. 운동장 가에는 '윤동주 시비'가 서 있고, 거기에는 「서시(序詩)」 전문이 새겨져 있었다. 교실 한 칸을 비워서 만든 '윤동주 기념관'에는 머리를 짧게 깎은 학생 동주의 초상, 거기에도 '죽는 날까지 하늘을 우러러 한 점 부끄럼 없기를', 서시의 한 구절이 적혀 있었다. 용정중학교 학생들은 윤동주의 후배라는 자부심이 대단했고, 문예반을 중심으로 펴낸 작품집도 진열되어 있었고, 『하늘과 바람과 별과 시』의 초판본도 거기 있었다. 교문 곁의 게시판에도 동주의 시가 적혀 있어서, 한 사람의 요절한 시인이 이렇게 큰 반향을 불러일으키고 있구나 싶어서 놀라웠다.

"윤동주 무덤에도 가 보셨나요?"

"못 갔어요. 일송정도 못 보고. 다른 사람들은 관심도 별로 없었고, 또 일정도 빠듯해서. 우리 많이 부르던 '선구자'라는 노래 있죠? 그 노래 원제목이 '용정의 노래' 아닙니까? 거기에 해란강은 물론, 용문교도 일송정도 다 등장하죠. 많이 아쉬웠어요."

　다음날 아침. 지석은 이 선생보다 먼저 1층 식당으로 내려갔다. 빵과
야채로 간단히 채운 식사 접시를 들고, 한쪽 벽을 가득히 채운 대형 통
유리를 통해서 시마바라 항구를 내다보면서 식사를 시작했다. 이시백
선생이 내려오기를 기다리면서 서서히 입항하고 있는 여객선을 내다보
고 있을 때, 뜻밖에도 그분이 식사 접시를 들고 오셔서 지석의 곁에 앉
으셨다.

　"김 선생님.『침묵』의 속편을 한번 써 보시지요."

　그분의 말씀은 조용하고 차분했다. 그러나 그 말씀은 천근의 무게로
지석의 어깨를 내려 눌렀다. 지석은 '예'라고도 '아니오'라고도 대답을 할
수가 없었다.

　"제게 그럴 재주가 있겠습니까?"

　지석은 그분이 알아듣지도 못할 만치 기어들어 가는 작은 소리로 응
답을 할 수밖에 없었다.

　엔도슈우사쿠 문학관을 찾아간 것은 그 다음날 오전이었다. 구로사
키(黑崎) 바닷가 언덕 위에 직선의 기하학적 지붕을 낮게 이고 엎드려 있
는 문학관. 검푸른 현해(玄海)의 물결이 눈앞에 펼쳐진다. '아름다운 석
양의 고장'으로 불리는 이 소토메 지역은 '그리스도교와 깊고 긴 역사를
가진 토지'이기도 한 곳이다. 일찍이 일본의 그리스도교 신자들이 박해
를 피해 이 지역에 숨어 살았고, 수많은 신자들이 순교의 길을 걸었던
곳이기도 하며, 엔도슈우사쿠의 소설『침묵』의 무대가 된 곳이기도 하

다. 그는 도쿄 태생이지만, 소설의 집필을 위해서 이곳을 자주 찾았고, 자료를 모으고 명상을 하던 곳이기도 해서 여기에다 문학관을 세웠다고 한다.

현관 왼쪽 벽면에는 '遠藤周作文學館'이란 글씨가 쓰여 있고, 현관을 들어서자 바람벽에 걸린 슈우사쿠의 대형 상반신 사진이 웃으면서 일행을 맞이한다. 자료 전시실에는 『침묵』의 자필 초고를 비롯한 많은 자료들이 있고, 열람실과 매표소, 기념품 판매소도 갖추고 있었다. 지석은 기념품 판매소에서 일본어판 『침묵』을 한 권 샀다. 책을 뽑아들면서 '책을 사긴 하지만 읽을 줄을 알아야지'하고 일본어에 무식한 자신을 한탄했더니, 마침 그때, 슈우사쿠의 다른 소설 『깊은 강』을 사서 계산을 하고 계시던 그분께서 '영문판도 있습니다. 영문판을 사지요?' 하셨다. 지석은 다시 한번 귀밑이 화끈 달아올랐다.

사진을 찍고, 기념으로 산 엽서에다 방문 기념 스탬프를 찍고 문을 나서자, 짙푸른 바다의 절경이 눈 아래 펼쳐져 있어서, 저 처참했던 순교사를 속살거리는 듯하다.

일행은, 구로사키(黑崎) 성당에서 미사를 드렸다. 자애로운 시선으로 바다를 내려다보고 계신 성모님 치맛자락을 잡고 기념사진을 찍은 후 돌계단을 내려오자, 만(灣)의 건너편 언덕 위로 슈우사쿠 문학관의 모습이 멀리 보이는 바닷가에 '침묵(沈默)의 비(碑)'가 서 있다. 둥글넓적한 두 개의 돌덩이를 이웃하여 세운 이 비는, 한쪽에는 '침묵(沈默)의 비(碑)'라고 적혀 있고, 다른 한쪽에는 『침묵』 속의 한 구절인 '인간이 이렇게 슬픈데, 주여, 바다가 너무나 푸릅니다.'라는 비문이 일본어로 쓰여 있다.

비문을 읽고 나서 다시 내려다보는 현해의 물결은 참으로 가슴이 아리도록 짙푸르다.

그대가 자주 바라보던 저 바다를

오늘 저희도 그윽이 지켜봅니다.

"인간은 이렇게 슬픈데, 주님,

바다는 저리도 푸릅니다."

그대 '침묵'의 하느님께서

저기쯤의 바닷물결을 밟고 오시어

이 무명세상(無明世上)의 저희를 또한

말없이 가만히 보고만 계십니까.

(시: 이정우)

이시백 선생은 이태백 동생다운 시적 감각을 살려서 즉석에서 지은 시 한 수를 선보였다. 제목은 '엔도슈우사쿠에게'. 일행이 '침묵의 비' 곁에 서서 현해의 검푸른 바다를 내려다 보고 서 있는 가운데 시인 이시백은 이 시를 큰 소리로 낭독했다.

버스에서, 성당에서, 식당에서 '침묵'에 대한 그분의 가르침은 계속됐다.

포르투갈의 예수회에서 일본에 파견된 페레이라 신부가 나가사키에서 구덩이 속에 달아매는 고문을 받고 배교했다는 보고서가 바티칸으로 들어왔다. 페레이라 신부는 일본에 머무른 지 33년. 교구장이라는 최고의 지위에 있으면서 성직자와 신자들을 이끌던 고위 성직자였다. 그는 뛰어난 신학적 재능과 용기는 물론, 불굴의 신념으로 꽉 찬 사람이었다. 이 소식에 접한 로돌리코 신부의 충격은 컸다. 소신학교 시절부터 그들에게 신학을 가르쳤던 스승 페레이라 신부는, 그들의 생각으로는 목숨을 버릴지언정 하느님을 버리지는 않을 신념을 갖고 있었고, 하느님의 사랑으로 인하여 갖게 됐을 온유함으로 온몸에서 광채가 날 것 같은 성직자였기 때문이었다.

로돌리코 신부는 전염병과 폭풍 등으로 죽을 고비를 넘기며 아프리카 대륙의 남단을 돌고, 인도와 중국을 거쳐 천신만고 끝에 일본에 들어왔지만, 결국은 자신마저 잡히게 됐고, 거기서 뜻밖에도 페레이라 신부를 만나게 된다. 페레이라는 배교한 보상으로 아내도 얻고 재산도 얻어서 관가의 비호를 받으며 살고 있었다. 그리고 로돌리코는 놀라운 소리를 들어야 했다.

'그뿐이요. 나에겐 그러므로 포교의 뜻이 사라졌소. 갖고 온 묘목의 뿌리는 이 일본이라고 하는 늪지대에서 어느새 뿌리째 썩어가고 있었소.'

쓰디쓴 체념이 담긴 페레이라 신부, 아니 지금은 이미 신부가 아닌 배교자 페레이라는 이렇게 말하면서 쓸쓸하게 고개를 끄덕였다. 로돌리코 신부는 절규했다. '신부님은 내가 알고 있는 신부님이 아닙니다.'

페레이라는 눈을 아래로 깔고 대답했다. '그렇소. 나는 페레이라가 아니오. 사와노 추우안이라는 이름을 관아의 원님한테서 받은 사나이요.

152

이름만이 아니오. 사형당한 사나이의 처와 자식까지도 함께 받았소.'

페레이라를 보고, 그리고 바닷속에 세운 기둥에 묶여서 죽고, 죽음 당해서, 혹은 산 채로 가마니에 싸여 바다에 던져지는 신자들을 보면서 절망했던 로돌리코도 역시 후미에(踏繪, 일본의 그리스도교 박해시대에 성화 (聖畵)를 발로 밟아 그리스도교인이 아님을 증명하게 함)를 밟지 않으면 안 되는 상황이 되었다. 머뭇거리는 로돌리코의 발 아래서 그리스도는 이렇게 속삭였다. '밟아도 좋다. 네 발의 아픔은 바로 내가 가장 잘 알고 있다.'

로돌리코는 마음으로 울면서 부르짖었다. '주님. 당신이 언제나 침묵하고 계신 것을 원망하고 있었습니다.' 그러나 주님의 목소리는 온유했다. '아니다. 나는 침묵하고 있었던 게 아니다. 너희와 함께 괴로워하고 있었을 뿐.'

그분은 '평화'를 외쳤던 나가이 다카시(永井隆)에 주목하시면서 그 정신을 한국에서도 심어 살리고자 '한국여기회(韓國如己會)'를 창립하셨다. 그 활동의 일환으로 8월9일 나가사키 원폭투하 관련 행사가 있는 나가사키로 여기회 회원들을 중심으로 한 여행단을 인솔하신 적이 있었다. 지석도 그때 여기회 회원의 자격으로 이 행사에 동행했었다. 원폭 폭심지 공원, 우라카미(浦上) 성당, 여기당(如己堂), 나가이 다카시 기념관 등을 순례하면서 나가이 다카시의 삶의 모습을 소개하고 그가 외쳤던 '평화'의 정신을 계승하고 실천해야 함을 강조하셨다.

나가사키 의대 교수였던 나가이 다카시. 그는 원폭이 떨어졌을 때, 출혈이 계속되는 가운데서 3일간 구호활동을 하고 집으로 돌아왔다. 거기에서는 이미 숯이 되어버린 아내 미도리의 유해와, 그녀가 늘 손에 쥐고 기도하던 묵주가 녹아서 뭉쳐진 채로 그를 맞이하였다. 그 녹아서 뭉쳐진 묵주는 아직도 나가이 다카시 기념관에 보존되어 있는데, 그분은 그걸 두고 '여기에서 가장 귀한 보물'이라고 말씀하시기도 했었다.

그 당시의 정황을 나가이 다카시는 이렇게 적고 있다.

8월 8일 아침, 아내는 평상시와 다름없이 방긋거리면서 나의 출근을 전송했다. 조금 걷다가 나는 도시락을 잊고 온 것이 생각나서 집으로 되돌아왔다. 그리고 뜻밖에도 현관에 쓰러져 울고 있는 아내를 본 것이었다. 그것이 마지막이었다. 그날 밤은 방공당번이어서 교실에서 잤다. 이튿날 9일. 원자폭탄은 우리들 위에서 파열했다. 나는 부상을 입었다. 언뜻 아내의 얼굴이 떠올랐다. 우리들은 환자들 구호에 바빴다. 다섯 시간 후, 나는 출혈로 밭에 쓰러졌다. 그때 아내의 죽음을 직감했다. 그것은 아내가 내 앞에 나타나지 않았기 때문이다. 비록 큰 부상을 입었다 해도, 살아있는 한 기어서라도 반드시 나의 안부를 물으러 올 여성이었다.

3일째. 학생들의 사상자 처치도 일단 끝나서, 저녁때 나는 집으로 돌아왔다. 집은 다만 하나의 잿밭이었다. 나는 금방 찾아냈다. 부엌 자리에서 검은 덩어리를. 그것은 다 타버리고 남은 아내의 골반과 요추였다. 그 옆에 십자가가 달린 로사리오가 남아있었다. 타버린 양동이에 아내를 주워서 넣었다. 아직 따뜻했다. 나는 그것을 가슴에 안고 묘지로 갔다. 이웃 사람들은 모두 죽고 석양빛이 비치는 재 위에 비슷비슷한 뼈들이 띄엄띄엄 보였다. 아내가 나의 뼈를 가까운 장래에 안고 갈 예정이었는데. 운명이란 예측할 수 없는 것이었다. 나의 팔 안에서 아내가 바삭바삭하고 인산석회의 소리를 내고 있었다. 나는 그것을 '미안해요, 미안해요'라고 말하는 것이라고 전해 들었다.

　1952년, 나가사키 의대에서 43세의 아까운 나이로 선종할 때까지, 다다미 두 장의 좁은 여기당에 누워, 피폭으로 인한 암으로 죽음이 이미 한 쪽 손을 잡고 있는 상황에서, 초인적인 능력으로 쓴 『나가사키의 종(鐘)』을 비롯한 수많은 저서. '평화를'이란 글씨를 1천 장이나 써서 각계에 보내어 전쟁의 참상을 되새기게 하고 평화만이 최고의 가치임을 역설했다.

　그가 미사를 드리던 우라카미 성당은 신자가 1만 명이 넘는 일본 최대의 성당이었으나, 원폭으로 인하여 자그마치 8천 명의 신자가 죽었다. 그는 우라카미 성당의 합동 위령제에서 이렇게 조사(弔辭)를 했다.

　'종전(終戰)과 우라카미 파괴와의 사이에 깊은 관계가 있는 것이 아닌가? 세계대전이라는 인류의 죄악의 보상으로서 일본 유일의 성지 우라카미가 희생의 제단에 바쳐지는 어린양으로 뽑힌 것은 아닐까? 죄에 물든 사람들은 하느님의 제단에 바쳐질 자격이 없기 때문에 골라서 살아남은 것입니다. 우라카미가 뽑혀서 제단에 바칠 수 있게 된 것을 감사드립니다.'

　그분은 나가이 다카시의 흔적을 더듬어 본 후에 그의 저서를 심도 있게 탐독하셨다. 『나가사키의 종』, 『이 아이들을 남기고』, 『사랑스런 아이야』, 『묵주알』, 『멸하지 않는 것을』, 『여기당 수필』, 『아가씨 고개』, 『원자구름 밑에 살아서』, 『우리들은 나가사키에 있었다』, 『평화탑』, 『나가사키의 꽃』, 『새로운 아침』. 그의 모든 저서를 읽은 후의 소감은 한마디로 '사랑'과 '평화'로 요약될 수 있었다. 이 정신은 혼을 다해 쓴 그의 휘호 '如己愛人'으로 표현되고 있었다. 물론 그의 마지막 거처였던 '여기당(如己堂)'의 당호도 여기에서 나왔다. 내 몸과 같이 이웃을 사랑하라. 이건 성경 속에 들어있는 예수님의 가르침이었다. 가장 큰 계명(戒命)이 무엇이냐고 묻는 율법 교사에게 예수님은 이렇게 대답하셨다.

"네 마음을 다하고 네 목숨을 다하고 네 정신을 다하여 주 너의 하느님을 사랑해야 한다. 이것이 가장 크고 첫째가는 계명이다. 둘째도 이와 같다. '네 이웃을 너 자신처럼 사랑해야한다'는 것이다. 온 율법과 예언서의 정신이 이 두 계명에 달려있다."(마태 22,37-40)

그분은 나가이 다카시의 생애와 사상을 알리고, 그 정신을 널리 펴서 실천해야 하겠다는 생각으로 그의 전기를 집필하셨다. 그것이 바로 『사랑으로 부르는 평화의 노래』다. 가톨릭신문사에서 펴낸 이 책은 한국과 일본 두 나라에서 대단한 반향(反響)을 불러일으켰고, 곧 일본어판과 불어판으로 번역되어 출판되었다.

몇 년 뒤, 지석은 다시 한번 그분과 함께 '고토(五島)' 지역을 순례할 기회가 있었다. 고토는 나가사키 항에서 쾌속선으로 약 한 시간 반 정도를 달려서 도착하는, 나가사키현 소속의 다섯 섬이다. 엔도슈우사쿠의 소설 『침묵』에서 소개된 가톨릭 신자들에 대한 박해가 심할 때, 그 박해를 피해서 도망쳐서 숨어 살았던 섬이다. '네 잎 동백'으로 상징되는 고토 신자들의 신앙생활은 아직도 마을마다 남아있는 성당이 이 고토

안에 52개나 있다는 사실이 웅변하고 있다.

둘째 날 낮에 일행은 아래 고토의 이모찌우라(井持浦)성당을 찾아갔었다. 조용하고 자그마한 시골 성당이었다. 이 성당에는 성모님 발현하신 프랑스의 루르드를 본뜬 성모동굴이 있고, 거기에는 두 손 모은 성모님 상이 서 있다. 그리고 그 아래로는 작은 샘이 있어서 맑은 샘물을 흘려 보내고 있는데, 이 샘을 팔 때 루르드에서 가져온 기적수를 마중물로 썼다고 한다. 그래서 이 샘물도 '루르드의 기적수'라고 불릴 뿐 아니라 실제로 난치병을 낫게 한 기적이 일어나기도 했다고 한다. 그런 연유로 이 성당의 다른 이름이 루르드성당이라고도 한단다. 이 성당 앞에서 버스를 내렸을 때는 한낮이었고, 하늘은 맑아서 밝은 햇살이 순례객들에게 내리는 축복인 양 성당의 마당과 지붕과 주변의 수풀에 쏟아지고 있었다.

'어? 맑은 하늘에서 웬 빗방울이야? 씻고 올라오라는 말인가?'

길에서 성당 마당으로 올라가는 몇 개의 계단을 오르시며 그분이 그러셨다. 그 말씀을 지석은 분명히 들었다. 그러나 다른 사람들은 들었는지 못 들었는지 아무 반응도 없이 샘물을 마시러 달려갔다. 이게 무슨 의미일까? 여기가 물의 성당 아닌가? 루르드의 기적수가 솟는 샘. 지석은 그 두 가지 사이에 분명히 무슨 의미가 있다고 생각했으나 입 밖에 내지는 않았다. 어쩌면 순교자의 후손으로 이 성당 신자인 마리아 할머니가 그분의 손을 잡고 감격해서 울던 그 눈물과도 관계가 있을지 모른다. 루르드에서의 성모님 발현이 기적이고, 또 이 샘물을 먹고 난치병 환자가 나은 것도 기적이라면, 맑은 하늘에서 떨어진 빗방울도 기적 아니랴? 하느님의 무슨 계시가 거기 담겨 있을 것이다.

지석은 거기에서 기적수를 한 잔 마시고, 그 마리아 할머니와 기념사진을 찍고, 그리고 성모상 하나를 기념품으로 샀다.

화요일에는 계산성당에 마련된 빈소에 가서 조문했다. 투명 관 속에 황금빛 제의를 입고 주교관을 쓰신 채 누워계신 그분께 깊은 절로 마지막 인사를 드렸다. 그리고 수요일에는 범어대성당에서 장례미사가 봉헌되었다. 지석은 cpbc방송의 생중계를 통해서 간접적으로 미사에 참례했다. 이 미사는 전국 주교단, 사제단 공동 집전으로 봉헌되었는데, 전국에서 30여 명의 주교가 참석했고, 많은 신부와 수녀, 평신도들이 함께했다. 그분의 경력이 소개되고, 생시에 써 두었던 유서가 공개됐다. 교황청의 고별사가 전해졌고, 여러 주교의 고별사가 뒤따랐다. 하느님 나라에서 평화로운 안식을 누리시기를 기원하는 성가가 조용히 흐르는 속에서 미사는 끝이 나고, 그분이 누우신 관은 서서히 성당 문을 향하여 이동해 갔다.

이제 그분은 유서로 남았고, 군위 가톨릭 묘원의 성직자 묘역에 무덤으로 남았고, 남은 사람들의 마음속에는 어두울수록 더욱 빛나는 하나의 별로 남았다.

찬미 예수님!

사랑하는 교우 여러분. 아직 언제인지는 모르지만 이제 제가 떠날 때가 된 것 같습니다. 그동안 교구의 책임자로 있으면서 나름대로 잘하려고 했습니다마는 지나온 후 돌이켜 생각할 때 제대로 하지 못한 것이 얼마나 많은지 모르겠습니다. 교구를 위해서 잘못한 것, 또 교구의 사람들을 위해서 잘못한 것들에 대해서 너그럽게 용서해 주시기를 바랍니다. 개인의 잘못은 응당 개인이 책임을 지게 될 것입니다마는 교회에 대해 잘못한 것은 교회가 용서해 주실 것을 믿고 바랍니다.

하늘나라에 대한 열정이 커서 그런 것도 아닌데 나는 세상에 나 같은 사람이 있었다는 기억이 계속 남아있는 것을 바라지 않는 버릇이 있습니다. 그래서 주교관 구내에 있는 성직자 묘지에 묻혀서 많은 사람이 자주 나를 생각하는 것을 좋아할 수가 없습니다. 그래서 벌써 오래전부터 나는 군위 가톨릭 묘원에 가고 싶다고 했습니다. 지금은 이미 그곳 성직자 묘원이 시작되어서 그곳에 가는 것이 합당하므로 다시 부탁을 드릴 필요도 없게 되었습니다마는, 혹시라도 주교님들 옆에 아직 자리가 있으므로 좋은 곳에 묘를 둔다는 생각으로 내가 오래전부터 부탁한 군위로 가지 못하게 할 경우가 생기지 않도록 특별히 유념해 주실 것을 다시 청합니다.

제가 지금까지 제가 일을 하여 얻은 것으로 이렇게 부유하게 잘살았다고는 생각하지 않습니다. 모두가 교회 덕택에 이렇게 모자람이 없는 생활을 지금까지 하고 있습니다. 그리고 많은 사랑을 받고 살았던 것도 사실입니다. 이런 사랑에 대해서 깊이 감사드리고 싶습니다.

모두 안녕히 계십시오. 그리고 하느님께 자비를 간구해 주십시오. 그리고 이 땅의 교회가 잘되도록 사랑의 힘을 더 키워가도록 힘써 주십시오. 마지막 날 하느님 앞에서 모두가 함께 만날 수 있기를 믿고 바랍니다. 안녕히 계십시오. 안녕!

(그분의 유서 전문)

가벼운 바람결처럼

부활절을 한 주일여 남겨둔 목요일 아침, 지석은 지하주차장에서 자동차를 몰고 밖으로 나왔다. 하늘은 맑고 햇살은 밝고 따스하다.

"아, 벌써 벚꽃이 다 피었네."

옆자리에 앉은 아내가 탄성을 지른다. 그저께만 해도 자잘한 꽃송이 몇 개가 벙그는가 싶더니, 아닌게아니라 오늘 아침에 보니 아파트 단지 안의 모든 벚꽃이 한꺼번에 활짝 피었다. 며칠 전까지 '춘래불사춘'이라던 날씨가 몇십 년 만에 가장 높은 3월 말 기온을 보인다던 아침 일기예보가 오보가 아니구나 싶다.

영덕에 사는 친구 권 선생한테서 놀러 한번 오라는 초청을 받은 것은 벌써 오래전인데, 그 사이 코로나 걱정도 되고, 건강 컨디션도 좋지 않아서 미루고 있다가 오늘에사 나선 것이다. 권 선생은 지석과는 대학 동기인데, 부산에서 교직생활을 했고, 퇴임 후에는 고향 영덕에 들어가서 텃밭도 몇 떼기 가꾸면서 살고 있다. 고향 마을, 어릴 때 살던 집터에다 서양풍의 예쁜 목조주택을 짓고, 부인과 함께 살고 있다. 좁은 농지라도 농사일이 그리 호락호락한 게 아니라고 하면서도, 또 더러는 신선이 따로 있겠느냐면서 자랑을 하기도 한다. 아들딸 삼 남매 다 명문대학 나와서 좋은 직장 얻어서 도회지에 잘살고 있고, 부부가 경치 좋은 고향에서 평화로이 살고 있으니 신선이 맞다고 지석도 맞장구를 쳐 주곤 했었다. 얼마 전에 전화로 코로나 때문에 집콕 하고 있으니 죽을 노릇이라고, 코로나 블루 걸렸다고 했더니, 농촌으로 봄나들이 한번 오면 코로나 블루 치료에 효험이 있을 거라면서 초청을 해 주었다.

경주까지 가서는 또 다른 친구 김 선생 집에다 차를 세워두고 김 선생 차로 영덕까지 가기로 약속이 되어있다. 김 선생이 그쪽 지리에도 밝고 운전도 지석보다는 잘한다고 그리한 것이다. 김 선생은 원래 경주 출신은 아니다. 그러나 교직생활하면서 경주와 인연이 있었고, 신라의 옛 향기 풍기는 천년 고도 경주의 매력에 푹 빠져서 퇴임 후에도 고향으로 가지 않고 남산 기슭에다 거처를 마련하고 텃밭도 가꾸면서 살아왔다. 그런데 박물관 해설사로, 또 향교의 한문 교육 강사로 활동하면서 불편함이 많아서 교통이 편한 시내의 아파트로 이사를 했다.

내비게이션 아가씨의 도움을 받아서 찾아간 김 선생 아파트. 5층짜리 단아한 모습에 이름조차도 서정성 넘치는 '명사마을'이다. 경주의 교통 중심지라서 편리할 뿐 아니라 성당도 가까워서 여간 좋은 게 아니라고 자랑을 한다. 지은 지는 좀 오래됐지만 돈을 많이 들여서 수리했다고, 깨끗할 뿐 아니라 품격이 있어 보였다.

주차장에다 지석의 차를 세워두고 김 선생 차로 갈아탔다. 김 선생이 운전을 하고 그 옆자리엔 지석이 앉고, 지석의 아내와 김 선생의 부인은 뒷자리에 나란히 앉았다. 뒷자리 두 사람은 전부터 잘 아는 사이라 재잘재잘 얘기가 끊이지를 않는다.

차창 밖은 들판이다가 바다이다가, 또 바닷가 작은 마을이다가, 조용하고 차분하면서도 아름다운 모습으로 일행을 맞이하고 전송하고 한다.

권 선생 집에 도착한 것은 예정보다 조금 늦어, 정오가 지난 시간이었다. 알프스산 기슭의 집들을 연상시키는 예쁜 목조주택은 고운 때가 묻을 정도로 적당히 낡아서 새집일 때보다 오히려 품격이 있어 보인다. 몇 년 전 찾아왔을 때 홍조 띤 얼굴로 환영해 주던 마당 가 홍매는 벌써 지고, 그 곁의 자두나무에 하얀 꽃이 소담스럽다. 담 밑을 따라서 조성된 작은 화단에는 노오란 수선이 예쁜 얼굴을 들고 인사를 하고, 그 곁에서는 작약 순 서너 줄기가 연갈색의 부드러운 모습으로 두어 뼘 길이로 자라있다. 그 옆에는 미나리아재비과에 속하는 바람꽃 여러 포기가 앙증스런 자세로 쪼그리고 앉아있는데, 아직 꽃대는 자라지 않았지만 조그맣고 하얀 꽃망울이 맺혀 있어서 내일의 고운 자태를 암시하고 있다.

거실에 자리를 잡고 앉자 권 선생 부인이 찐 대게를 한 상자나 들고나온다. 손님 대접하느라고 오늘 아침에 영해만세시장까지 가서 미리 주문해 두었던 걸 찾아왔단다. 권 선생 부인은 '수키'라는 애칭으로 불리기도 하는데, 전에 스페인 여행 때는 다리가 많이 아파서 고생을 했었는데, 다 나았는지 오늘은 거동이 불편해 보이지는 않는다.

결혼식 사진을 닮은 커다란 사진 한 장이 벽에 걸려 있다. 턱시도를 입은 권 선생과 하얀 드레스를 입은 새 신부 수키 씨가 손을 맞잡고 백년해로를 다짐하는 모습이다. 수키 씨 칠순 때, 아들딸들이 졸라서 결혼식 흉내 내어 찍은 거란다. 그 곁에는 낯익은 서예 족자 하나가 걸려 있다. '明德惟馨'. 송곡(松谷) 선생 글씨다. 전서와 예서 사이에서 탄생한 듯한 서체에다가 개성이 가미된 명필이다. 오직 향기로운 것은 밝은 덕이다. 한문 서예작품을 볼 때는 글씨의 예술성과 함께 반드시 그 글의 의미를 음미해 봐야 한다. '명덕유형'은 서경(書經)에 나오는 말이다. 이상적인 정치를 펴면 아름다운 향기가 신명을 감동시키게 되는데, 덕치로 인하여 신명이 감동한다는 뜻으로, 덕치를 펴도록 권려한 말이다. 요즘 이 나라 상황에서 특별히 느낌이 강하게 울려와서, 한번 음미해 볼 만한 구절이다. 송곡은 지석과 고향에서 함께 자란 친구이자, 권 선생과는 내외종간이다. 한 다리만 건너뛰면 사돈 아닌 사람 없다더니 송곡은 이렇게 권 선생과 지석 사이에서 양쪽으로 얽혀있다. 몇 년 전, 송곡이 대구에서 서예전을 열었을 때, 지석과 함께 그곳을 방문했던 권 선생이 전시 작품 중의 하나를 샀던 것이다.

"송곡 선생 소식 듣나?"

"오래 못 들었어. 전엔 전화도 더러 오더니, 코로나에 전화기가 오염됐는지 통화한 지 오래 됐어. 나도 마찬가진데 수원수구(誰怨誰咎)리오? 누굴 탓하겠어?"

"전에 내 단골 술집에다 내가 송곡 선생 족자 하나 얻어다 걸어준 일이 있어. 왜 그 두목지 시 '청명시절 우분분'하는 거 있잖아? 제목이 '청명'이던가?"

"대폿집에 그런 시가 어울리더나?"

"그 집 안주인이 그 시 덕분에 손님들이 많아졌다면서 얼마나 좋아했다고."

"그나저나 우리 여행 한번 안 가나? 코로나 끝날 때까지 기다리다가 인생 종 치겠어."

지석과 권 선생의 대화 가운데로 김 선생이 끼어든다.

"그렇지만 어쩌겠어? 지난번에 카톡으로 회의했을 때, 코로나 끝날 때까지 기다리자는 의견이 대세였잖아?"

 사범대학 국어교육과 지석의 동기생은 정원이 15명이었다. 남학생이 13명이고 여학생이 2명. 그런데 금방 퇴학한 사람, 군에 입대한 사람, 제대파의 복학 등으로 어수선해 졌고, 한 사람은 군 복무 중에 죽기까지 했다. 졸업은 13명이 했다. 부임지 따라 흩어져 있다가, 여름방학 때 동기회 모임을 한번 했는데, 이때 동기회 이름을 '경문회(耕文會)'라고 지었다. '글밭을 가는 사람들의 모임'이란 뜻이라고, 제안한 김 교수가 설명했다. 경문회는 친목을 위한 모임에다 학술적인 냄새를 가미했고, 시대가 바야흐로 세계화시대인데 좁은 땅에만 갇혀 있을 게 아니라 해외여행도 하자고 의견을 모았다. 그리고 동기회 대표는 학번순으로 임기 2년씩 돌아가면서 맡기로 했다.
 첫 부부동반 해외 나들이는 중국의 악양루(岳陽樓)행이었다. 지난날, 수업시간에 두보(杜甫)의 '등악양루(登岳陽樓)'를 가르치면서 몇 번이나 가본 듯이 입에 거품을 물고 열강을 했던 것이 마치 거짓말이라도 한 것처럼 미안해진다고, 우선 여기부터 가자는 의견이 있었고, 모두가 찬성표를 던졌던 것이다.
 돈을 모으고 상품을 검색했다. 그런데 여행사들은 이쪽은 찾는 사람이 적어서 마련해 놓은 상품이 없단다. 억지로 여행사를 졸라서 코스를 잡고 여로에 올랐다. 새벽에 김해공항까지 가서 상해로 가는 비행기를 탔고, 상해의 홍교역(虹橋驛)에서 무한의 한구(漢口)역까지 고속열차로 6

시간 반을 달려야 했다. 저녁식사도 기차 안에서 식은 도시락으로 때우고, 밤중이 되어서야 호텔에 도착했다. 다음날 아침엔 다시 버스를 타고 4시간을 달려서 악양에 도착, 악양루에 올랐다. 겨울비가 추적추적 내리는 2월 하순이었다.

악양루는 황학루(黃鶴樓), 등왕각滕王閣)과 더불어 중국 3대 누각의 하나다. 동정호(洞庭湖)와 어울려서 '동정호는 천하의 물이고(洞庭天下水), 악양루는 천하의 누각(岳陽天下樓)'이라는 명성을 얻은 곳이다. 누상에 오르면 범희문(范希文)의 악양루기(岳陽樓記)와 함께 저 천하 명시 두보(杜甫)의 오언율(五言律) '등악양루(登岳陽樓)'가 모택동의 자유분방한 글씨로 벽면 가득히 씌어있다.

昔聞洞庭水

今上岳陽樓

吳楚東南坼

乾坤日夜浮

親朋無一字

老病有孤舟

戎馬關山北

憑軒涕泗流

일찍이 동정호를 들었으나,

오늘에야 악양루에 올랐네.

오와 초는 동남으로 터졌고,

천지는 밤낮으로 떴구나.

친지와 벗에게선 한 자 소식도 없고,

늙고 병든 나는 외로운 배뿐이네.

싸움말은 관산 북녘에 있는데,

난간에 기대어 눈물을 흘리네.

하늘은 같은 시대에 두 인물을 내지 않는다고 하는데, 어찌 실수를 했는지 도교풍의 시선(詩仙) 이백과 유교풍의 시성(詩聖) 두자미를 같은 시대에 같은 나라에다 내어놓았다.

악양루에서 내려와 동정호수로 향했다. 빗속에서 탄 유람선은 우리 일행이 타기에도 오히려 부족한 소형이었는데, 그나마도 낡아서 깨어진 유리창으론 찬 빗줄기가 날아들었다. 그런 가운데서도 안개 자욱한 겨울 동정호 유람은 즐겁고 보람 있었다.

호수 안에 있는 군산도(君山島)에는 순임금의 비 아황과 여영의 전설이 서려 있고, 소상반죽과 함께 침차로 유명하다. 이 여행에 관한 많은 자료를 김 교수가 마련해 와서 큰 도움이 되었다.

그 뒤로도 경문회의 나라 밖 여행은 이어졌다. 스페인 바르셀로나에서 한국인의 발자국(황영조 올림픽 마라톤 우승 기념 조형물)을 만지고, 포르투갈에서는 땅끝에 서서 대서양을 내다보고, 성모님 발현하신 파티마에서 기도를 드렸다. 북유럽의 여러 나라, 덴마크에서는 안데르센과 그의 동화 주인공 인어공주를 만나고, 노르웨이까지는 호화 크루즈선을 타고 피오르를 항해했고, 스웨덴에서는 노벨을 만나고, 빙하도 만지고, 산악열차도 탔다. 상트페테르부르크에서는 예르미타시박물관을 찾아 렘브란트의 '돌아온 아들'을 만나고, 모스크바에서는 아르바트 거리를 걷고, 빅토르 초이 기념벽 아래 촛불을 켜기도 했다. 이 밖에도 베트남과 중국의 또 다른 여행지까지, 유 선생, 임 선생, 배 선생과 함께 부부 동반으로 한 그 여행기록을 다 모으면 책을 한 권 묶고도 남을 만하다. 그런데 그만 코로나라고 하는 복병을 만나서 올해는 국내 여행조차도 못하는 신세가 됐다.

점심식사를 하고, 여자들 셋이서 카페라고 이름을 붙인 마당 가의 테이블에 앉아서 커피를 마시는 동안, 남자들은 권 선생 농장 구경에 나섰다. 권 선생의 농장은 집 가까운 곳에 여러 떼기의 밭으로 이루어져 있다. 며칠 전에 심었다는 감자밭은 아직 검은 비닐로 덮여 있고, 아로니아 가지에도 아직 새순이 돋지 않았는데, 지난 가을에 심었다는 마늘은 벌써 한 뼘 길이로 자라 연녹색의 몸매를 자랑하고 있다. 사과밭에는 검은 급수용 호스가 사과나무의 아랫도리에 이어져 있어서 관정에서 물을 올리면 자동으로 급수가 이루어진단다.

하늘에는 매 한 마리가 높이 떠서 정지비행을 하고 있더니 갑자기 땅으로 내려꽂힌다. 아직 이른 봄인데 무슨 먹을거리라도 있는가? 겨울 동안엔 또 어디서 다리 오그리고 지냈고? 그리고 저 멀리 들판 끄트머리 야산 너머에는 3·1독립만세의 역사적 현장인 영해만세시장이 있는데, 권 선생이 옛 영해도호부와 함께 자랑하는 곳이기도 하다.

권 선생과 수키 씨는 자고 가라고 하지만, 이 코로나 상황에서는 친구 집에서 하룻밤 자는 일도 부담스럽다. 기약도 없이 그냥 '자주 만나자'는 인사만 나누고 손을 흔들었다. 김 선생 차를 타고 와서, 경주에서 다시 지석의 차로 바꾸어 타는데, 김 선생이 언뜻 뇌는 말.

"밝은 덕이 오직 향기롭단 게 무슨 뜻이야?"

"글쎄올시다. 한문 공부 많이 한 김 선생도 모르는 걸 난들 어찌 알아?"

"가벼운 바람결처럼 죄 안 짓고 살짝 살다가 가는 것일지도 몰라."

늦은 시간에 경산으로 돌아왔다. '가벼운 바람결처럼 살짝' 다녀온 하루의 봄나들이는 이렇게 끝났지만, 그래도 아내는 코로나 블루가 좀 치유가 된 것 같다면서 좋아한다.

그리운 도산(島山)

오늘은 또 무슨 소식일까? 반쯤 마신 커피잔을 내려놓고는 기대와 불안을 동시에 안고 인터넷을 연결한다. 오늘의 톱뉴스는 황사경보와 청와대 정책실장의 경질이다. 몽골에서 중국을 거쳐 우리나라로 불어온 황사먼지는 지난 11년 만에 최악의 상황으로, 전국에 경보를 발령하게 했다. 중국에서는 몽골 먼지이지 중국 것이 아니라고 하면서, 심지어는 한국의 먼지가 상해를 더럽히고 있다고 한단다. 김치를 자기네들 것이라고 하던 중국은 이제는 삼계탕도 자기네 것이라고 한단다. 변명과 거짓의 대명사가 된 대국 중국. 안타깝고 슬프다. 어제는 오랜만에 아내와 함께 금호강 변으로 마스크 쓴 채 산책 나가 안심습지의 수양버들 연둣빛 늘어진 가지도 보고, 강둑에서 파릇파릇 돋아난 쑥을 뜯기도 하고, 멀리 팔공산 아름다운 모습도 맑고 투명하게 구경했는데, 하루 사이에 이렇게 상황이 달라졌다.

청와대의 정책실장이 갑작스럽게 경질되었단다. 정책 전반, 특히 경제 정책의 실질적인 수장인 그가 자기 집 전세금을 14퍼센트를 올려 받았는데, 그게 5퍼센트 이상 못 받게 하는 법률이 시행되기 이틀 전이었다고 한다. 법망을 피하겠다는 꼼수를 쓰긴 했으나 국민의 분노를 불러일으켰다. 그러자 자기가 전세로 사는 집의 전세금 인상분을 낼 돈이 없어서 그랬다고 변명을 했는데, 은행 예금이 10억도 넘게 있다는 것이 밝혀지면서 모든 게 거짓임이 드러난 것이다. 대법원장의 거짓말에 이어서 터진 또 하나의 고위 공직자의 거짓말. 서울과 부산의 시장 보궐선거에 악영향을 미칠 걸 두려워한 여당에서 대통령에게 경질을 요구했다고 한다.

그는 시민단체에서 활동할 때는 '재벌 저격수'라는 별명을 갖고 있었고, 이 정권 초기 공정거래위원장 시절에는 경제장관 회의에 지각하고 서는 '재벌 혼내주고 오느라고.'라면서 변명을 했던 사실도 다시 수면 위로 떠올랐다. 그를 깊이 신임했던 대통령으로서는 매우 실망하고 난감했을 것이다. 문제가 불거진 지 한나절 만에 경질했다. 읍참마속(泣斬馬謖)의 심정이었을까? 아니면 네가 죽어야 내가 산다는 판단이었을까? 그것도 아니라면 잠시 비를 피하고 가겠다는 생각이었을까?

그뿐만 아니라 집세를 5퍼센트 이상 올리지 못하게 하는 '주택임대차보호법 일부 개정안'을 대표 발의한 여당의원이 자기 집의 전세금액을 월세로 바꾸면서 9퍼센트 넘게 올린 사실도 드러나자 이 정부는 '내로남불' 정부라는 비난이 쏟아졌다. 과거 그들과 노선이 비슷했던 한 인사는 '후안무치의 극치'라고도 하고, 어느 텔레비전의 앵커는 이런 상황을 '위선자들의 전성시대'라고 일침을 놓기도 했다.

대통령은 하급 공무원은 물론 교사까지도 재산 등록을 하도록 하고, 토지 관련 기관의 종사자는 아예 토지 매입 자체를 금지하는 방안을 모색하라고 지시했고, 이어서 공무원노조에서는 반대하는 성명을 발표했다. 서울과 부산의 보선 현장에서는 후보 간의 네거티브 전략으로 이전투구(泥田鬪狗)의 양상을 보이고 있어서 사람들 사이에선 우려의 목소리가 나오고 있다. 나라가 그냥 '좀 어지러운 정도'를 넘어서고 있는 것 같아서 걱정이다. 어떤 사람들은 우리가 지금 저 베네스웰라 꼬라지로 빠져들어 가고 있다고 통탄을 하기도 한다. 어느 나라인들 잘 살고 싶지 못살고 싶은 나라가 있을까? 정치 지도자들이 도덕성을 잃어 나랏일을 잘못하고, 국민의 정신이 깨어있지 못하면 그렇게 되는 것 아닌가?

대한민국. 이 나라가 어떤 나라인가? 긴긴 세월 온갖 어려움 속에서도 아끼고 다듬고 거름 주어 키운 나라 아닌가? 더구나 근대에 와선 일본의 침략으로 주권을 빼앗기고 나라 없는 백성의 설움을 뼛속 깊이 새긴 민족 아닌가? 광복 후에는 또 이어서 6·25전쟁으로 온 강토가 피폐한 것을 주린 배 움켜잡고 공산주의와 독재세력으로부터 피로써 지킨 나라 아닌가? 여기서 주저앉으면 그냥 후손에게 죄를 짓는 정도가 아니다. 나라는 연기가 되어 공중으로 흩어지고, 국민은 굶어 죽고 싸우다 찢겨 죽고 멸망하는 결과를 가져오게 될지 누가 아는가? '벼락부자와 벼락 거지만 있는 나라'라는 자조적 비아냥거림, 코비드19 팬데믹까지 겹쳐서 어려움이 겹겹인 상황에서, 정신 바짝 차리고 서로 손 잡고 일심단결해도 모자랄 판에 아직도 정신 못 차리고 이리도 끝없는 분열과 다툼이라니. 지도층이 옳고 그름을 분간하지 못하는 나라의 앞날이 어떻게 희망이 있고 번영이 있겠는가?

지석의 책상 위에는 도산(島山) 안창호(安昌浩) 선생의 사진과 나란히 하얀 접시 하나가 받침대에 기대어 서 있다. 거기에는 단아한 판본체 글씨로 이런 글귀가 씌어 있다.

'진리는 반드시 따르는 자가 있고, 정의는 반드시 이루는 날이 있다.'

도산 선생의 말씀이다. 이 접시는 대전흥사단에서 창립 50주년 기념품으로 만든 것을 지석에게 선물로 하나 보내어준 것이다.

'나라가 어려울수록 좋은 재상이 생각나고, 집 안이 가난할수록 어진 아내가 생각난다(國難思良相, 家貧思賢妻)'는 말이 있듯이, 나라가 어지러우니 평생을 조국과 민족을 위해 일하다 순국하신 도산 선생이 그리워진다. '나는 잠을 자도, 밥을 먹어도 조국의 독립을 위해서 해왔다.'고 하시던 그 말씀이 귓가에 쟁쟁인다. 진리는 반드시 따르는 사람이 있다는데, 지금 우리는 진리를 따르는가? 아니면 허황한 구호에 목줄 매고 있는가? 정의는 반드시 이루는 날이 있다는데, 그 정의는 어디에 있는가?

'기회는 평등하고, 과정은 공정하고, 결과는 정의로울 것이다.'

그것이 국민을 향한 대통령의 첫 약속이었다. 그마저도 중국 시진핑의 얘기를 인용했다는 설도 있다. 지금 평등과 공정과 정의는 어느 광야에서 길을 잃고 방황하고 있는가? 어떤 이는 대통령의 수십 가지 약속 중에서 지킨 것은 단 하나, '한 번도 경험해 보지 못한 나라를 경험하게 해 준 것'이라고 비아냥거리기도 한다.

지석이 도산 선생을 처음 만난 것은 고등학교 1학년 가을의 어느 날이었다. 같은 방에서 함께 자취하던 친구 봉근이를 따라서 어떤 모임엘 갔는데, 거기가 바로 '흥사단 고등학생 대구아카데미'라는 학생 동아리였다. 그때는 '동아리'라는 말은 잘 안 썼고, 그냥 '서클'이라고 해서, 불량 서클과 자주 혼동을 일으키기도 할 시기였다. 모임 장소는 삼덕동에 있는 작은 교회의 회합실이었는데, 장로 강 여사님이 학생들의 모임 장소로 쓰라고 무상으로 빌려주신 것이다. 거기에는 30여 명의 남녀학생이 모여 있었는데, 맨 먼저 지석의 눈길을 끈 것은 그 학생들의 교복과 교모였다. 대부분의 회원들이 소위 일류라고 하는 학교의 학생들이었다. 그런 사실은 지석을 주눅들게 했다. 그러나 그들의 품위 있는 언행은 지석에게 새로운 모습의 세상을 보여주었다. 그들은 하나같이 차림새도 말쑥했고, 별로 대우받지 못하는 학교의 재학생인 지석에게도 조금도 폄하하거나 무시하거나 하지 않고 오히려 정중한 말씨와 태도로 응대해 주었다. 아아, 여기가 정말로 사람 향기 나는 동네로구나. 흥사단 고등학생 대구아카데미는 그렇게 첫날부터 지석을 사로잡았다.

고등학생 아카데미 운동은 흥사단(興士團)이 새로운 시대, 새로운 세대를 위해 시작한 운동의 하나였다.

'참배나무에는 참배가 열리고 돌배나무에는 돌배가 열리듯, 독립할 만한 자격이 있는 민족에게는 독립국의 열매가 열리고 노예 될 만한 자격밖에 없는 민족에게는 망국의 열매가 열린다.'

이렇게 외치시던 도산 안창호 선생이 1913년에 미국에서 '독립의 역량 배양'을 목적으로 창립한 단체가 흥사단이다. 미국 LA에 본부를 두고 있다가 광복 후에 국내로 옮겨와서 서울 을지로에 둥지를 마련했다. 1960년대로 접어들면서 다음 세대를 위한 인물 육성의 필요성이 강조됐고, 주요한 선생을 중심으로 아카데미 운동을 시작했는데, 그 열매의 하나가 바로 이 대구 아카데미인 것이다.

처음 온 사람은 준회원으로 대우하고, 일정한 시간 출석을 하고 입회

문답을 통과하면 정회원이 되는데, 이런 방법은 도산 선생이 흥사단 초기에 흥사단 단우를 선발하던 방식에 그 뿌리를 두고 있다. 문답 결과가 신통치 않으면 몇 번이라도 반복하게 해서 인물 선발에 신중을 기했고, 그러는 사이에 당사자의 결심도 더욱 돈독해지는 효과가 있다고 했다.

문답 준비로는 이광수 선생이 지은 도산 선생의 전기 '도산 안창호'를 읽어야했고, 흥사단과 아카데미를 소개한 작은 책은 그 내용을 아예 외어야 했다. 여기서 낙방을 할 수는 없다. 지석은 열심히 준비했고, 문답은 한 번만으로 입회가 허용되었다. 민족의 위대한 스승 도산 안창호 선생의 정신을 이어받은 흥사단 고등학생 대구 아카데미의 회원이 됐다는 것은 지석에게 새로운 용기와 기쁨과 보람을 심어주었다.

아카데미는 매주 토요일 오후에 회합을 가졌는데, 손을 펴서 수도를 앞으로 하고 목 근처까지 올리는 '거수례'로 회의를 시작했고, 국민의례에서는 애국가를 4절까지 불렀다. 이어서 흥사단 약법과 '도산의 말씀'을 낭독했다. 존칭은 남녀 모두 '군(君)'으로 불렀는데, 상대에 대한 존중의 의미와 함께 남녀 평등의식까지를 머금고 있었다. 회의의 앞부분에서 한두 사람씩 발표하는 '5분 발표'라는 순서가 있어서 생각을 조리 있게 발표하는 능력을 기르는데 많은 도움이 되었다. 개성과 특기를 존중하는 분반활동도 있어서, 자칫 잘못하면 획일주의로 빠지기 쉬운 단체활동의 단점을 보완해 주기도 했다.

그해 말, 강 장로님은 좁은 교회 회합실 대신에 근처에 있는 교회소유의 건물 2층을 모두 자유롭게 사용하라고 내주셨다. 물론 무상지원이었다. 반갑고 고맙고 기뻤지만, 고등학생들의 힘으로 책걸상을 비롯한 집기와 비품을 장만한다는 건 결코 쉬운 일이 아니었다. 궁리한 끝에 정월 대보름에 복조리 장사를 하기로 의견을 모았다. 시장에서 복조리를 대량 구입해서 각자 얼마씩 나누어 들고, 친척집을 찾아서 팔기로 한 것이다. 그런데 대구에 아는 사람이 없는 지석은 난감하기 짝이 없었다. 그래서 대보름날 새벽에 학교 선생님 댁을 찾아서 대문 안으로 복조리 한 쌍씩을 던져 넣었다. 그리고는 그 다음날 조리값을 받으러 갔다. 고마운 선생님들은 지석이 고학하는 학비를 버는 줄 알고 돈도 넉넉히 주시고 식사도 한 끼 때워 주셨다.

회원들이 이렇게 해서 상당한 금액을 모았다. 그 돈으로 목재상에 가서 판자를 사왔고, 스스로 재단을 하고 톱질도 하고 대패질도 하여 책걸상을 만들었다. 머리를 맞대고 손을 맞잡으니 고등학생 어린아이들의 힘으로도 사무실 겸 회의실의 면모를 갖출 수가 있었다.

이제 막 싹트기 시작하는 대구에서의 흥사단 운동을 돕기 위해서 서울 본부에서는 훌륭한 선생님들을 보내 주셔서 강연회도 열고 토론도 하곤 했다. 안병욱 교수님의 강연회에는 시민들이 운집해서 대구사회에 흥사단과 아카데미의 존재를 각인시켰다. 약전골목 초라한 여관방에 책가방을 든 채로 모인 고등학생들은 주요한 선생님과 얘기를 나누느라고 밤을 꼬박 새우고 다음날 아침, 거기에서 바로 학교로 향하기도 했다. 어느 날은 삼덕동 여관에서 함석헌 선생을 만나고, 또 어느 날은 지명관 교수님을 만나서 어린 학생들의 가슴 속에 잠재한 지성의 씨앗을 움트게 하기도 했다. 한번은 지석이 지명관 교수님께 편지를 보냈는데, 그 답장이 학교로 왔다. 지명관 교수가 누군가? 한국의 대표적 지성인가운데 한 분이 아닌가? 그런 분에게서 고등학교 2학년 학생에게로 편지가 왔으니 교무실에선 난리가 났다. 지석은 교무실로 불려갔고, 거기서 자초지종을 설명한 후에 편지를 받을 수가 있었다.

아카데미 활동은 지석에게는 놀라운 체험이었고, 세상을 향해 새로운 눈을 뜨게 만들었다. 고등학교 3학년 여름. 장이욱 박사님의 주례로 입단 문답을 거쳐서 드디어 청황의 단대(團帶)를 어깨에 메고 흥사단 단우가 되었다. 바야흐로 도산 안창호 선생의 후예로 다시 태어나는 순간이었다.

흥사단 본부에서는 해마다 가을이면 전국의 단우들이 모이는 연차대회를 열었다. 주로 서울에서 했지만 가끔 지방에서 열리기도 했다. 지석이 고등학교 3학년이던 가을, 서울의 경복궁에서 흥사단 대회가 열렸다. 대학 입시가 눈앞에 다가오고 있어서 부담이 됐지만 만사 제쳐두고 거기에 참석했다. 경복궁 뜰에서 만난 또 한분의 흥사단 어른, 늘봄 전영택 선생. 그분은 우리 근대문학의 태동을 알리는 문학동인지 '창조(創造)'를 주요한 선생과 함께 만드신 분. 최초의 근대시로 꼽히는 '불놀이'의 시인 주요한 선생의 형님은 주요섭 선생으로 소설가였고, 전영택 선생은 호를 늘봄이라고도 하고 추호(秋湖)라고도 하는데, '화수분' 같은 명작이 있다. 주요한, 주요섭, 전영택 세 분 모두 문학 지망생들의 존경을 받는 분 아닌가. 이런 분들이 모두 흥사단 단우이고, 도산 선생의 제자들이구나. 그런 생각을 하니 자신도 흥사단 단우의 신분으로 이 대회에 참석하고 있다는 사실이 놀랍고 자랑스러웠다. 나란히 서서 첫 만남을 기념하는 사진을 찍고 많은 대화를 나누었다. 청소년 한 사람 한 사람이 다 나라의 보배이니 자중자애하면서 공부하고 인격을 수양하여 나라의 일꾼이 되라는 말씀을 가슴 속에다 새겨 주셨다.

대구로 돌아와서 전 선생님께 사진을 넣어 편지를 보냈더니 즉시 답장이 왔다. 원고지에다 펜으로 쓴 편지는 자애와 품격이 가득했고, 지석에게 당부의 뜻을 담은 자작시 한 수를 동봉했다. 제목은 「그대 한 사람」.

내일 아침엔 일찍 일어나서 전 선생님께 답장을 써야지. 편지지와 봉투를 준비해 두고 잠자리에 들었다.

다음 날 아침에 눈을 뜨니 머리맡에 조간신문이 놓여있었다. 지석의 자취방 뒤쪽에는 세 들어 사는 가족이 있었다. 중학교에 다니는 큰아들은 새벽에 나가서 신문 배달을 했는데, 배달 후에는 신문이 한두 부씩 남는 게 있다면서, 아직 잠도 안 깬 지석의 방문을 열고는 머리맡에다 이렇게 신문을 두고 가곤 했다. 지석은 누운 채로 신문을 펴들고는 기사 제목만 죽 훑어보았다. 그런데 아아, 거기에는 놀라운 소식이 실려 있었다. 전영택 선생이 전날 교통사고로 세상을 떠났다는 게 아닌가? 기독교 목사이기도 한 전 선생은 그 무렵 서울에서 열리고 있던 종교회의에 즈음하여, 기독교의 통일과 통합을 주장하는 글을 써서 기독신문사에다 가져다주고(요즘 같은 전자우편이 없던 때였으니까), 전차를 기다리고 있다가 택시에 변을 당했다는 것이었다.

지석은 너무나 놀라서 그만 통곡을 쏟아냈고, 주인집 아주머니가 무슨 일이 났나 싶어서 쫓아오기까지 했다. 지석은 엊저녁에 마련해 두었던 편지지에다 전 선생 대신에 주요한 선생 앞으로 그 슬픔을 담아 편지를 썼다.(주 선생은 그 편지를 흥사단 기관지 '기러기'에다 보내어서 게재되기도 했었다.)

대학생이 되자 지석의 소속 단체는 흥사단 대학생 대구 아카데미로 바뀌었다. 그리고 흥사단 대구분회가 결성되었다. 고등학생 아카데미에서 함께 공부하고 수련하던 친구들은 많은 사람이 서울로 유학의 길을 떠났고, 그들은 더 넓은 세상 수도 서울에서, 대학생 아카데미와 흥사단 본부의 단우로 활약을 이어갔다.

그렇게 시작한 지석의 흥사단 삶은 끊임이 없었고, 연륜이 쌓이면서 더 넓어지고 깊어졌다. 가끔 지석은 자신의 삶을 '교육, 신앙, 흥사단의 정립(鼎立)'이라고 생각하곤 했다. 그러한 흥사단 생활은 그 속에 도산 선생의 정신이 녹아있고, 도산의 정신을 배우고 익히고 실천하는 과정이었다. 그 핵심은 흥사단 약법(約法)에 명시된 전문, 목적, 4대 정신으로 요약될 수 있을 것이다.

(전문): 오랜 전통을 가진 우리 민족이 발전적인 민주 사회를 이룩하려면 먼저 국민 각자가 올바른 정신적 자세와 왕성한 부흥 의욕을 가져야 한다. 이러한 정신적 자세는 정치, 경제, 교육, 문화 등 사회 모든 분야의 여건의 변화에 영향을 받으나 사람은 또한 환경을 개선 창조하는 원동력을 가졌다. 그러므로 민족을 부흥시키려면 참되고 진취적이며 협동적이고 용기 있는 일꾼들이 민족적 사명감을 가지고 실천 봉사하여야 하며, 이런 일꾼의 양성을 위한 의식적이요 계속되는 노력이 필요하다. 이는 도산 안창호 선생이 주창한 구국이념으로서 민족을 살리는 참된 길임을 확신하는 우리는 자신의 사회적 직무와 위치에 구애됨이 없이 흥사

단 운동에 평생을 바치기로 이에 동맹한다.

(목적): 우리 단의 목적은 무실역행으로 생명을 삼는 충의남녀를 단합하여 정의를 돈수하며, 덕,체,지 삼육을 동맹수련하여 건전한 인격을 지으며 신성한 단체를 이루어 우리 민족 전도번영의 기초를 수립함에 있다.

그리고 4대정신은 무실(務實), 역행(力行), 충의(忠義), 용감(勇敢)이다.

지금 이 나라의 혼탁하고 어지러움을 바라보면서, 흥사단에 평생을 몸담고 있었던 사람이라면 도산 선생을 그리워하는 사람이 어찌 지석 뿐이겠는가?

머나먼 여로

코로나 감염으로 친구요 대자요 동료인 이시백을 저세상으로 보낸 것
이 작년 부활절이었는데, 어느덧 다시 부활절이 낼모레로 다가왔다. 아
침 뉴스에서는 얼마 동안 주춤하던 코로나 확산세가 다시 가파른 상승
곡선을 그리고 있다는 소식과 함께 백신 수급과 접종 상황이 여의치 않
다는 우울한 소식을 전하고 있다. 국내 확진자 수는 어제 하루에 558명
을 더하여 총확진자 수는 10만 명을 넘어섰고, 사망자 수도 1,737명을
기록하고 있다. 더구나 지석이 살고 있는 이곳 경산에서는 어제 하루에
경북 전체 30명 중 23명이나 발생하여 불안을 더하고 있다. 세계의 통
계는 더 무섭다. 확진자 총수는 1억 3천만 명에 달하고, 사망자만도
283만 명이나 된다고 하니 놀라움을 금할 수가 없다.

꽃은 황사경보에도 아랑곳하지 않고 피어 온 나라가 꽃밭인데, 집콕
만 하고 있다는 건 참기 어려운 일이다. 며칠 전에 영덕으로 봄나들이
를 다녀왔는데도 아내까지 바람 쐬러 나가자고 졸라서 차를 몰고 길을
나섰다. 경산 지역에서 봄 경치 하면 알아주는 곳이 반곡지 왕버들 고
목들과 그 주변의 복숭아밭 풍경이다. 해마다 이맘때면 경산시에서는
시민걷기대회란 걸 열어서 여기까지 도보로 둘러오곤 했는데, 코로나
위력에 짓눌려서 올해도 작년에 이어 그 행사는 취소되었다. 경산시 남
산면 산골짜기 안에 위치한 반곡지는 그 명성에 비해 그리 크지는 않은

저수지다. 지석이 도착했을 때는 이미 주차장은 빈틈이 없었고, 못 주변에서는 모두가 사진을 찍느라고 정신이 없다. 전에 못 보던 새 건물이 둘 들어섰는데, 구경꾼들을 의식해서 지은 커피집이다. 이 산골짜기에 이렇게 큰 커피집이 두 군데나 있다는 건 놀라운 일인가, 아닌가? 1인당 커피 소비량이 한국이 세계에서 1위라던 말이 거짓말이 아닌 모양이다.

모델이라도 된 듯 포즈를 취하는 아내를 만개한 복숭아꽃 가지와 엮어서 사진을 몇 커트 찍고, 물에 그림자 드리운 왕버들도 찍었다. 복잡한 무리를 빠져나와서 안쪽으로 고개를 하나 더 넘었다. 거기에는 탐진 안씨 집성촌인 조곡동이 있다. 지금은 조그만 시골 마을이지만 마을 뒤에 넓은 선영이 있고, 조선 초기의 학자 안지(安止)를 배향한 조곡서원(早谷書院)도 있어서 옛날에는 그 규모가 제법 컸을 것으로 짐작하게 한다.

안지는 조선 초기의 문신으로 정인지, 권제 등과 함께 '용비어천가'를 지은 사람이다. 지석이 학교에서 '용비어천가'를 수업할 때, '용가는 누가 지었나? 세 지가 지었다. 정인지, 권지(제), 안지.'하면서 농담을 하던 일이 생각난다.

집에 와서 낮에 찍은 사진 몇 장을 데레사한테 전송했더니 금방 답장이 날아든다. 사진작가 못지않은 솜씨라고 칭찬을 하면서, 자기도 낮에 남지장사까지 가서 봄바람 쐬고 왔다고, 저녁에 성목요일 예수님 만찬 미사에서 만나면 낮의 봄나들이 이야기 나누고 싶단다.

예수님 수난 전에 제자들과의 마지막 만찬을 기념하는 이 미사에서는 그날의 예수님을 본받아 사제가 신자들 열두 사람의 발을 씻어주는 예식이 있다. 발 씻을 사람은 어떤 기준이 있는 건 아니지만 보통 남녀

노소를 섞어서 선발한다. 그런데 오늘은 데레사가 그중의 한 사람으로 낙점이 됐다는 것이다. 목요일 저녁은 다음날인 금요일 예절로 이어지기 때문에 예수님 죽음과 무덤에 묻히는 일을 상징적으로 보여주는, 이동 감실로 성체를 옮겨 모시는 의식도 있다.

성당 가까운 곳에 '선인장'이란 이름의 카페가 하나 있다. 성당의 젊은 자매가 운영하는데, 자체 개발한 맛나는 메뉴를 몇 가지나 갖고 있다고 소문이 나 있는 곳이다. 바깥양반이 대학의 미술과 교수인데, 조각 전공이고, 특히 선인장 조각으로 이름이 나 있는 분이란다. 그래서 선인장 조각만으로 전시회를 열기도 했고, 이곳 카페에도 몇 작품이 장식을 겸해서 선을 보이고 있다. 카페 이름 '선인장'도 거기에서 유래한 것은 두말할 필요가 없다. 성당 근처에 카페가 이곳뿐이기도 하지만, 이름 '선인장'이 좋아서 지석은 여기엘 가끔 들르곤 한다. 거친 땅, 모래밭에다 뿌리를 깊이 박고 강인한 생명력으로 살아가는 선인장에게는 온몸을 날카로운 가시로 무장하지 않으면 안 되었을 것이다. 이런 선인장이 마치 전쟁 후 그 어려운 시기를 배고픔을 참으면서 독하게 살아온 지석 자신의 삶과 비슷하다는 생각도 더러 한다. 지석이 이 집에 처음 왔을 때, 젊은 여주인은 자기도 중학교 다닐 때, 천주교 세례를 받았는데, 여태까지 냉담 중이라는 말을 했고, 어떻게 별로 장사가 잘될 것 같지도 않은 이곳에다 카페를 냈느냐는 질문에는 '성당 옥상의 십자가가 바로 보여서'라는 대답을 하기도 했다. 그녀는 그 뒤에 지석의 주선으로 냉담을 풀고 성당으로 되돌아왔다.

미사를 마치고 지석과 데레사는 '선인장' 구석 자리에 마주 앉았다. 데레사는 쌍화차를 주문했고, 지석은 '코리아노'를 달라고 했더니 '아메리카노'가 나왔다.

둘은 오늘 낮의 봄꽃 구경 얘기를 나누었고, 저녁 미사 때 신부님의 발 씻김 예식 이야기도 나왔고, 어느 해 부활절 무렵, 성경학교 졸업기념 행사로 유럽 성지순례 갔던 얘기로 이어졌다. 스무날 넘게 잡은 긴 여행은 터키를 둘러서 이탈리아, 이스라엘, 이집트, 요르단까지 달려갔다. 멀고도 먼 여행길이었다. 그해 2월에 지석은 명예퇴직을 해서 시간의 여유를 갖고 있었고, 이시백 선생은 자신의 세례명인 바울로 성인과 예수님의 발자취를 찾아 나서는 성지순례에 함께 가고 싶어 했으나 시간을 내기가 어려워서 동행하지는 못했었다.

서울에 있는 성지순례 전문 여행사에다 모든 걸 의뢰했고, 인솔단장은 성경학교 선생님 마리 마들렌 수녀가 맡았다. 데레사는 단장 수녀 곁에서 많은 일을 도와서 팀 안에서는 단장 비서라는 애칭으로 불리기도 했다.

타슈켄트에서 비행기를 갈아타고 도착한 첫 여행지는 터키의 이스탄불. 휘황한 조명의 야경은 우리나라의 대도시 풍경과 비슷했다. 그러나 이튿날 아침, 성당으로 미사를 드리러 가는 길에 바라본 이스탄불의 모습은 모두를 놀라게 했다. 마르마라해변을 끼고 도는 길목의 로마시대 성벽, 하늘 중간쯤을 가로지르는 수로교, 돌로 포장을 한 도로…

이스탄불 관광의 백미는 뭐니뭐니 해도 성소피아성당이다. 관광 자료집이나 텔레비전을 통해서 자주 보아왔던 그 모습, 사발을 엎어놓은 듯한 돔과 네 귀퉁이에 솟아 있는 뾰족한 미너렛이 앞에 나타났을 때, 모두가 아아, 탄성을 질렀다. 웅장한 규모, 불가사의한 황금의 모자이크. 보는 것만으로도 놀라운데, 현지 가이드의 유창한 설명은 감동을 더했다. 이스탄불의 현지 가이드는 대구 소재의 대학 한국어과 교수이면서 현재 이곳 앙카라대학에 교환교수로 와서 비교언어학을 공부하면서 한국어 강의도 맡고 있다는 김 교수가 수고를 해 주었다.

성소피아성당은 원래 동방정교회의 대성당이었다. 그러나 15세기 중엽, 오스만 제국의 술탄 메메드 2세는 여기 콘스탄티노폴리스(현재의 이스탄불)를 점령하고는 이 대성당을 몰수하고 모스크로 사용할 것을 선언했다. 그는 '그리스도인들이 믿는 하느님은 없다. 신은 오직 알라뿐.'이라고 하면서 십자가를 떼어냈다. 그리고는 모자이크 이콘의 성화들을 회칠로 덮고, 메카의 방향을 나타내는 미흐라브를 만들었다. 그 후 네 개의 미너렛이 증축되었다. 모스크로 변신한 이 소피아 대성당은 오스만 제국의 술탄이 매주 금요일 예배에 참석하면서 오스만 제국 안에서 가장 격식 높은 모스크로 여겨졌다. 19세기 초, 오스만 제국이 무너지고 공화정이 수립되면서, 그리스를 중심으로 한 여러 나라들이 이 성소피아 성당의 반환과 종교적 복원을 요구했다. 이에 따라 터키 정부는 이 소피아 성당을 온 인류의 공동유산이라면서 박물관으로 지정하고 그 안에서의 종교적 행위를 금지했다.

벽과 돔의 천장은 성경의 내용을 그린 그림으로 빼곡했는데, 이것들 모두가 이슬람 지배 시대에 회칠로 덧씌워 놓아서 감추어져 있었다고 한다. 그리스도교의 유산을 훼손하지 않으려는 의도였다고도 하고, 왕의 생일에 맞추어 이슬람 사원으로 개조하는 작업을 마무리하기 위해서였다는 설도 있다. 그 뒤 우연히 회칠이 벗겨지면서 그 안에 감추어져 있던 그리스도교 성화들이 드러나게 되었다고 한다. 그 모자이크 성화들 중의 걸작 하나가 '떼시스'이다. '간구하다'라는 의미를 지니고 있는 이 성화의 가운데는 예수님이 책을 들고 서 계시고, 예수님의 오른편엔 성모님이, 왼편엔 사도 요한이 서 있다. 예수님이 들고 계신 책 속에는 최후의 심판 날에 구원받을 사람들의 명단이 적혀 있단다. 성모 마리아와 사도 요한은 예수님께 간구한다. 한 사람이라도 더 그 명단에 보태어 달라고. 구원받을 사람의 명단에 누구가 포함되어 있는지는 아무도 모른다. 그러나 전해지는 얘기로는 거기에 적힌 글은 단 한 줄뿐이란다. '내가 창조한 모든 것.' 이 모자이크화는 한쪽의 벽면에 가득할 정도로 큰 것인데, 거기에 쓰인 재료는 모두가 순금의 금박. 금빛이 아닌 것도 모두가 자연색의 천연 돌을 깎은 것이라니 그저 놀라울 뿐. 놀라운 것은 그 재료만이 아니다. 그림 자체가 황홀할 정도로 아름답다는 것.

"데레사. 그때 터키에서 그리스로 넘어가던 바다, 에게해 생각나요? 성 요한의 유배 동굴 앞에서 바다를 내다보면서 데레사가 그랬었지요? 저 바다 빛깔 때문에 그리스에선 철학이 일찍 발달했을 것 같다고."

"물론이죠. 물감을 짓이겨놓은 것 같이 진하게 푸른 바다. 그 인상은 평생 못 잊을 겁니다."

"그리고, 파트모스에서 그리스 본토로 크루즈 선 타고 건너가면서 마셨던 와인, 세상에서 그렇게 맛있는 와인은 처음이었어요."

"저는 그날 밤바다와 와인의 기쁨에 젖었던 덕분에, 잠이 모자라서 다음날 오전에 버스 안에서 계속 졸았답니다.”

　에게해에는 파트모스라는 작은 섬이 있다. 성경 요한 묵시록 제1장에 등장하는 섬이다. 밧모라는 이름으로 부르기도 하는 이 섬의 위치는 터키에 가깝지만 그리스 영토다. 이 말은 에게해의 영유권이 대부분 그리스에 속해 있다는 뜻이기도 하고, 과거 그리스가 해양국가로서 막강한 힘을 자랑했다는 얘기이기도 하다. 파트모스로 가는 배 위에서 지석이 바다가 마치 호수같이 잔잔하다고 했더니, 인솔단장 마리마들렌 수녀는 호수 같은 바다도 있지만 바다 같은 호수도 있단다. 이번 여행 일정에 포함되어 있는 갈릴래아 호수가 그렇단다. 민물이기 때문에 호수라고 하지만 매우 넓어서 현지 지도에는 ‘sea’로 표기되어 있고, 실제로 거센 파도가 일기도 한단다.

　파트모스 섬의 위쪽에 사도 요한이 유배되어 갇혀 있었던 바위굴이 있다. 요한이 ‘묵시록’을 썼다는 이 동굴엔 세계에서 얼마나 많은 순례객이 찾아오는지, 손으로 쓰다듬은 바위 벽면이 닳아서 우묵하게 패어있다. 그 옆에 작은 그리스 정교회 성당이 하나 있고, 거기에서 내려다보는 바다의 인상은 자연이 아니라 어느 인상파 화가의 캔버스 같다는 느낌이었다.

　파트모스에서 그리스 본토로 가는 배는 자정에 출발해서 새는 날 아침에 아테네에 도착할 예정이었다. 지석은 파트모스의 호텔에서 눈을 잠시 붙인 탓인지, 아니면 이 호화 크루즈선의 밤 항해를 그냥 잠으로 보내기가 아까웠던지 잠이 오지를 않았다. 선상의 카페로 데레사를 불러냈다. 둘이서 창가에 마주 보고 앉아서 그리스산 와인을 주문했다. 선창 밖으로는 어두운 밤바다, 들리는 건 배의 엔진소리뿐. 와인 맛은 입에 달고, 데레사의 목소리는 귀에 달다. 패키지여행은 빡빡한 일정에다 단체로 행동해야 하기 때문에 데레사와 사사로운 대화를 나눌 여가가 없었는데, 밤배 덕분에 이런 호젓한 시간을 가질 수 있어서 즐겁고 반가웠다.

신화의 나라 그리스 여행은 다른 나라에서 맛볼 수 없는 특별한 재미가 있었다. 무너진 아폴로 신전 아래서 미사를 드리고, 유네스코 세계문화유산 제1호인 아테네신전 앞에 서서, 아테나 여신이 그리스 민족에게 내려준 선물 올리브나무를 보면서, 또 사도 바오로가 연설하던 언덕에 서서 소크라테스가 갇혔던 감옥이 있었다는 건너편 올리브 숲을 내려다볼 때의 감회, 메테오라 암상 수도원에서 죽은 수도사들의 두개골을 보면서 느꼈던 삶의 의미, '높은 곳만 생각하라'던 가르침.

로마에서는 대구 출신으로 여기에서 유학 중인 오 신부가 무리에 합류했다. 그는 현지 가이드 겸 매일 드리는 미사 집전자가 됐고, 마리마들렌 수녀와 함께 신앙 지도자를 겸하기도 했다. 이곳에서의 하이라이트는 두말할 필요도 없이 바티칸이었다. 시스티나 성당에서의 저 유명한 미술품들 ─ 천장화 '천지창조', 불후의 명작 '피에타'…. 그리고 바울로대성당에서의 바울로 묘소 참배.

로마에서 다시 날아간 곳은 이스라엘의 텔아비브. 비가 부슬부슬 내리는 공항을 빠져나와서 버스에 올랐고, 버스는 밤을 도와 예루살렘으로 달렸다. 예수님 십자가 지고 가신 '십자가의 길'을 걷기 위해서 새벽

3시에 호텔을 나섰다. 순례객이 너무나 많아서 이렇게 일찍 출발하지 않으면 안 된다고 했다. 2천 년 전 그날, 예수님이 십자가를 지고, 몇 번이나 넘어지면서 올랐던 그 길을 이렇게 오르고 있다고 생각하니 이제 진짜 예수님 제자가 된 기분이었다. 길가의 담벼락에 스프레이를 뿌려서 커다랗게 써 놓은 저 글씨. '우리에게 평화를(We need peace).' 이건 무슨 뜻인가? 어떻게 해석해야 할까? 종교 간에 아직도 갈등이 존재하고 있는가? 지석은 내내 머릿속에서 그 말이 뱅뱅 돌았다. 십자가의 길 끝에 있는 성묘성당(聖墓聖堂, 예수님 거룩한 무덤 성당)에서의 미사, 예수님 묘소 참배. 갈릴래아 호수에서는 태극기를 게양하고 애국가가 흘러나오는 배를 타고, 사해에서는 수영하고, 지구상에서 가장 낮은 곳의 카페에서 커피를 마시고, 헐리고 남은 성벽— 통곡의 벽, 예수님 눈물 성당과 승천 성당. 모두를 다 얘기할 수는 없다. 너무나 많아서. 그래도 빼놓을 수 없는 곳은 시나이산에서의 일출 보기, 그리고 이스라엘 민족이 이집트 파라오의 노예를 벗어나서 마른 땅으로 건넜던 홍해에 발을 담그고 손을 씻은 바닷물의 감격이다.

"그때 그 성지순례, 정말로 긴 여행이었죠? 시나이산 갈 때는 날은 아직 안 밝았는데, 길은 온통 바위와 자갈뿐이라 애를 먹었어요."

"다른 사람들은 낙타를 타고 가기도 하던데, 저는 겁이 나서 그러지도 못했어요."

"나는 걷는 것도 힘들었지만, 배가 고파서 혼났어요. 라면을 열 개나 준비해 왔는데도, 배탈 난다는 말 때문에 호텔에다 그냥 두고 갔지 뭡니까. 다른 사람들 먹는 것 보니까 얼마나 먹고 싶던지. 누가 한 젓가락 안 주나 싶어서 둘러 봐도 모두 자기 먹기만 바쁘더라고요.”

“어둠이 걷히면서 멀리 지평선 위로 해가 솟을 때, 그 감동은 말로 다 표현 못해요. 모세가 여기서 이렇게 서서 하느님의 십계명을 받았구나 하고 생각하자 눈물이 왈칵 났어요.”

“나도, 왜 그 영화 있잖아요. ‘십계(十誡)’. 찰턴 헤스턴 주연하는 영화. 그 장면들이 자꾸 떠올랐어요.”

“그때 그 성지순례가 제가 한 여행 중에선 제일 긴 여행이었어요. 새벽에 일어나서 밤중에 호텔에 들면서, 그렇게 스무날 넘게 쏘다녔으니까.”

“나도 마찬가지죠 뭐. 사람 사는 것도 이런 여행 아니겠습니까? ‘인생은 나그네 길’이라는 노래도 있잖아요.”

“다 잊을 수 없지만, 그래도 하나 절대로 빼놓을 수 없는 건 국립 이집트 박물관에서 만난 보물 중의 보물, 투탕카멘의 황금마스크죠. 열여덟 살의 파라오 투탕카멘의 의문의 죽음, 열다섯 살 왕비가 70일에 걸쳐서 미이라 제조과정을 지켜보고, 마지막으로 그 관 위에 꺾어서 얹었다는 한 묶음의 국화꽃. 한 권의 소설이나 한 편의 영화로도 모자랄 얘기죠.”

“맞아요. 거긴 나도 동감입니다. 여행은 사람의 안목을 넓게 할 뿐 아니라 삶의 의미를 깨닫게 하죠.”

지석은 데레사와 이런 얘기를 나누면서 또 다른 하나의 ‘긴 여행’을 생각하고 있었다.

충청도 홍주 사람. 천주교 박해를 피해서 문경 여우목으로 이사 와서 숨어 살면서, 동네 사람들에게 하느님의 존재와 사랑, 그를 섬기고 따르는 삶의 가치를 가르치다 포졸에게 잡혀서 문경을 거쳐 대구감영으로 이송, 관덕정 광장에서 천주교 신자라는 죄목으로 참수형을 당한 사나이. 이윤일 요한. 형장 근처에 잠시 묻혔다가 날뫼로 옮겨 묻히고 다시 경기도로 이장, 미리내 무명 순교자 묘역에 잠들어 있다가 요한 바오로 2세 교황에 의해 성인품에 오르고, 거기에서 다시 옛날 순교지 대구로 돌아와 지금 관덕정 순교기념관 제대 아래 누워 계신 분. 천주교 대구 대교구의 제2 주보성인이신 그분의 전기를 영남교회사연구소에서 펴냈는데, 그 과정에 참여했던 지석이 제안해서 채택이 된 그 책의 이름, 그것이 바로 『머나먼 여로』가 아닌가.

카페를 나서자 서늘한 바람이 두 사람을 맞는다.

"지하철까지 바래다 드릴게요."

데레사가 지석을 따라나선다. 어두운 하늘에 별이 두엇 떠 있다.

"밤하늘 하면 달과 별인데, 요즘은 별 보기가 어려워요. 공기가 탁한 탓이라는데, 별이 안 보일 정도로 대기가 더럽혀졌다면 예삿일이 아니죠. 인간이 여러 가지로 죄를 짓는군요."

"별 얘기하면 성지순례에서 돌아오는 밤 비행기 창문으로 내다봤던 게 생각나요. 결코 잊을 수 없는 여행에서의 한 커트죠. 어두운 우주엔 별이 가득 차 있고, 우리가 그 속으로 유영하는 물고기 같았다니까요."

"누구나 다 그런 감동을 받았겠죠. 천사가 반짝이는 보석 가루를 한

움큼 쥐고선 어둠 속에다 확 뿌려놓은 것 같다는 생각을 했을 정도이니까."

"전에도 언젠가 김 선생님 별 얘기 해 주셨잖아요. 생각할수록 경외스러운 것은 밤하늘 어둠 속에서 빛나는 별과 내 가슴 속의 도덕률이다, 뭐 그런 거였죠. 칸트의 말이라면서."

"그것만 알아도 반은 철학자가 된 겁니다, 하하하."

조금 걸어가니 가로등이 밝은 한 아파트 정문 앞을 지나가게 됐다. 지석이 경산으로 처음 이사 왔을 때 살던 곳이다.

"돈 없어서 대구에 못 살고, 쫓기다시피 경산 와서 처음 마련했던 둥지가 여기였어요."

"경산 안 오고 대구 사셨으면, 지금쯤 집값 많이 올랐을 건데."

"그랬을지도 모르죠. 그러나 그랬더라면 데레사는 못 만났겠죠. 자, 여기서 그만 돌아가요. 오늘은 주먹인사 말고, 진짜 악수 한번 합시다."

데레사의 손은 따뜻하고 매끄러웠다. 지하까지 내려가서 차 타는 것 보고 가겠다는 데레사를 돌려보내고, 혼자서 계단을 걸어서 역으로 내려갔다. 그날, 본당 가을 성지순례 때, 해미읍성을 걷다가 곁에서 팔짱을 끼던 데레사를 생각하면서.

전광판에는 이번 열차가 오늘의 마지막 열차라는 안내문자가 떠 있다.

순례자의 노래

　교구청 평신도국의 성경학교는 유럽 성지순례를 다녀온 얼마 후에 한 학기를 마치고 지석과 데레사는 함께 졸업증서를 받았다. 지석은 사실 수업시수가 조금 모자랐지만 그런 걸 세세히 따지지 않아서 그냥 묻혀서 졸업하게 된 것이다. 그런데 이번 학기를 끝으로 마리 마들렌 수녀는 부산 광안리의 본원으로 복귀한다는 것이었다. 데레사가 지석에게 그랬다. 수도자는 조용히 오고 말없이 가는 법이라며 환송 행사도 일절 없다고 하니 우리 두 사람이라도 수녀와 함께 저녁 식사나 한 끼 대접해서 보내자고.

　앞산 밑 순환도로 곁에 융프라우라는 이름의 경양식 집이 있었다. 수녀의 의견에 따라 가장 간단한 메뉴로 식사를 하고는 식사에 포함되어 제공되는 와인 잔을 잡고 앉았다. 대화의 보따리를 풀어 놓으니 온갖 얘기가 끝도 없이 쏟아져 나왔다. 수업시간의 생각과 체험 나누기에서부터 긴 여정의 유럽 성지순례를 거쳐서 지석의 광안리 수녀원 피정 얘기까지.

　"그때가 주일학교 새 학기 개강을 앞두고, 주일학교 교사 팀을 구성한 직후였으니까 2월 중순쯤이지 싶어요. 신부님은 나더러 주일학교 교장을 맡으라고 하는데 난감하더라고요. 내 입으로 늘 순명을 강조한 터라 거절할 수도 없고. 열 명쯤 됐나? 피정 팀에는 신학생도 둘이나 포함됐

었죠. 수녀원 입구에 있는 피정의 집, 이름이 은혜의 집이죠? 3박 4일 피정을 맡을 지도 수녀는 안젤라 수녀였어요. 수련장을 맡고 있다고 했는데, 조용하고 차분한 가운데서도 말씀에는 힘이 있었어요. 피정이 진행되는 동안 우리 일행은 깊은 감동의 시간을 가졌었죠."

피정팀을 태운 차가 부산 광안리 올리베따노 성 베네딕도 수녀원에 도착한 것은 점심때가 약간 지난 시간이었다. 정문을 막 들어서자마자 차를 세웠는데, 수도원의 초입인 거기에 피정 장소인 '은혜의 집'이 있었다. 나지막하면서 단정해 보이는 단층 건물이었는데, 그 앞의 좁은 잔디밭에는 오석으로 깎은 반추상의 성모자상이 앉아서 맨 먼저 일행을 환영해 주었다.

점심 식사를 끝내고 방 배정을 해서 짐을 챙겨두고 강의실로 집결했다. 아무런 장식도 없는 좁은 강의실이었지만, 연갈색의 나무 책걸상이 가지런히 놓인 강의실은 차분하고 말쑥했다. 천주교의 모든 행사가 그렇듯 피정은 기도로 시작됐다. 주의 기도에 이어 피정을 지도해 주실 안젤라 수녀님이 피정의 성공을 위해 주님께서 친히 보살피고 도와주시기를 빌었다. 수녀님은 투명하도록 맑은 피부를 가지고 있었는데, 거기에 못지않게 목소리 또한 청아하기 짝이 없었다. 피정 시작 모임을 마치고 첫 번째 순서로 바닷가에 나가서 자연을 통해서 하느님과 대화하라는 과제가 주어질 때까지 지석은 온갖 잡념으로 마음이 뒤숭숭했다.

광안리 해수욕장의 바닷가. 여름엔 인파로 붐볐을 해변은 겨울 파도 소리만 찰싹이고, 차가운 해풍이 얼굴을 쓸었다. 바다와 모래밭, 그리고 파도 소리와 바람 소리, 파도에 쓸려 나와 모래밭에 몸을 반쯤 묻고 있는 조개껍질들. 그들을 매개체로 해서 하느님과의 대화를 시도한다는 것은 사실 신앙의 깊이가 얕은 지석에게는 어려운 주문이었다. 그러나 지석은 그 될 성싶지 않은 일에 열심이었다. 자신의 신앙은 물론, 가정의 평화까지 이번 피정의 성패에 달려있다는 생각은 그를 긴장시키고 있었기 때문에 어떤 일이 있어도 그 자연의 어느 틈서리에서 하느님의 목소리를 듣고, 그분의 모습을 찾지 않으면 안 되었던 것이다. 그러나 그런 노력에도 불구하고 저녁식사를 위해 다시 식당에 모일 때까지 지석은 무언가를 깨달을 듯하면서도 결국은 아무 소득도 없었다.

저녁에는 창세기를 읽고 지도 수녀님의 강의를 들었다. 대개 하느님께서 인간을 당신의 모습으로 창조하심은 인간에 대한 특별한 사랑이라는 것과 그러므로 우리는 우리 생명의 소중함을 알고 하느님 뜻에 따라 성실히 살아야한다는 요지의 말씀이었다. 강의가 끝나자 그 내용을 주제로 개인별 묵상에 들어갔다. 각자 묵상을 하는 동안에 강의실 한쪽 구석에 마련된 임시 고백소에서는 수녀원 지도신부님께서 고백성사를 주셨다. 지석은 피정 첫날의 마지막 순서인 묵상에서도 역시 깨달음을 얻지 못했기 때문에 몹시 초조하고 답답했다. 그리고 평소에 성실히 신앙생활을 하지 못한 것이 가슴 아픈 회한으로 몰려왔다. 지석은 고백소의 장궤틀에 무릎을 꿇고 참으로 길고 긴 고해를 했다. 그것은 어찌 보면 삶의 푸념이기도 했고, 스스로의 가슴을 뜯는 몸부림이기도 했다. 흰색의 영대를 걸치고 비스듬히 앉으신 노신부님의 하얗게 센 머리를 바라보면서 결국 오열을 터뜨렸다. 서러움과 부끄러움과 회한이 범벅이 되어 홍수처럼 터져 나왔다.

일행은 잠자리에 들기 전에 경당으로 가서, 빨간 감실 등만 켠 채 조배를 드리고, 피정 첫날의 모든 것을 주님께 보고했다. 지명을 바라보는 나이에 어린애처럼 엉엉 울어버린 못난 사나이를 위해서 안젤라 수녀님은 특별히 주님께 감사의 기도를 드려주셨다.

피정 둘째 날의 일정은 새벽 다섯 시 기상으로부터 시작되었다. 세수하고 옷매무새를 손질한 다음, 새벽 여섯 시에 시작되는 새벽기도를 위해서 성당으로 올라갔다. 은혜의 집 현관을 나서자 어둠 속에서 싸늘한 새벽공기가 온몸을 저미고 들었다. 성당으로 올라가는 좁은 길가에는 작은 시누대 수풀이 있었는데, 그 대숲 속에서는 새벽바람이 서걱서걱 대나무를 비비고 있었고, 그 곁의 성모님 입상 앞에는 전등이 켜져 있어서 거기에서 잠깐 걸음을 멈추고 인사를 올렸다.

기도 시작 시간이 아직 많이 남았는데도 수녀님들은 벌써 입장이 완료된 상태였고, 모두가 마치 인형을 앉혀 놓은 듯 미동도 하지 않았다. 그 엄숙하고 정결하고 거룩한 분위기는 피정을 위해 찾아온 나그네들을 위압하기에 충분했다. 발소리를 죽이며 비어있는 뒷자리에 가서 앉았다.

여섯 시 정각. 종이 울고, 좌우 교송으로 이루어지는 성무일도가 시작되었다. 그 수백 사람 수녀님들의 청아한 목소리가 화음을 이루는 기도 소리는 이 지상의 것이 아니었다. 하늘나라 천사들의 노래 그것이었다. 그 순간의 느낌은 이 정도의 표현으로는 오히려 부족할 것이다.

바다 쪽을 향한 반투명의 유리 벽이 서서히 푸른빛으로 밝아올 때쯤,

기도는 끝나고 성가를 불렀다.

> 인생은 언제나 외로움 속의 한 순례자
>
> 찬란한 꿈마저 말없이 사라지고 언젠가 떠나리라.
>
> 인생은 들의 꽃, 피었다 사라져 가는 것.
>
> 다시는 되돌아올 수 없는 세상을 언젠가 떠나리라.
>
> (가톨릭성가 463번)

그 성가는 엊저녁 피정을 마무리하면서 안젤라 수녀님이 사람의 삶을 비유하면서 한 소절을 불러보였던 그 '순례자의 노래'였다. 그 아름다운 천사의 노래는 하느님의 메시지인 양, 성당 안을 가득히 채운 뒤 서서히 영혼을 흔들어 깨우고 있었다. 바다에 해가 뜨는지 유리 벽이 더욱 파랗게 밝아오고 있다.

"수녀원에서 피정을 한 건 그때가 처음이었어요. 그 뒤에 다른 수녀원에서 피정한 적은 있지만. 그만치 인상이 깊을 수밖에 없지요. 특히 십자가의 길을 걸으면서 예수님 생애를 묵상하는 시간이 있었는데, 숲속을 돌고 돌아 14처까지 갔더니, 거기가 수녀님들 무덤이어서 충격이었습니다. 예수님 쳐다보고 살다가 예수님 따라간 수녀님들 생애를 생각하게 했거든요."

"나도 광안리 수녀원 구경 한번 하고 싶어요. 사수동 툿찡 베네딕도 수녀원에선 1박 2일 피정한 적은 있지만, 올리베따노엔 가보지도 못했어

196

요.”

“언제 한번 오세요. 일 년에 한두 번 외부인을 위한 행사도 있고, 미사에도 외부인 참석도 가능해요.”

“그때 우리 피정 지도해 주신 안젤라 수녀님은 지금쯤 원장이라도 되셨나요? 연세가 얼마나 되는지 모르지만. 수녀님들은 그냥 보고선 연세를 짐작하기 힘들어요. 그래서 수녀는 나이 없다고 하는지도 모르겠어요. 우리 본당 수녀님한테 나이를 물었더니 그러시더군요. 수녀는 나이가 없다고.”

“하하, 그런 얘기 가끔 들어요. 그 안젤라 수녀님은 작년에 선종하셨어요. 우리 수녀원에서 운영하는 병원이 있는데, 소임이 그쪽으로 바뀌었다가 병원 차를 타고 가다가 교통사고가 났어요. 중상을 입고 입원을 했는데 결국 일어나시지를 못했어요.”

“묘소는 금방 내가 얘기한 그곳 수녀님들 공동묘지에 있겠군요?”

“예. 모두 거기로 가니까. 그런데 전에 김 선생님 친구가 부산 국제시장에서 베어링 장사했다는 얘기하셨잖아요? 이건 저의 근거 없는 상상입니다만 그 친구가 중앙성당 마당에서 만나서 묵주를 선물로 받았다는 그 여학생이 안젤라 수녀일지도 모른다는 생각이 얼른 들었답니다. 아무 근거도 없으면서 순간적으로 섬광처럼 스치고 지나가는 생각 있죠? 안젤라 수녀님이 학창 시절에 보수동에 살았고, 중앙성당 출신인 건 맞아요.”

“아니? 그렇다면 이건 정말 티비 드라마보다 더 드라마틱한 사건인데요?”

"어머나! 세상에 이런 일이? 텔레비전에 소개해도 되겠어요, 사실이라면. 그러나 그 수녀님이 선종하셨으니 확인은 할 길이 없겠군요."

지석과 데레사의 탄성에도 마리마들렌 수녀가 저녁기도 시간이 다 됐다면서 서두는 바람에 아쉽지만 끝도 없이 쏟아지는 얘기들을 대강 주워 담고 자리에서 일어섰다.

이 이야기를 이시백 선생한테 해야 하나, 말아야 하나? 지석은 얼른 판단이 서지를 않았다. 사실이라면 망설일 이유가 없지만, 마리 마들렌 수녀 말마따나 그냥 근거도 없는 하나의 상상에 불과하다면 괜히 시백의 마음만 어지럽게 만들 것이 뻔하다. 그의 시집 표제시 「멸치의 꿈」. 거기서 멸치가 바라보고 살아야 한다던 그 핏빛 동백이 그 여학생이 준 묵주라고 하지 않았던가? 묵주는 그녀의 대유(代喩)다. 사실이 아닐지라도, 어쩌면 시백에게서 새로운 한 수의 걸작 시가 나올지도 모른다. 지석은 결국 입을 열기로 마음 굳혔다.

시백에게 전화를 걸어서 안부를 물었다. 수녀 얘기는 꺼내지 않고, 오래 못 만났는데, 얼굴 한번 보고 소주나 한잔 나누자면서 토요일 퇴근 시간에 살구꽃 마을에서 만나자고 했다. 시백은 올해 또 3학년 주임을 맡아서 바쁘다고 투덜거리면서도, 대부님 호출인데 여부 있겠느냐고 약속을 했다.

3월 하순. 봄은 이미 깊어가고 실제로 어느 시골집 담장 안의 살구나무에선 살구꽃이 꽃등인 양 보오랗게 피고 있을 시기다. 주점 살구꽃 마을. 늘 앉던 그 자리, 두목(杜牧)의 청명시 족자 아래 둘이서 마주 앉

198

았다.

"이 선생님, 과로사하겠다고 난리 치더니 얼굴 좋네. 사모님이 잘 거 둬 먹이나?"

"무슨 말씀을. 체중이 5키로나 줄었어요. 체중도 체중이지만 피로해 서 죽겠어요."

"건강을 위한 3요소가 뭐죠? 영양, 운동, 휴식 아뇨? 세 가지 중에서 부족한 게 뭔지 생각해 보고 보충해야지. 잠이 모자라면 일요일 아침에 라도 늦잠 좀 푹 자고."

살구꽃 마을 이장 아줌마가 술병을 가져왔다.

"선생님들, 큰일 났습니더."

"장사 잘되는데 큰일은 무슨 큰일. 뒷산에서 범이라도 내려왔나요?"

"그게 아니라 이 동네가 모두 재건축 된답니더."

"재건축이면 로또복권 당첨 아뇨? 보상 낮게 받을 거고, 그 돈으로 다시 살구꽃마을 옮겨 문 열면 되죠. 뭐가 걱정."

지석과 주인아줌마가 노닥거리고 있는데 시백이 끼어든다.

"그런 걸 뭐라고 하는 줄 아세요? 행복한 고민이라고 해요, 하하."

"그러고 보니 아줌마 얼굴이 살구꽃보다 더 예쁘게 피어나네."

집에서 부족한 영양은 술집에서 보충해야 한다면서 시백이 안주로 돼 지고기 수육을 주문한다.

안주도 나오기 전에 소주 두어 잔을 비우고, 지석이 먼저 말문을 연 다.

"이 선생님. 정신 바짝 차리고 들어요. 잘못하면 기절해 버릴지도 몰

라. 경천동지(驚天動地)라는 말 알죠? 내가 지금 하려는 얘기가 그런 거라니까."

"얘기나 해 봐요. 이 나이 이 신세에 무슨 경천동지까지."

지석은 마리 마들렌 수녀한테서 들은 얘기를 살을 약간씩 보태어가면서, 목소리도 내리깔고, 속도도 완급을 조절해 가면서 들려주었다. 시백은 반신반의하는 듯하면서도 긴장감이 얼굴빛에 어리고 있다.

"결국 가정(假定)과 가정으로 얽어놓은 가상의 판타지 소설. 그런 거군요?"

"글쎄요. 이 선생님 판단이 중요한 거죠. 확률은 매우 낮지만 제로는 아니지 싶어요. 일 퍼센트 확률이라도 맞으면 그게 백 퍼센트가 되는 것 아닙니까."

"확인할 길은 결국 없는 거죠. 그 수녀 무덤에 찾아가서 물어보지 않고서는."

지석은 시백의 이 말을 듣는 순간, 번갯불처럼 순간적으로 번쩍 머리를 밝히고 지나가는 게 있었다. 무덤이라? 그렇다. 그 수녀원 무덤엘 한번 가 보자. 안젤라 수녀는 내 피정 때 지도 수녀이기도 하니까, 그냥 무덤에 가서 위령기도 한 번만 하고 와도 의미 있는 일이지. 나에게도 시백에게도.

"아아, 그래. 바로 그거야. 이 선생님. 우리 광안리 수녀원 한번 갑시다. 수녀원 뒷산에 수녀 공동묘지가 있어. 내가 피정 때 가 봤거든. 오래전이긴 하지만 묘지 이장을 안 했다면 거기 있을 거야."

둘은 주인아줌마한테 가게 옮기면 연락하라고, 청명시 족자는 선물한 것이니 가져가도 좋지만 버리지는 말고 꼭 새 가게 벽에다 걸어두라고 당부를 해 두고 살구꽃 마을을 나섰다.

그날로부터 한 달이나 됐는가? 4월 어느 날 지석과 시백은 시간 맞춰 남행열차에 올랐다. 광안리의 수녀원 묘지에 들러서 안젤라 수녀 무덤에 참배하고, 한창 멸치 축제로 북적대는 대변항에 가서 멸치회 안주로 소주 한잔하고 오자고 의논이 된 것이었다. 시백이 얼른 동의하지 않는 걸 지석이 감언이설로 꾀었다. 3학년 주임하느라고 지친 몸 남쪽 바닷바람 한번 쐬면 피로가 확 달아나 버릴 것이고, 어쩌면 기억 속의 동백꽃 구경하고 명시 한 편 건질지도 모른다고.

열차가 삼랑진을 지나 낙동강 변을 달리는 동안, 시백은 입을 다물고 창밖만 내다보고 있다. 지석은 의식적으로 그러한 시백에게 침묵의 시간을 허락했다. 강물이 시야에서 사라질 때쯤 지석이 물었다. 바깥 강 풍경 보니 감회가 새롭지 않으냐고.

"그렇지 않다면 사람이 아니죠. 어쩌면 그 시절 이야기가 제 시의 씨앗이 됐지 싶어요. 교직생활 하면서 국제시장을 몇 번이나 찾아갔답니다. 많이 변했더군요. 그래도 그때의 기억은 생생했어요. 쓸데없이 시장 골목 헤집고 다니다가 자갈치 가서 술만 마시고 오곤 했지만."

"핏빛 동백 찾아서 중앙성당, 용두산 공원도 갔겠구먼?"

"물론이죠. 보수동 헌책방 골목에도 가봤는데, 관광지로 발전해 있더라고요. 산복도로 옆의 옛 동네는 완전히 바뀌어서 어디가 어딘지 짐작도 못하겠데요."

부산역에 도착하여 지하철 타러 내려가다가 시백이 갑자기 대변항에 먼저 가잔다. 그 수녀 얘기가 비록 허상이라 하더라도 맨정신으론 무덤 찾아갈 용기가 안 난단다. 소주 몇 잔이라도 해야 용기가 날 것 같다면서. 지석은 시백의 감정에 상처라도 날까 저어하여 그러자고 쉽게 동의를 했다. 가는 길을 잘 몰라서, 지하철 타고 버스를 갈아타며 묻고 물어 찾아간 대변항. 멸치축제가 끝났는지, 아니면 아직 시간이 이른 탓인지 생각만치 사람들이 붐비지는 않았다. 점심 겸해서 소주 한잔할 요량인데, 아직 점심 먹기엔 이른 시간이라 바닷가 산책을 시작했다.

해변을 따라 늘어선 상가 앞으로 난 좁은 길을 따라서 한참 가다가 모퉁이를 돌자, 거기에서부터 바다 안으로 방파제가 길게 뻗어 있다. 태공 몇 사람이 낚싯대를 물에 담그고 서 있다. 더 걸어가도 별것 없다면서, 바닷바람이나 쐬자면서 방파제 테트라포드에 걸터앉았다.

"어이 시원하다. 이 선생. 해풍에 근심 걱정 싹 날려버리라고. 바닷바람 공짜잖아. 얼마를 들이마셔도 돈 달란 소리를 하나."

"공기가 깨끗한데요. 허파 속 공기 교환 좀 해야겠어요."

"송강의 관동별곡에 이런 구절이 있죠. 바다 밖은 하늘인데 하늘 밖은 무엇인고?"

"수수께끼 하나 해 볼까요? 바다의 끝이 어디죠?"

"바다 끝? 미국이나 남극쯤 되겠지 뭐."

"하하, 우리 앉아 있는 여기가 바로 바다의 끝이죠. 쉬운 게 더 어렵다니까요. 인생살이도 그냥 살면 다 그렇게 그렇게 살게 되는데, 사람들은 온갖 근심 걱정 만들어 가며 살죠. 오늘 우리처럼."

상가 쪽으로 되돌아와서, 멸치회 전문이라고 써 붙여놓은 집으로 들어갔다. 1층에도 빈자리가 많았고, 테이블 하나를 닦으면서 거기 앉으라는 안주인의 권고에도 꾸역꾸역 2층으로 올라가서 창가에 자리를 잡았다. 대변항이 거의 한 눈에 들어왔다. 대변항의 대자가 큰대자가 아닌 모양이다.

멸치회에다 채소를 곁들이고, 양념해서 비빈 안주는 대구에서는 맛볼 수 없는 별미였다. 부산 특산의 대선소주 맛도 괜찮고. 거기다가 창밖의 항구 풍경까지 안주 역할을 한 탓에 술이 조금 과도하게 됐다.

대변에서 광안리로 바로 가는 버스가 있었다. 광안리에 내리자 올리베따노 성 베네딕도 수녀원은 그리 멀지 않은 곳에 있었고, 안내 표지판까지 있어서 어렵지 않게 수녀원 정문에 도착했다. 정문을 들어서자 바로 오른쪽에 은혜의 집이 있고, 수녀원 안으로 들어가는 길목에는 안내 초소가 있었다. 나이 많은 수녀 한 사람이 초소의 작은 창문으로 낯선 사내 두 사람을 살피고 있다.

돌아가신 안젤라 수녀님과 인연이 있는 사람인데, 수녀님의 무덤에 참배하고 싶다고 했다. 그런데 그 늙은 수녀 대답이 철학적이다. 수녀는 죽을 때 세속 인연 다 끊고 간단다. 무덤에 참배하는 것이 무슨 인연을 다시 잇는 것도 아닌데 그것도 안 되느냐고, 다소 언성을 높여서, 가능하면 수녀가 좀 겁을 먹어 줬으면 하는 심정으로 얘길 했지만 돌아온 대답은 마찬가지. 정해진 날짜 외엔 외부인 출입이 금지되어 있고, 그것은 수녀원의 규칙이므로 어쩔 수 없단다. 그래도 지석은 쉽게 물러날 수가 없었다. 시백을 꾀어 대구에서 여기까지 왔는데, 대부요 선배인 자신의 체면은 뭐가 되는가? 귀한 시간을 소비한 것은 얼마며, 술값은 또 얼마나 들었는가? 그냥 쉽게 물러날 수는 없는 일이었다. 그러면 마리 마들렌 수녀 면회라도 잠시 하자고, 대구에서 여기까지 왔는데 헛걸음할 수는 없지않냐고 졸랐다. 그래도 수위 수녀의 대답은 달라지지 않는다. 마리 마들렌 수녀는 현재 침묵피정 중이고, 피정 중에는 대통령이 와도 못 만난단다. 인연 없는 대통령보다 인연 있는 내가 더 귀하지, 하는 소리가 입술까지 나오는 걸 참고 발길을 돌렸다.

발길을 돌리자 저만치 작은 시누대 숲 앞에 서 계신 성모님의 모습이 눈에 들어왔다. 지석이 그때 여기에서 피정할 때, 새벽 기도회에 참석하기 위해서 성당으로 가는 길에 만났던 그 성모님이다. 어둠 속에서 희미한 외등 빛을 받으며 성모님께 성모송을 바치던 때가 기억난다.

"수녀님 대신 성모님이나 만나고 가자."

지석은 시백을 끌고 성모상 앞으로 다가갔다. 은총이 가득하신 마리아님 기뻐하소서. 정중한 태도로 기도해야 한다고 마음을 먹었으나 좀 과하게 마신 술 덕분에 기도가 제대로 리듬을 타지 못한다. 입으론 기도하면서 머릿속으론 그날 아침 기도 시간에 수녀님들이 천상의 목소리로 함께 부르던 그 성가, '순례자의 노래'를 생각했다. 그러자 그날의 그 성가 소리가 환청으로 들려왔다.

인생은 언제나 외로움 속의 한 순례자
찬란한 꿈마저 말없이 사라지고 언젠가 떠나리라.
인생은 들의 꽃, 피었다 사라져 가는 것.

다시는 되돌아올 수 없는 세상을 언젠가 떠나리라.

"인생은 누구나 다 순례자래."

수녀원 정문을 나서면서 지석이 시백을 돌아다보고 그랬다.

"네? 인생이 뭐라구요?"

"순례자라니까. 말하자면 뭐랄까? 잠시 여행 왔다가 간다 이거지. 바람처럼…"

전선야곡(戰線夜曲)

'집콕하다가 질식해서 죽겠다. 등산 한번 가자.'

며칠 전부터 이런 메시지가 카톡방을 메웠다. 젊은 시절, 인연 있는 친구들끼리 한 달에 한 번 정도라도 얼굴 보고 살자면서 모인 모임이 등산 모임으로 발전했고, 가벼운 등산을 마치고 나면 반주 곁들여서 점심 먹고, 목욕탕에 가서 때도 먼지도 묵은 마음도 씻어내곤 한 지가 벌써 여러 해다. 그런데 근래 와서는 코로나 때문에 제대로 지켜지지 않았다. 코로나 겁나서 결석하는 회원도 있고, 또 때로는 방역 당국의 방역지침 준수하느라고 모임이 취소되기도 했고, 또 어느 때는 참석자 수를 조절하기도 하면서 명맥을 이어왔다. 그런데 봄이 깊어가고 꽃도 피고 잎도 피니 '코로나 블루'가 심해지는 모양이었다.

김 회장의 소집령이 카톡으로 전달되었고, 거기에 응답하여 지석이 지하철 1호선 대곡역에 도착하니 약속시간 10분 전인데도 벌써 7명의 회원이 모여 있다. 근래에 가장 많은 숫자다.

"오늘은 다 왔나? 결석자 없는 것 같네?"

"한 사람 빠졌네. 이 부장. 전화 왔는데, 집 안에 무슨 일이 있대."

지석의 물음에 김 회장의 대답이다. 이문식 회원은 신문사 부장 출신이어서 늘 이 부장으로 통한다.

대강 인사를 나누자 회장이 오늘의 등산 코스에 대한 안내를 한다.

대구수목원을 빙 둘러싸고 있는 산책 코스를 한 바퀴 돌아서 한실마을 식당에서 점심을 먹는단다.

만날 때마다 빠지지 않는 화제는 코로나 상황이다. 숫자까지 외고 있다는 건 그만치 관심이 깊고 걱정이 크다는 뜻일 게다. 국내 누적 확진자 수는 11만 2천 명을 넘어섰고, 사망자 수도 1,800명에 육박하고 있단다. 미국은 3천1백2십여만 명이 걸려서 사망자만도 56만 명을 넘어섰고 하고, 사망률이 10퍼센트에 이르는 나라도 있다고 한다. 백신이 개발되고 나라별로 접종이 이루어지고 있기는 하나 아직 집단면역이 언제쯤 가능할지 알 수 없다는 얘기다. 특히 우리나라는 정부에서 큰소리치고 있는 것과는 달리 백신 확보가 제대로 되지 않아서 걱정이 태산이란다.

오늘은 코로나보다도 더 폭발한 화제가 있다. 여당 참패의 서울시장과 부산시장 보궐선거 결과다. 당규를 개정해가면서 후보를 냈던 여당이 거짓말쟁이라는 성토로부터 시작한 이야기는 끝이 없다. 서울은 18퍼센트 차, 부산은 28퍼센트 차라면서 그 숫자가 무슨 욕 같다는 얘기도 나오고, 여당 참패의 원인을 내로남불이라고 하는 사람, 부동산 정책 실패라는 사람, 코로나 방역 실패라는 사람, 그것들의 종합세트라는 사람, 의견도 가지가지다. 뉴욕타임즈에서는 한국의 '내로남불'을 영문자로 'naeronambul' 이렇게 표기를 했는데, 이건 한국의 지도자들이 얼마나 위선적인가를 보여주는 것이어서 국제 망신이라고 언성을 높이는 사람도 있다. 뿐만 아니라 저 유명한 시사주간지 '타임(TIME)' 표지에도 실린 것이 카톡에 떠돌아 다닌다. 대통령의 찡그린 얼굴 사진 위쪽에 커다랗게 'Naeronambul'이라고 쓰고, 그 아래에 'If they do it, it's

a romance; if others do it, they call it an extramarital affair.'라
고 뜻풀이를 해 놓았다. 내로남불, 내가 하면 로맨스이지만 남이 하면
불륜이란 말이라니 그런 소리 들을 만도 하다. 무슨 문제만 생기면 전
정권 탓, 아니면 야당 탓만 하니. 작년 한 해를 한마디로 나타내는 사자
성어로 '아시타비(我是他非)'가 선정된 것이 결코 우연이 아니라는 사람도
있다.

산 중턱으로 조성된 산책로는 손질이 잘 되어있고, 그리 가파른 곳도
없어서 걷기에 편하고 기분도 쾌적했다. 새잎이 돋아 생명력 싱싱한 수
목들 가지 사이로 쳐다보는 하늘도 구름 한 점 없이 푸르다. 코로나로
인하여 사람들은 숨 막혀 죽을 지경인데, 자연은 너무나 싱싱하여 인간
을 비웃고 조롱하는 것 같다. '인간은 이리 슬픈데, 주여, 바다가 너무
나 푸릅니다.' 엔도 슈사쿠의 소설 『침묵』에 나오는 로돌리코 신부의 이
절규가 생각난다. 지석은 이 절규를 흉내내어 속으로 한마디를 외친다.
진심이 담긴 간절한 기도.

"주여, 인간은 코로나로 질식해 가고 있는데, 산천은 너무나 푸르고
싱싱합니다. 저희를 불쌍히 여기시어 자비를 베풀어 주소서."

트래킹을 마치고 점심식사를 위해서 찾아간 한실 마을. 산기슭에 자
리한 작고 조용한 시골 마을이다. 그러나 이곳에도 세상 바람은 불어와
서 새로 지은 건물이 여럿 자리를 차지하고 있고, 커피집도 몇 군데나
눈에 띈다. 마을 가운데에는 몇백 년 됐다는 큰 느티나무가 동네의 수
호신인 양 서 있고, 그 뒤쪽의 과수원에선 늦은 전지작업을 하고 있는
농부의 일손도 한가롭다.

김 회장이 사전답사를 통해서 선택하고 예약을 해 두었다는 느티나
무식당은 갈치구이가 전문이라는데, 큰 느티나무와 길 하나 사이로 있
었다. 방문자 명부를 기록하고 체온을 재고 손 소독을 한 다음에 자리
를 잡고 앉았다. 4인용 식탁 두 개에 나누어 앉았는데, 같은 팀은 이렇
게 나누어 앉아도 방역수칙 위반이란다. 그러면 네 사람은 다른 식당으
로 보낼까? 그러면 이 한 개 식탁엔 다른 누군가가 앉겠지. 이것과 그것
은 실질적인 차이가 있는가? 아는 사람 여럿이 모여 앉으면 정부 욕하
기 때문에 그걸 막으려고 이런 방역수칙을 만들었다는 얘기도 있단다.
말하기 좋아하는 어떤 사람이 만들어 낸 허사일 테지만 이래저래 정부
가 국민의 신임을 얻지 못하고 있다는 생각은 지울 수가 없다.

식사시간에도 마스크를 벗으면 안 된다는 얘기도 있고, 마스크는 벗
어도 입은 벌리지 말고 먹으란 말도 있지만, 마스크를 벗자 와자하게 대
화가 쏟아진다.

"이곳 한실마을은 역사가 오랩니다. 옛날엔 조용한 시골 마을이었는
데 요즘은 이 옆에 들어선 수목원 덕에 도시가 다 됐어요. 우리가 아까
만났던 역 이름 대곡(大谷)과 같은 뜻입니다. 큰 골짜기라는 의미지요."

김 회장이 인솔자답게 설명을 시작하자 여기저기서 말문이 터진다.

"한실이 큰 골짜기란 뜻입니까? 난 '한 오라기 실'인 줄 알았는데?"

"하하하, 그런 걸 두고 유치찬란하다고 해요. 초딩 수준이네."

"아, 맞아요. 대전도 한밭이라고 하잖아요?"

"지하철 2호선 타고 가다 보면 '대실역' 있죠? 그것도 한자로 쓰면 '죽
곡(竹谷)'이랍니다. 순수 우리 고유어로 된 지명이 한자어로 바뀐 것이지

요. 일제시대에 행정 편의를 위해서 그렇게 바꾼 곳도 있고, 물론 그렇지 않은 경우도 있겠죠."

"순수 우리말 보존하고 키워가야 할 건데, 아쉽지요. 말이란 게 뭡니까? 겨레 문화의 앙금이면서 새로운 문화 창조의 도구 아닙니까?"

"맞아요. 요즘 티비 보면 생소한 외래어 봇물이라니까요. 이 나라엔 도대체 언어정책이란 게 없어요. 거기다가 언론이 외국말 쓰면 유식한 걸로 착각을 하고 있으니 안타깝기 그지없어요."

"그 많고 많은 국문과 교수는 어디 가고, 중고등학교 국어교사는 다 죽었는지."

"국립국어원이란 것도 있다면서요? 그 사람들은 세금만 축내는가요?"

"허허, 오늘 모두 애국자 다 됐네요. 그래도 아직 희망은 남아있다는 얘기겠지요? 우리말 아끼는 사람이 이렇게 많으니."

주문한 갈치구이 정식이 먹음직스럽게 상 위에 놓인다. 노릇노릇 구워진 살진 갈치는 보기만 해도 입맛을 돋운다. 시각과 미각도 별개의 것이 아닐지 모른다. 사람들이 서로 인연을 맺고 살 듯, 신체 기관들도 다 이어져 있어서 공감하고 함께 작동하는가 싶다. 모두가 수저를 들자 조용해진다. 시끄러운 사람 조용하게 만들려면 사탕을 사주면 된다는 얘기가 실증되고 있는 순간이다.

"김 선생님. 우리 군대생활 했던 그 마을 이름도 한실이었죠? 나는 그렇게 기억하고 있는데?"

옆자리에 앉은 최 형이 갈치 살을 뜯으면서 지석에게 말을 건넨다.

"아아, 맞아요. 우리 부대 정문 앞에 있던 한실식당, 6·5때 북에서 넘어왔다던 그 아줌마 군인들한테 인심이 좋았죠."

최 형은 지석보다 학교는 한 해 선배이지만 군대는 좀 늦었다. 지석이 상병 계급장 달고 군수참모부 고참이 다 됐을 때, 최 형은 이등병 계급장 송충이 한 마리 달고 지석의 부대로 배속되어 왔다.

지석이 사무실에서 '일과 끝' 선언하고 식당으로 내려가는데, 그날 배속된 신병 한 무리가 씩씩하게 팔을 흔들고 군가를 부르면서 지석의 옆을 지나갔다. 그 가운데서 누군가가 '김 형, 김 형'하고 부르는 소리가 들렸다. 자세히 보니 그 신병들 대열 속에 최 형이 있었다. 아니, 이 친구가? 제대하고도 남을 때인데 이제사 이등병이라니? 처음엔 지석이 잘못 봤나 싶었는데 그는 이병 최일식이 분명했다.

"그때, 부대 안에서 최 형 만난 게 정말 뜻밖이었어요. 그렇게 늦게서야 올 줄도 몰랐고, 나보다 먼저 제대를 해 버린 것도 놀라움이었죠."

"난 김 선생님 덕분에 대기병 생활 편하게 했죠. 식사도 기간병들과 같이 하고."

"우리 예하부대로 명령 난 것 봤는데, 어느 날 보니까 의무중대 입실병 명단에 들어있지 않겠어요? 놀랐어요. 당시에 나는 군수참모부 서무병으로 일할 땐데, 특별참모부의 일일보고를 취급했으니까 그걸 볼 수 있었어요."

"백도 깡통 사 들고 면회 왔을 땐 눈물 날 뻔했어요. 고맙고 부끄럽고. 최전방 휴전선 근무 군인이 씩씩하고 용감해야 하는데 아파서 병실에 누워있으니. 의무중대 한 주일쯤 있다가 수도통합병원으로 이송됐고, 얼마 있다가 제대 명령 떨어졌어요."

"처음 면회 갔을 때, 병실에 사람이 없어요. 의무중대 행정반에 물어보니 글쎄 입실 중인 환자들과 기간병들이 술 내기 축구시합 하러 갔다잖아요. 내 귀를 의심했죠. 이런 군대도 있는가 싶어서. 나중에 의무중대 선임하사한테 그 얘길 했더니 환자라고 누워만 있으면 병 더 악화된다고 운동 차원에서 가끔 그렇게 한다더군요. 군대는 그렇다면 그런 곳 아닙니까. 그 뒤에 최 형 제대 소식 듣고는 나도 좀 아프고 싶더라고요."

"하하, 그렇게 축구시합하면 누가 이기겠어요? 백전백승 기간병이 이기죠. 그래야 술 얻어먹으니까. 만약 져 주지 않으면 그날 저녁 일석점호가 빡시죠."

"군대 생활 고달프지만 지나가고 나서 보면 그것도 추억이더라고요. 즐거웠다 싶기도 하고."

"군대 얘기 다 하려면 3년 걸리죠. 나야 뭐 짤막하지만."

"요즘 군인은 18개월밖에 안 걸리죠. 복무기간이 짧아졌으니까. 18개월이면 우리 때라면 겨우 상병 달까 말까할 땐데. 난 32개월 했어요. 그것도 대학에서 교련 2년 했다고 두 달 감해 준거죠."

반주라는 이름으로 소주 한 잔씩을 걸치고 모두가 기분이 좋아져서 코로나도 겁 안 난다고 큰소리치면서 등산 모임을 끝냈다. 다시 대곡역으로 와서 지하철을 타면서 지석은 최 형하고 나중에 다시 만나서 군대 얘기 실컷 하자면서 악수를 나누었다. 지석은 아직도 궁금하다. 저렇게 자기보다 훨씬 건강해 보이는 최 형이 그때 무슨 병으로 의병제대를 했는지 아직도 알지 못한다.

지석이 군에 입대한 것은 교단에 선 지 한 학기를 덜 채운 7월 초였다. 신병교육대 입소 첫날부터 문제가 속출했다. 화장실 갔다가 돌아오는데, 막사가 똑 같이 생긴 게 바둑판처럼 늘어서 있어서 어느 구멍으로 들어가야 할지를 몰라서 헤매다가 겨우 찾아왔더니, 마침 그 사이에 인원점검이 있었고, 한 놈 모자란다고 난리가 나 있었다. 이발소에 가서는 머리도 안 깎고 군에 왔느냐면서 이발병한테 대가리를 쥐어박혔고. 그런데 그 다음날 저녁에 관물지급이 있었다. 사회에서 가져온 것은(이 말 속에는 군대는 사회가 아니라는 의미가 내포되어 있다.) 치약 하나 칫솔까지도 모두 내어놓고 군에서 지급하는 물품(이걸 관물이라고 불렀는데)만 쓸 수 있다고 했다. 아아, 이걸 어쩐담. 지석은 가방 속에 든 치약을 생각했다. 부산에 계신 종형수께서 군에 가면 가진 돈 다 뺏긴다면서, 치약 똥구멍을 뚫어서 치약을 좀 짜내고 거기에다 비닐로 싼 현금 2만 원을 넣어주신 것이다. 돈을 숨기는 이 기묘한 방법은 형수님이 친구들한테 묻고 물어서 알아낸 것이었다. 그런데 치약도 칫솔도 모두 빼앗아간단다. 지석은 내무반장한테 설사가 났다고 속이고는 치약을 주머니에 넣고 화장실로 갔다. 화장실엔 조명시설이 없었다. 어둠 속에서 더듬어서 치약의 뒷부분을 뜯고 비닐로 싼 돈을 꺼내었다. 내무반에 돌아와 보니 입은 옷 여기저기 여러 군데다 치약 칠갑을 해 놓았다. 그런데 더욱 기막히는 일은 그 다음에 일어났다. 내무반장이 그랬다. 사회에서 가져온 돈은 3만 원까지는 자기가 가지고 피엑스 등에서 용돈으로 써라. 그 이상은 맡겨두면 훈련 마치고 퇴소할 때 돌려준다.

위태 위태, 아슬 아슬. 지석의 훈련소 전반기 기초훈련은 이렇게 끝났다. 후반기 보병교육 4주간은 전반기에서 어느 정도 군 생활에 적응했음에도 그리 만만한 게 아니었다. 어느 날은 배경조사를 한다면서 인쇄물을 나누어 줬는데, 거기에는 희한한 게 다 있었다. 국회의원, 국영기업체 사장, 시도지사, 군 장성, 우리 부대 안에서 아는 사람이나 친척이 있으면 적으라는 것이었다. 쓸 게 있을 리 없다. 볼펜을 놓으려는데 생각나는 사람이 있었다. 고등학생 아카데미 정 모 선배. 그가 여기 사단사령부에 근무한다고 했지. 그래도 백지 안 내어도 된다는데 위안을 느끼면서 이름을 적었다. 소속은 사단사령부라고 썼는데, 계급을 모르겠다. 잘못 쓰면 거짓말이 될 수도 있다. 그래서 그 난은 비워두었다.

저녁을 먹고 내무반에서 꼬질대로 총구 청소를 하고 있는데 중대장 호출이 왔다. 또 무슨 불호령이 떨어지려나? 충성! 이병 김지석 중대장님께 불려 왔습니다. 송충이 한 마리(이등병 계급장)를 단 군인답게 구호를 붙이며 경례를 하고 중대장실로 들어갔다. 호랑이라는 별명으로 통하는 중대장 권오랑 대위는 미소 띤 얼굴로 의자를 권했다. 중대장의 예상치 못한 친절에 지석이 불안하게 의자에 앉았을 때, 중대장은 '화랑'이 아닌 고급 사회 담배까지 권하는 게 아닌가? 훈련에 수고 많지? 위로의 말까지. 지석은 어리둥절해서 멍하니 앉아있는데 중대장이 물었다. 사단사령부에 아는 사람 있다고 했지? 예. 계급이 뭐지? 잘 모르겠습니다. 상병 아니면 병장일 겁니다. 그 순간. 호랑이 중대장의 인상이 평소의 그 험악한 표정으로 바뀌었다. 그리고 창문이 덜컹거릴 정도의 큰소리로 외쳤다.

"나가. 이 새끼야!"

이렇게 시작된 후반기 보병교육은 갈수록 어려웠다. 실거리 사격훈련은 그중의 한 가지다. 훈련장은 훈련의 성격상 부대에서 멀리 떨어져 있을 수밖에 없었는데, 그 거리가 자그마치 20리였다. 가고 올 때는 우로어깨총 상태로 행군을 하거나 앞에총 자세로 구보를 해야 했다. 사격 성적이 좋지 않은 날은 그냥 행군 정도가 아니라 그 무거운 엠원 소총을 철모 위에다 거꾸로 세워 얹고 오리걸음으로 올 때도 있었다.

사선에 엎드리면 표적판이 멀리서 가물거렸다. 한꺼번에 여러 사람이 쏘다 보니까 남의 표적판을 향해서 쏘는 경우도 허다했고, 그럴 때는 총알구멍이 하나도 안 뚫린 표적지를 머리 위로 쳐들고서는 토끼뜀이나 오리걸음을 해야 했다. 표적지를 표적판에다 붙여서 올리고 내리고 하는 감적호 근무는 조별로 돌아가면서 했는데, 저쪽 사선에서 사격 개시 명령이 날 때까지 표적지 붙여서 표적판을 제대로 올려주지 못하고 어물쩍거리다가는 날아온 실탄에 머리가 부서질 수도 있는 위험한 일이었다. 한번은 지석이 감적호 근무를 들어갔는데, 설사가 날 것 같았다. 자기 스스로 감적호 선임하사라고 부르는 담당 기간병에게서 허락을 받고, 감적호 끝에 마련된 화장실로 갔다. 화장실이라고 무슨 시설물이 있는 게 아니다. 그냥 땅바닥에다 구덩이만 파고 막대기를 네 개 세우고 3면을 타겟크로스로 둘러쳐서 엉덩이 아래만 안 보이게 만들어 놓았다. 물론 머리 위와 앞쪽은 가리는 게 아무것도 없이 그냥 노출되어 있다. 거기에 엉덩이를 까고 앉아서 급한 불을 대강 껐다. 그러나 얼른 근무 중이던 장소로 되돌아가지 않는다. 이 혼자의 자유로운 공간 속에서 조금이라도 더 있고 싶다. 그런데 그것도 바라는 대로 되지 않는다. 인기척이 났다. 아아, 이동주부 아줌마가 빵을 팔러 온 것이다. 당황해하는 지석에게 아줌마가 그랬다.

"변소 왔을 때가 찬스입니다. 이렇게 혼자서 다른 사람 눈치 안 보고 빵을 먹을 수 있는 기회는 잘 없답니다."

10월 중순에 훈련소를 나와서 배속되어 간 곳은 서부전선 최전방인 보병 제99전투여단. 트럭 적재함에 짐짝처럼 실려서, 어둠 속을 달려서 도착한 곳은 어딘지 짐작도 가지 않는 어느 산골짜기였다. 손전등 하나들고 마중 나온 중대장은 '여러분이 우리 전투여단으로 배속된 것을 환영한다'는 간단한 한마디뿐. 120명의 신병은 어느 폐막사, 먼지가 한 치나 쌓여있고, 여기저기 부서진 곳이 보이는 마룻바닥에서 입은 옷 그대로, 낡아서 침구의 구실을 전혀 할 수 없는, 1인당 한 장꼴이 안 되는 1백 장의 폐담요를 덮고 첫날밤을 보내야 했다.

다음날, 패잔병 꼬락서니의 신병들은 청소와 작업에 끌려다닌 대가로 세 끼의 끼니를 얻어먹을 수 있었다. 그런데 그날 저녁. 기대하지 않은 행운이 찾아왔다. 노랑색 바탕에다 빨간 줄을 두 개 그은 완장을 찬 주번사관 김 중사. 저녁을 먹고 내무반(그 폐막사, 찬 바람 드나드는 깨진 유리는 그대로였지만 마루 위의 먼지는 낮에 청소해서 씻겨나갔다.)에 모여 인원파악을 하고 나서 그가 그랬다. 너희들 술 마시고 싶지? 예, 예, 예에에, 예. 이런 기세라면 인민군 대대라도 상대할 수 있지 싶었다. 좋다. 그동안 수고도 많았으니 오늘 내가 막걸리 한 잔씩 돌리겠다. 다만 공짜는 아니다. 자기 마신 술값은 자기가 부담한다. 그게 군인정신이다. 예,

예, 예에에, 예. 다시 터지는 환호성. 그래서 참으로 오랜만에 막걸리로 목을 축였다.

그다음 날 저녁은 좀 이상한 일이 벌어졌다. 불독처럼 생긴 내무반장 이 병장. 너희 새끼들이 경계를 잘못해서 에이급 담요 석 장을 도난당 했으니 너희 새끼들이 변상해야 한다. 알겠나? 묵묵부답. 이 새끼들이 모두 벙어리가? 내가 그냥 넘어가기 싫어? 하사관들한테서도 다 변상시 켰어. 변상할 거지? 예. 땅 속으로 기어들어가는 소리. 비록 신병이지만 군 생활의 기본은 짐작한다. 응답하지 않았다가는 오늘 저녁 편한 잠자 기는 틀렸다는 걸 그들은 이미 알고 있었다.

그 다음다음날이 월급날이었다. 이등병 월급은 8백 원. 그런데 그 돈 은 막걸리값과 조작된 도난 담요값으로 모두 공제되어 날아가고 손에는 동전 한 닢도 돌아오지 않았다.

월급날이 지나자 바로 인사명령이 나왔다. 몇 사람은 사령부에 남고 나머지는 그 예하부대로 내려갔다. 지석은 군수참모부로 명령을 받았 고, 소속 중대는 근무중대였다. 그런데 여기서 또 희한한 일을 만났다. 대기병들에게서 있지도 않았던 담요를 잃어버렸다면서 담요값 우려먹은 그 대기병 내무반장이던 이 병장이 근무중대 행정반 근무였는데, 지석 이 그와 같은 내무반에서 생활하게 된 것이었다. 지석은 그가 무슨 죄 이랴. 군대가 죄지. 그러면서 이 병장의 담요값 얘기는 잊어버리기로 했 다. 그런데 이 병장 자신은 맘에 걸리는 게 있는지 지석을 대하는 태도 가 좀 어색했다. 도둑이 제 발 저린 격이랄까? 거기다가 지석이 군수참 모부 소속이니 중대로 명령을 내려보내는 쪽이고, 이 병장의 중대 행정반에서는 참모부로 보고를 하고 명령을 수행해야 하는 관계이니, 그런 점도 작용이 됐을 것이다. 가끔 군대는 계급이다. 아니다, 군대는 보직이다. 그렇게 싸우기도 하는데, 지석 생각에는 둘 다 일리가 있다 싶었다.

참모부 행정병이라고 해도 고유 행정업무 외에 기본적인 훈련이나 교육에는 모두 참여해야 했고, 경계근무도 예외일 수 없었다.

어느 늦은 봄날 오후. 지석은 장벽자재 야외 적재 창고에 경계근무를 나갔다. 실탄을 장전한 총을 메고, 선 채로 사주경계를 해야 한다. 초소 안에 마련된 의자에 앉는 것 정도는 허용이 됐지만, 책을 보거나 졸거나 해서는 큰일 난다. 그런데 이걸 어쩌나. 잠이 쏟아졌고, 자신의 의지로는 그 잠을 쫓아낼 수가 없었다. 순찰 나온 부대장에게 안고 있던 총을 빼앗겼고, 지석은 입창자 신세로 바뀌었다. 영창에 들어가면 몇 가지 바뀌는 게 있다. 먼저 관등이 일병에서 '입창자'로 바뀐다. 계급장을 다 떼어내고, 훈련화에 꿰인 끈을 풀어서 버려야 한다. 극단적 선택의 예방책이다. 물론 내무반, 참모부 생활은 금지되고 영창의 감방에서 자고, 감방장의 지휘 아래 종일을 노동에 종사해야 한다. 호박 심을 구덩이를 파고, 거기에 변소의 똥물을 퍼다 부어야 한다. 장벽자재 콜타르 작업에 동원되어 온몸에 콜타르 투성이가 되기도 한다. 국기 하강식 나팔이 울어도 국기에 대한 경례를 할 수 없다. 죄인이 무슨 낯으로 국기를 바라볼 수 있느냐면서 하강식 나팔 소리가 끝날 때까지 고개를 숙이고 끈도 없는 훈련화 콧등만 내려다보고 있어야 한다. 식사시간에도 식당 입구에 고개 숙이고 서 있다가 다른 사람들 식사 다 끝난 후에 그

식판 가져다 씻어 가지고 가야 밥을 탈 수 있었다. 다른 병사들과의 대화도 물론 금기사항이다.

그런데, 또 이상한 일이 있었다. 지석을 대할 때 상당히 조심한다는 느낌을 주던 이 병장의 태도가 달라진 것이다. 지석과 감방 동료들이 고개를 숙이고 식당으로 들어서면 이 병장이 히히덕거리며 '어이 수감자 김지석.' 하면서 관심을 보이는 것이었다. 그래도 수감자는 대답을 해서도 안 되고 고개를 들어서도 안 된다. 못 들은 척하면서 식판을 들고 앉아서 숟가락을 드는데, 이 병장이 다가왔다. '수감자 새끼가 어디 밥을 처먹어.' 소리를 지르면서 지석의 식판을 뒤집어엎었다. 식당 안의 사람들 시선이 지석과 이 병장에게로 집중되었다.

이걸 그냥 주방의 칼로 칵 찔러 죽여버릴까? 머리끝까지 분노가 확 치밀어 올랐다. 그 순간, 고향의 아버지 어머니 얼굴이 떠올랐다. 참자. 지석은 눈물을 삼키면서 쏟아진 밥을 다시 식판에다 주워 담았다. 그리고는 아무 말 않고 그 밥을 다 먹었다.(후일담: 지석이 제대 후에 대신동의 어느 식당에서 친구와 술을 한잔하고 있는데, 옆자리에 그 이 병장이 다른 사람과 술을 마시고 있었다. 오냐. 잘 만났다. 오늘은 내가 네 술잔을 엎어주마. 자리에서 벌떡 일어섰다. 그러나 결국은 손을 내밀어 악수를 했다. 이 병장님. 안녕하시죠? 인사도 건네고. 옛날 일. 그때 영창생활 마치고 출소하던 날, 이미 용서하기로 했었잖아.)

군수참모부 서무병의 업무는 넘치고도 넘쳤다. 휘하 각 부대에 군수 관계 명령을 결재받아 하달하고, 보고를 받는 것은 물론, 참모회의 자료도 만들어야 했고, 군수일지 작성을 비롯해서 일일 결산 보고 접수와 모든 관계 서류의 작성 보관까지, 일은 해도해도 끝이 없었다. 조수가 둘이나 있었지만 한 사람은 서울의 부대장 집에 고등학교 다니는 부대장 아들 가정교사역으로 휴가증 계속 바꾸어가며 가 있었고, 한 사람은 아직 전입 온 지 얼마 안 되어 일이 서툴렀다.

그해 겨울. 혹한기 적응훈련에 참가하라는 명령이 떨어졌다. 연중 가장 추운 때에 추위 속의 전쟁에 적응할 수 있도록 하는 훈련이 실제 전투를 가정해서 이루어졌다. 전차중대까지 동원되는, 99전투여단 전체가 참가하는 연중 가장 큰 규모의 훈련이었다. 지석의 부대가 가야 할 곳은 한탄강 건너 휴전선 아래였는데, 거리가 자그마치 100리가 넘었다. 포병은 포차를 타고 이동했지만 보병부대는 걸어서 가야 했다. 포병은 3보 이상 승차. 보병은 3보 이상 구보. 그게 이동수칙이었다. 아침 일찍 출발했는데도 행군으로 목적지에 도착하니 저녁나절이었고, FM(field manual, 야전 교범)에 따라 텐트가 쳐졌다. 한 사람이 휴대하는 삼분의 일 크기의 텐트 조각을, 두 개를 맞추어서 텐트를 치고 하나는 바닥에 깔았다. 그리고 역시 한 사람에 한 장씩 주어진 판초 우의와 야전용 모포를 그 위에 깔면 3인 1조의 야전텐트가 완성되었다. 야간 고지점령훈련을 마치고 텐트로 돌아왔을 때, 시간은 이미 자정이 다 되었고, 텐트 위에는 서리가 내려 있었다. 이 정도의 추위면 영하 30도는 될 거라고 작년에도 이 훈련에 참가했다는 고참병이 혼잣말로 중얼거렸다. 지석과 같은 텐트에 배정된 고참들은 휴대용 물통에 담아온 소주를 지석에게 한 잔 주었다. 야전에서 추위를 이기는 방법으로 많이 쓰이지만 지휘관에게 들켰다가는 영창으로 직행할 수도 있다고 주의를 준다. 영창 생활, 그 지긋지긋한 경험을 최근에 하고 나온 지석에게는 가슴 찌르는 한마디였다. 그리고 지석을 제일 쫄병이라고 두 고참병 사이 복판 자리를 내어주었다. 밥그릇을 둘러 엎던 이 병장과는 너무나 다른 두 고참병의 배려에 지석은 야전잠바 소매로 눈물을 훔쳤다. 이런 게 전우애라는 거로구나.

2박 3일의 훈련을 마치고 돌아오는 길. 발바닥은 물집이 생겼다가 터져서 발을 내디딜 때마다 욱신거렸다. 그런데도 마치 로봇이 걸어가듯 대오를 맞추어서 잘도 걷는 병사들. 훈련은 기적을 낳는다, 훈련에서 땀 한 방울 더 흘리면 전투에서 피 한 방울 절약한다던 훈련소 교관의 목소리가 귓가에 쟁쟁거린다. 의무중대 소속의 병사들은 몰래 앰뷸런스를 타고 가다가 지휘관에게 들켜서 다시 원위치로 돌아갔다가 걸어와야 해서, 다른 병사들의 웃음거리가 되기도 했다.

이 훈련이 있고 나서 얼마 있다가 지석은 상병으로 진급을 했다. 다른 동기들보다는 많이 늦은 진급이었다. 근무태만이란 죄목으로 영창생활 한 기록이 남아있어서 진급이 늦어진 거라고, 어쩌면 병장 계급장 못 달아보고 제대를 할지도 모른다고 인사과 진급계 조 병장이 귀띔해 주었다. 상병이면 어떻고, 병장이면 어때? 제대나 제 때에 시켜 주면. 지석은 그런 마음가짐으로 군대생활을 해나갔다.

외롭기도 하고 힘들기도 한 생활 속에서 그래도 저녁 휴식시간에 피엑스에 가서 막걸리를 사 마시는 시간은 위로가 되기도 했다. 월말에 외상값 정산을 하는데, 상병 월급 1,300원으로서는 외상값을 다 해결할 수가 없었다. 경리과에서는 중대별로 갚아야 할 돈을 전부 공제한 후 차액만 지급했기 때문에 지석의 조수 월급은 지석의 막걸리값으로 증발되었다. 이런 식으로 하다 보니 근무중대에서는 월급을 받지 못하는 병사들이 다수 있었고, 이게 헌병대와 보안대에 근무중대에서는 선임하사(인사계라고 불렀다)가 병사들 월급 빼돌렸다고 알려졌다.

일요일 오후, 오랜만에 느긋한 시간을 갖고 내무반에서 티비를 보고 있는데, 행정반에서 호출이 왔다. 행정반 문을 열고 들어서니 바가지모자를 쓴 헌병 한 사람과 보안대에서 나온 듯한 사복차림의 사나이가 하나 서 있었다. '이 새끼야. 네가 피엑스 외상을 많이 처먹어서 이 난리잖아.' 선임하사의 주먹이 지석의 얼굴로 날아왔다. 입술 근처를 타고 흐르는 액체의 느낌. 손가락으로 닦아보니 코피다. 이때 다른 일로 행정반에 와 있던 진급계 조 병장이 '인사계님. 김 상병이 돈 몇 푼 때문에 코피를 흘려서야 되겠습니까?' 하면서 주머니에서 얼마인지 돈을 꺼내어 인사계 손에 쥐어주었다. 지석은 다시 눈물이 찔끔 나는 것을 얼른 감추었다.

지석은 계급은 상병이었지만 참모부에서나 중대에서나 소위 짬빵 경력으로는 고참이 되어갔다. 인사과의 물병장들보다는 여기 전입을 먼저 왔으니 계급이 위라고 해도 지석을 함부로 대하지는 않았다. 가끔 한두 녀석이 군대는 계급이야, 어쩌고 하면서 미운 짓을 하는 경우가 있긴 했지만. 지석의 식판을 둘러 엎었던 이 병장은 그 무렵엔 이미 제대를 하고 없었고, 참모부 일도 익숙해져 있어서 큰 애로사항은 없는 상태였다. 남은 군대생활 대강 손가락 꼽아보니 반 년이 채 안 남았다. 비록 영창생활을 하긴 했지만 군법회의를 거친 것도 아니고 그냥 자대 영창 15일이었기 때문에 제대가 미루어진다든지 하는 일은 없을 것이다.

어느 날, 식당에 가서 점심을 먹고 혼자서 터덜터덜 참모부로 올라오는데, 연병장 구석 잔디밭에 고개를 푹 숙인 채 웅크리고 앉아 있는 병사가 하나 보였다. 가까이 가보니 그는 수송부에서 트럭 운전을 하는 신 일병이었다. 신 일병은 지석과 훈련소 동기다. 동작이 좀 느려서 신병교육대에서 훈련할 때부터 고문관이라고 교관의 타박을 많이 받았다. 고향에서 중학교를 중퇴했다는 그는 트럭 운전 경험이 있다고 해서 운전교육대를 거쳐서 수송부에 배속됐다.

"김 상병님."

지석이 가까이 가자 그가 기다렸다는 듯이 고개를 들고는 지석을 불러 세웠다.

훈련소 동기이긴 하지만, 지석이 늦게 진급을 해도 자기보다는 한 계급 높고, 또 지석이 나이도 두어 살 많아서 신 일병은 지석에게 높임말을 썼다.

"웬 일이야? 수송부는 식당 따로 있잖아? 날 기다린 거야?"

"예. 드릴 말씀이 있어서."

"그러면 참모부로 찾아오지 그랬어."

"참모부 사무실엔 겁이 나서 못 가요. 하도 군기가 엄정해서. 시간도 점심시간 외에는 낼 수도 없고."

"똑같은 대한민국 군인인데 무슨 그런 소릴?"

"김 상병님. 나 진급 좀 시켜 주세요."

"제대가 낼모렌데 진급은 해서 뭣해? 조용히 있다가 제대나 하지. 나처럼 영창이나 가지 말고."

"집에 돈을 조금 더 보내고 싶습니더."

돈이라? 지석은 머리가 띵했다. 피엑스 막걸리값 때문에 인사계한테 주먹으로 얼굴을 맞고 코피 흘린 일이 떠올랐다. 지석은 직간접으로 신 일병에 대해서 많은 걸 알고 있었다. 입대 전에 결혼해서 어린 딸을 하나 두고 왔다는 것, 어렵게 사는 고향의 아내를 위해서 일등병 월급을 한 푼 안 쓰고 아내한테로 송금한다는 것, 일찍 제대하고 싶어서 자기는 간질환자라는 헛소문을 내고 의무중대장 특별면담까지 했다는 것, 단 한 번이라도 간질 증상을 보이면 의병제대가 가능한데 아직 한 번도 증상을 보이지 않아서 제대를 못 하고 있다는 것.

돈을 조금 더 보낸다고? 일병과 상병의 월급 차가 얼마나 되지? 3백원? 4백 원? 인사과 새끼들, 저희는 벌써 모두 병장 다 달고, 이런 놈은 아직 일병으로 내버려두다니.

"어이, 신 일병. 나도 엊그제사 겨우 상병 달았어. 제 밑도 못 닦는 놈이 무슨 도움이 되겠어? 인사과 진급계에 얘긴 한번 해 볼게. 기운 내고 열심히 해라. 고향의 아내와 딸, 건강하게 돌아가서 만나야지."

돌아다보니 이 못난 대한민국의 일등병은 울고 있다.

신 일병을 보내고 지석은 곧바로 인사과 사무실로 올라가서 '오후 일과 개시'를 외치고 있는 조 병장을 불러냈다.

"조 병장님. 수송부 신 일병 이번 달에 진급시키세요. 훈련소 우리 동기 아닙니까. 아직 일등병이라니요. 지난번 진급사격에서 불합격했단 얘긴 들었지만 그렇다고 불가능한 건 아닐 겁니다. 고향의 마누라한테 아이 양육비 3백 원을 더 보내야 한답니다."

신 일병은 그다음 달에 상병으로 진급했다. 반짝이는 새 계급장을 달고, 군기가 엄정해서 겁이 나서 못 간다던 군수참모부 사무실로 지석을 찾아왔다.

"김 상병님. 고맙습니다."

그는 전투복 바지 주머니에서 백도 통조림 하나를 꺼내어 지석의 손에다 쥐어준다. 이번에는 지석이 울었다.

'이 못난 신 상병아. 이건 왜 사와.'

이듬해 3월 초에 제대명령이 내려왔다. 조 병장이 복사해 준 명령서를 전투복 주머니에 넣고 나니, 이제 진짜로 제대를 한다는 게 실감이 났다. 다른 입대동기들은 아직 두어 달 더 있어야 제대명령을 받을 것이다. 지석은 대학에서 교련 과목을 이수한 덕분에 2개월 복무기간이 단축된 것이다. 32개월. 길고도 힘든 세월이었다. 그러나 이제 다 끝나 간다. 곧 이 한 많은 군대도 굿바이다. 기분도 좋고, 생활이 조금도 힘들지 않았다. 제대명령을 못 받은 동기들은 지석을 부러운 눈으로 바라보았다.

드디어 지석의 제대출발을 단 하룻밤만 남겨놓은 날 저녁. 일석점호를 마친 중대 내무반에서는 지석의 제대를 축하하는 간단한 자리가 마련되었다. 이런 경우는 매우 드문 일인데, 내무반장인 조 병장의 특별 배려로 주번사관의 허락을 얻어서 이루어진 환송회였다. 술에 취하지 말 것, 경계근무에 차질이 없도록 할 것, 피엑스 막걸리값은 각자가 부담할 것, 너무 소란을 피워서 씨피에서 눈치채게 하지 말 것 등의 주의

사항이 미리 시달되고, 이어서 막걸리 한 잔씩이 나누어졌다. 비상식량 건빵 몇 봉지도 주둥이를 열고 드러누워 있다. 안주는 건빵 외엔 아무것도 없었다. 그래도 모두 즐거웠고, 갖가지 회고담도 오고 갔다. 지석은 내무반 동료들에게 진심으로 고마웠다. 병기과의 한 친구가 그런 얘기를 한 일이 있다. 후배들에게 독하게 한 병장이 제대하는 날, 버스를 타기 위해 10리 밖 버스 승강장까지 가는 그를 배웅한다고 따라가다가 중간의 적당한 지점에서 안 죽을 만치 두들겨 패주려고 했는데, 결국은 잘 가시오 하고 악수만 하고 돌아왔다고. 이 중에 또 누구는 나를 그렇게 두들겨 패고 싶은 사람은 없는가? 특히 고마웠던 조 병장.

한 시간으로 제한된 환송회를 끝내야 할 즈음에 조 병장이 지석을 보내는 이별곡을 한 가락 하겠단다. 조 병장은 숟가락을 물컵에다 꽂아서는 마이크처럼 입에다 대고 한 곡을 뽑았다.

가랑잎이 휘날리는 전선의 달밤
소리 없이 내리는 이슬도 차가운데
단잠을 못 이루고 돌아눕는 귓가에
장부의 길 일러주신 어머님의 목소리
아 아 아, 그 목소리 그리워.

전선야곡. 6·25전쟁이 아직 끝나지 않은 1952년에 신세영이 불러서 군인들뿐 아니라 온 국민을 눈물 찔끔거리게 했던 노래다. 군대에서는 군가 외의 유행가 같은 노래를 부르는 걸 꺼리지만, 군인 된 자 이 노래

한번 안 불러 본 사람 있을까? 야간 경계근무를 설 때, 지석도 이 노래를 몇 번이나 불렀던가? 경계근무를 설 때에는 주야를 막론하고 불빛과 소리는 금기사항이다. 노래도 속으로 불러야 한다. 마음으로 부르고, 가슴으로 부르고.

조 병장의 노래가 2절로 접어들자, 누가 먼저랄 것도 없이 한꺼번에 달려들어 저절로 제창으로 변했다. 지석도 음정도 박자도 제대로 맞지 않는 노래로 끼어들었다.

> 들려오는 총소리를 자장가 삼아
> 꿈길 속에 달려간 내 고향 내 집에는
> 정한수 떠 놓고서 이 아들의 꿈 비는
> 어머님의 흰머리가 눈부시어 울었소
> 아 아 아, 쓸어안고 싶었소.

이튿날, 지석은 오전 일과 개시 시간에 맞춰서 사무실로 올라갔고, 군수참모, 선임하사는 물론 전 과원들과 악수로 이별인사를 했다. 그러고는 다시 중대 사무실로 가서 중대장과, 주먹으로 지석 자신을 코피 나게 했던 선임하사한테도 고마웠다고 건강하시라고 인사를 했다. 이제 씨피에서 있을 합동 전역신고만 하면 이곳과도 이별이다.

씨피에서 부대장에게 전역신고를 하는 사람 수는 30여 명이나 될까 말까 하는 정도였다. 전입 올 때는 120명이 함께 왔는데, 지석은 교련 덕분에 두 달을 먼저 제대하게 된 것이다. 대학 시절, 교련 시간이면 상

아탑에서 군사훈련이 다 뭐냐면서, 운동권 학생들 흉내 내어 불평했던 일이 미안해진다.

정문 위병소에서 근무 중인 병사에게 이별 인사를 하고 있는데, 병기과의 전 병장이 같이 가자면서 따라왔다.

"어이, 전 병장. 전역 축하해. 벌써 점심 식사시간이 다 되어가는데, 요 앞에 있는 한실식당에 가서 점심이나 먹고 가자. 인사 겸해서."

"조옿지. 그 집 아줌마 만두국 솜씨 끝내주지. 제대하면 그 맛 보기도 어려울 거야."

한실식당 밀창문을 열고 들어서자 이미 부대 소식에 빠삭한 주인아줌마는 오늘은 특별 만두국을 준비해 놨단다. 일반 군복이 아닌 예비군복으로 갈아입고, 모자에도 계급장 대신 예비군 마크를 달고 있는 모습이 믿음직하다면서 장황하게 전역 축하인사를 한다.

둘은 군화가 아닌 제대화를 벗고 방으로 들어가서 마주 앉았다.

"야, 아무리 상병 제대라지만 군수참모부 3년 근무하고 전역하는데, 이게 뭐냐? 이런다고 훈장 주나?"

전 병장이 지석의 양말에 두 군데나 빵구가 나 있는 걸 보고 하는 말이다.

"제대하는 마당에 포시랍게 무슨 양말 타령이야? 나가는 놈이야 아무렴 어때. 있는 놈들이 좋은 것 신어야지."

"조수가 두 명이나 있다면서 사수 제대하는데 양말도 한 켤레 안 챙겨 줘?"

"그렇잖아도 이 양말 조수 꺼야. 조수 임 상병이 내가 신고 갈 양말이 없다니까 제 관물대에서 꺼내 신어라고 하데."

며칠 전에 조수 임 상병이 지석에게 와서 그랬다.

"제대할 때 신으실 양말이 없다면서요?"

"그걸 어떻게 알았지?"

"어느 친구가 귀띔을 해 주데요. 사수 제대하는데 신을 양말이 없다 니, 군수참모부 역사에 없는 일이라고요."

"걱정 마. 가는 놈이야 뭐가 걱정이야."

"제 관물대 뒤져보세요. 양말 있으니까 꺼내어 신으세요."

그래서 내무반으로 내려가서 임 상병의 관물대를 뒤졌다. 양말이 세 켤레 있었는데, 한 켤레는 에이급(새것)이었고, 두 켤레는 모두 작은 구 멍이 나 있었다. 필경 임 상병 얘기는 이 새것을 신고 가란 말일 터이 다. 그래도 자기 외출 때나 휴가 때 신으려고 아껴둔 것을 가져올 수는 없었다.

"어이, 전 병장. 구멍 난 양말은 내 군대생활의 추억이야. 넌 뭐 가져 왔나? 꼬질대나 하나 챙겨오지. 그걸로 종아리 맞은 기념으로."

"말도 마. 그때 영창 안 간 것만 해도 천만다행이야."

총구에 화약 가스가 묻으면 사격에 문제가 있기에 개인화기 총구는 항상 반질반질하게 윤이 나도록 닦아 두어야 한다. 일석점호 시간에 주 번사관은 총을 거꾸로 잡고는 총구에다 눈을 갖다 대고 총구 청소상태 를 자주 점검한다. 총구청소 불량. 이렇게 판정을 받으면 그날 저녁 곱 게 잠자리에 들지 못한다. 총구 청소하는데 쓰이는 가늘고 긴 쇠막대의 이름이 꼬질대다. 군에서는 흔히 남자의 고간지물을 은유적으로 이를 때도 동원되는 이름이다. 그때 헝겊에 총구 청소용 특수 기름을 묻혀야 하는데, 이 기름과 꼬질대 모두 병기과 소관이다. 난방용 기름 공급이 충분하지 못하다 보니 병기과 병사들이 이 특수 기름을 대량으로 난로에다 부어서 불을 지핀 일이 있었다. 병기참모가 부대장에게 불려가서 혼쭐이 나고, 병사들은 병기참모로부터 꼬질대로 종아리를 열 대씩, 피가 나도록 맞은 일이 있었다.

한실식당 아줌마가 끓여주는 만두국을 맛있게 먹었는데, 오늘은 식사비를 안 받겠단다. 군인들 상대로 장사해서 먹고 사는 사람이 제대하는 날까지 알뜰하게 식사비 받을 수는 없지 않겠느냐고 하면서. 지석은 또 한번 눈물이 찔끔 나오려고 해서 혼이 났다.

작은 돌멩이 하나가

지석은 여느 날과 마찬가지로 서재의 책상에 앉아서 인터넷을 뒤진다. 코로나 사태가 심각해진 이후 아침마다 인터넷 뒤지기가 일상이 됐다. 대개 엊저녁 뉴스 시간에 들은 얘기들인 줄 알면서도 또 이 짓을 반복하게 되는 데는 궁금함도 있지만 불안감이 원인이지 싶다.

코로나는 인도의 경우 하루 신규 확진자가 40만 명을 넘어서고, 거리와 마을 곳곳이 화장장이 되고 있다고 한다. 백신을 일찍 맞은 나라에선 감염자 수가 좀 줄긴 했지만, 그런 나라 수는 적고 대책 없는 나라는 많다. 이웃 일본도 올해에 예정된 올림픽에 반대하는 여론이 비등하고 있다는 소식이다. 우리나라도 일일 확진자 수가 줄어들지를 않는 상황이고, 백신 접종도 처음 예상처럼 순조롭지 못하다는 소식이다. 거기다가 백신 접종 후 이곳저곳에서 부작용이 신고되고 있어서 백신과의 관련성이 있다 없다 하고 시끄럽다. 불안감을 갖게 되는 건 당연한 일 아닌가 싶다.

정치 상황도 백신만큼이나 어지럽다. 국회에서 열린 장관후보자 청문회에서는 비싼 영국산 도자기를 신고하지 않고 들여와서 팔았다는 사람도 있고, 자동차 관련 과태료를 스무 번 넘게 체납하고, 자동차 압류만 열몇 번을 당했다는 사람도 있다. 논문표절 같은 건 이제 별로 문제가 되지도 않는 모양이다. 이런 꼬라지 한두 번 본 게 아니라서 이제 놀랍지도 않다. 어느 친구는 지석더러 국회청문회에 나가보란다. 논문표절을 했나, 군 기피를 했나, 위장 전입도 한 적 없고, 부동산 투기도 낯선 동네 이야기이니, 청문회에서 점수를 매긴다면 일등 하고도 남을 거란다. 그래서 지석이 딱 한 가지가 부족하다고 했더니, 그 친구가 김 선생한테도 부족한 게 있느냐고 반문을 한다. 지석이 그랬다. 그래. 딱 한 가지. 대통령 추천.

이런저런 잡념에 쌓여있는데 전화기가 울음을 터뜨리면서 지석을 잡념에서 깨운다. 등산 모임 친구 이문석이다. 신문사에 근무할 때 부장까지만 해 보고 국장 한 번 못 해 봤다고 친구들이 애칭으로 부르는 이름이 이 부장이다.

"어이, 이 부장. 잘 있었어? 그런데 지난번 우리 등산 모임 때는 안 나왔데? 무슨 일 있었다면서?"

등산회 친구들은 말을 높이는 사람도 있고, 평대를 하는 사람도 있는데, 이 부장과 지석은 동갑내기라고 서로 평대를 한다.

"무슨 별일 있겠어? 마누라가 밖에 나가기만 하면 코로나 걸리는 줄 알고 죽는 소릴하는 바람에 회장한테는 그냥 무슨 일 있다고만 했지."

"난 또 코로나 걸려 죽었나 했지. 좀 걱정되더라고. 부의금 없어서 말야."

"친구 목숨보다 부의금 걱정 먼저 하는 친구도 다 있군. 이런 걸 두고 뭐라는 줄 알아?"

"하하, 내가 그렇게 무식한 줄 알아? 그런 친구를 죽마고우라고 하지. 그런데 오늘은 무슨 바람이 불었어? 전화를 다 하고?"

"만나서 소주 한잔하자. 코로나 대신 코로나 블루 걸렸나 봐. 답답하고 무료하고 허전하고, 죽겠어."

저녁나절에 범어동 그랜드호텔 뒷골목의 꿀돼지식당에서 돼지고기 수육 한 접시와 소주를 놓고 지석과 이 부장이 마주 앉았다. 지석이 이 집에 드나든 지는 오래됐다. 후덕해 보이는 주인아줌마는 수수하면서도 얼굴에 늘 웃음을 띠고, 친절하고 인심도 좋다. 똑같은 돼지고긴데 어떻게 이 집 게 더 맛있느냐고 하면 그게 바로 가마솥에 고기 삶기듯, 긴 세월 국밥집 아줌마로 삶기면서 익힌 노하우란다. 철학이 소크라테스 전유물이 아니군. 지석이 그렇게 농담을 한 적도 있다.

"이거 뭐, 어느 구석 희망이 안 보이네. 코로나도 그렇고, 정치 꼬라지도 그렇고, 국민들 사는 꼴도 별반 다를 게 없어. 소주 한 잔으로 내 의식을 속여 두는 수밖에 없지 싶어서."

소주잔을 들어서 건배를 하자마자 토해내는 이 부장의 탄식이다.

"일체유심조 알아? 다 이 부장 마음에 달린 거야. 주위를 돌아다 봐. 잘 사는 사람도 얼마나 많다고. 색안경 끼고 세상을 보면 세상이 모두 그 색깔로 보이는 법이지. 왜 무슨 일 있었어? 감정이 너무 격해 있어서."

"글쎄 말야. 여기 오는 길에 횡단보도를 건너려는데, 빨간불이 켜져 있데. 그래서 기다리고 있는데, 내 곁에도 한 사람 있었고, 건너편에도 두 사람인가 있었는데 말야. 어떤 젊은 여자 하나가, 나이가 서른을 갓 넘었거나 싶어 보이는 여잔데, 차려입기도 잘했더라고. 그런 여자가 용감하게 건너오는 거야. 빨간불인데 말야. 그래서 내가 그랬지. 빨간불인데 기다려야지. 그런데 이 여자가 뭐라는 줄 알아? 날 딱 쳐다보더니, 당신이 뭔데? 그러더라고. 난 그 순간 내가 뭔지 생각이 안 나. 머뭇거리다가 그랬지. 나? 대한민국 국민이야. 참 이렇게 기막힌 일도 다 있더라고."

"우문에 현답이네. 그래, 그 여자 이마빼기나 한 대 쥐어 박아주지 그랬어?"

"정말로 그러고 싶었어. 그랬다가는 신문에 기사 하나 날 거고. 그런데 마침 경찰차가 하나 오더니 삿대질하면서 싸우고 있는 걸 보고는 멈추데. 얘길 듣고서는 경찰이 날더러 뭐라는 줄 알아. 불필요한 간섭은 안 하는 게 좋다는 거야. 이게 대한민국 경찰 맞아?"

"너무 흥분하지 마. 자, 술 한잔하고 기분 바꿔. 한평생 그런 꼴 처음 보는 것도 아니고. 나도 그와 비슷한 경험이 있어. 한번 들어볼래?"

"나 만큼 기막히는 일은 아닐 테지? 얘기해 봐."

이 부장은 기분을 다스리려는 듯 소주잔을 한꺼번에 홀딱 비운다.

"어느 날 지하철 타고 가는데, 경로석 앞 출입문에 가시나 머시마 둘이서 꼭 껴안고는 사랑놀이를 하고 있는 거야. 이걸 한마디 해줘야 하나, 참고 보고만 있어야 하나 갈등하다가 한마디 했지. 얘들아, 어른들 눈 어지럽다. 어른들 앞에선 그런 짓 하지 마."

"하하, 이건 멜로물이네. 재미있겠다. 그래서?"

"그랬더니 머시마는 가만히 있는데, 가시나가 획 돌아서서 날 째려보면서, 우리가 무슨 짓 했는데요? 그러더라고. 그때 내 마음도 금방 이

부장 얘기한 것과 비슷했어. 아무 말 못 하고 가만히 있었지. 그런데 내 옆자리에 앉은 사람이 소릴 질렀어. 이것들이 어데 어른들 앞에서 소릴 지르고 난리야. 버르장머리 없이. 그러니까 그 녀석들이 문을 열고 옆 칸으로 건너가 버리데. 그러고 나서 그 사람이 나한테 뭐라고 했는지 알아? 이런 경우에는 옆 사람이 응원을 해 줘야 해요. 아, 그 사람 대단했어. 용기가 있더라고."

"젊은 놈들 그 따위로 놀면서 어른들 보고는 꼰대니 뭐니 하면서 욕하지. 네 꼬라지를 알아라. 그게 누구 말이지? 소크라테스던가?"

"어른들도 물론 반성해야 할 일은 많겠지. 서로 남 허물하기 전에 자기 꼬라지 살필 줄 알면 다 될 건데, 그게 쉽지 않지. 정치판도 마찬가지고."

돼지고기 수육이 한 접시 다시 나오고, 따뜻한 국물도 보충되었다. 물론 빈 소주병도 늘어났다. 술기운이 서서히 전신으로 확산해가자 두 사람의 대화도 볼륨이 높아지고 속도도 빨라진다.

"어이, 김 선생. 내 수수께끼 하나 낼까? 한번 맞춰봐. 이것 맞추면 아이큐 세 자릿수 인정하지. 대구 오토바이와 서울 오토바이의 공통점이 뭐야? 좀 어렵지?"

"아, 이 친구야. 그것 벌써 옛날 버전이야. 교통신호를 안 지킨다는 거지."

"땡. 그 정도론 부족하지. 정답은 교통법규를 안 지킨다야. 신호만 안 지키는 게 아니라 차선도 안 지키고 속도도 안 지키니까. 하하하."

"용서 잘하시는 하느님도 이런 인간들 가만히 안 두지 싶어. 코로나가 그랬다면서? 내가 속삭였다. 인간들은 듣지 않았다. 내가 외쳤다. 그래도 인간들은 듣지 않았다. 그래서 내가 왔다. 코로나가 하느님 말씀을 대신 전한 거 아닐까?"

"하긴 인간들이 너무 심해. 정치도 그렇지만 환경문제도 도가 넘었어. 물고기 뱃속에서 플라스틱 조각이 나온다잖아. 탄소 과다배출로 기후변화도 벌써 돌이킬 수 없는 상황이라고 하더라고. 특히 택배가 보편화되면서 쓰레기가 산을 이루지. 무너져 가는 자연을 보시면 하느님 마음 편하지 않을 거야. 어쩌면 인류 멸종 카드를 꺼내실지도 몰라."

"글쎄. 그걸 누가 알겠어? 하느님 외에."

"왜 옛날에 우리 함께 공룡 발자국 취재 갔을 때, 그때 우리 그런 얘기했었잖아? 공룡이 멸종했다면 인류도 멸종할 수 있다고."

벌써 30년이 다 되어간다. 이 부장이 신문사 특집부장으로 있을 때, '해안선을 찾아서'라는 제목의 특집이 주당 1회씩 연재되고 있었다. 어느 날 이 부장한테서 지석에게 전화가 왔다. 통영에서 마산까지 해안선 취재를 위해서 출장을 가는데, 특히 상족암 공룡 발자국을 볼 기회가 있으니 같이 가자는 것이었다. 며칠 전에 '쥬라기 공원'이란 영화를 본 후 공룡에 대해서 관심을 갖고 있던 터라 지석은 만사 제쳐놓고 따라나섰다.

금요일 오후에 대구를 출발해서 통영에서 하룻밤을 자고, 토요일에 상족암을 찾아갔다. 경남 고성군 하이면 상족암. 쌍족암이라고도 불리는 이곳은 우리나라에서 최대의 공룡 발자국이 발견된 곳이다. 상족암은 삼천포에서 고성으로 이어지는 국도 아래쪽의 바닷가에 있었다. 거기로 내려가는 길이 있긴 했지만 좁고 경사가 져서, 국도변에다 차를 세워놓고 걸어서 내려갔다. 먼저 눈에 들어온 건 해수면과 수직으로 서 있는 바위병풍이었다. 신발을 벗어들고 바닷물에 발을 적시면서 바위병풍을 돌아 들어가자 거기에는 놀라운 풍경이 두 사람을 맞이한다. 몇백 평은 되지 싶은 넓은 바위가 평평하게 누워있다. 상족암(床足岩)이란 이름이 필시 여기에서 유래했지 싶다. 바위와 공룡 발자국이 어우러진 이름. 물이 나간 지 얼마 안 되는 모양으로 바위는 젖어 있고, 갯강구들이 기어 다닌다.

"이 부장. 설명 좀 해봐. 난 공룡에 대해서 아는 거라곤 '쥬라기 공원' 밖에 없어."

이 부장은 벌써 공룡 발자국을 몇 개나 찾아놓고 있다.

"여기 좀 봐. 이게 공룡 발자국이야."

"공룡이 무겁긴 무거웠나 봐. 바위 위에 발자국이 찍히다니."

이 부장은 미리 공부를 많이 한 모양으로 설명하는 게 전문가 수준이다.

"공룡이 여기를 걸었을 때는 바위가 아니었겠지. 진흙밭 같은 데를 걸으면서 발자국이 찍혔고, 그 위에 흙이 쌓이고 긴 세월 지나면서 굳어지고, 그 뒤 다시 긴 세월 바닷물에 윗부분에 쌓인 흙이 씻겨나갔는데, 발자국 있는 곳은 굳어져서 발자국이 그냥 남게 됐다. 이렇게 생각하면 설명이 되지? 그걸 전문가들은 마식이 굴식보다 힘이 약해서 그렇게 된다 라고 하데."

"그럴 듯하네. 근데 난 공룡에 대해서 근본적인 두 가지 의문이 있어.

하나는 공룡의 덩치가 어떻게 그리 클 수가 있었는가 하는 것이고, 다른 하나는 그 막강한 공룡의 무리가 어떻게 멸종을 했나 하는 거야."

"그 정도 의문을 가지는 것만 해도 대단한 수준이야."

이 부장은 스크랩한 과학 잡지 자료를 펴들고 설명을 한다.

골세포에서 뻗어 나간 돌기의 수는 약 백 개. 하버스관이라는 이 돌기는 혈관이 지나는 통로다. 골세포는 이 통로를 통해서 뼈를 만드는 데 필요한 영양을 공급받고 단기간에 몸을 거대화시킬 수가 있다.

그리고 공룡의 멸종 요인으로는 학자의 수만큼이나 많은 학설이 있단다. 중독설, 종의 수명설, 난각 변질설, 초신성 폭발설, 기후 악화설, 흡혈동물에 의한 피부병설, 비정상적인 알의 증가설, 운석충돌설….

"그중에서 신빙성이 있다고 여겨지는 건 거대 운석 충돌설이야. 그러나 이것도 특정 생물군이 선택적으로 멸종되었다는 점을 설명하기 어렵지."

"이 부장, 전문가 다 됐네. 그런데 난 지구를 몽땅 지배하고 있던 무적의 공룡 무리가 모기 같은 곤충에 물려 죽었다는 설이 신기해서 죽겠어. 공룡이 병원을 못 세운 게 결정적 실수였구먼."

두 사람은 소주병을 다섯 개나 죽여 놓고 꿀돼지식당을 나섰다. 날은 벌써 어두워졌고, 길에는 가로등이 밝다.

"요즘은 거기 고성에 공룡박물관을 만들어 놨어. 돈을 내야 들어갈 수 있어. 상족암 근처로는 산책 탐방로를 만들어 놨더라고."

"어느 공룡이 자기네들 멸종을 예상했겠나? 오늘의 인류처럼. 그래도 공룡은 멸종됐고, 이 사실은 인종도 사라질 수 있다는 가능성을 암시하는 것 아닐까?"

"항상 정답은 '알 수 없다'이지. 그래도 설마 용서와 사랑의 하느님께서 당신의 백성을 다 죽이진 않겠지. 의인 몇 사람만 있어도 소돔과 고모라를 용서해 주시겠다던 하느님 아냐? 요즘의 코로나는 조심하고 절제하라는 경고 정도일 거야."

"그래 소돔과 고모라에 의인 있었어? 그래서 안 망했어? 우리 주변 둘러봐. 어디 의인 그림자라도 있나? 모두가 정치권력 중독자, 거짓말쟁이와 위선자뿐이지."

"다 그런 건 아니겠지. 의인은 늘 숨어 있어. 우리 눈엔 안 보일 뿐."

"그것도 김 선생 말마따나 '알 수 없다'이지. 잘못 던진 작은 돌멩이 하나가 커다란 물독을 깰 수도 있어."

"물독이 깨어질 때 깨어지더라도 오늘은 그냥 돌멩이 조심하면서 사는 수밖에. 마음 좀 편하게 다스리면서 살자. 위선적인 정치인도 용서하고, 못난 이웃도 용서하고. 코로나도 언젠가는 해결되겠지. 희망 가지고 살자."

바람의 둥지

코로나 사태는 더 어려워지는 형국이다. 오늘은 전국에서 797명이나
나와서 이미 새로운 대유행에 접어들었다고 한다. 인도를 비롯한 몇 나
라에서는 감당을 못할 수준이란다. 경산도 걱정이다. 오늘 신규 확진자
수는 11명. 매일 10명 내외의 확진자가 나오고 있다. 어디 어디를 방문
한 사람은 선별검사소에서 검사를 받으란 문자가 수시로 전화기를 딩동
거린다. 친구들과의 식사 계획도 모두 무기한 연기되었다. 집콕하고 있
으니 돈 안 들어서 좋다는 얘기도 하지만 그거야 쓴웃음 같은 것 아니
겠는가?

백신 확보가 제대로 안 되어서 아우성이다. 미국과 백신 스와프를 하
자고 제의했으나 다른 나라까지 줄 백신은 없다는 게 대답이었다고 한
다. 러시아 것을 수입하자니 안전성 문제가 제기된다. 진퇴양난이다. 난
감하기 짝이 없다.

답답하고 불안해도 산 놈은 사는 데까지는 살아야 한다. 지석은 그런
생각을 하면서 오늘 아침도 여느 날처럼 커피잔을 들고 서재로 들어간
다. 문을 열다가 걸음을 멈추고 상방 위쪽에 걸린 편액(扁額)을 쳐다본
다. '觀風軒'. 며칠 전에 새로 들어온 가족이다. 이 자리에 걸기에는 조
금 컸지만 그래도 서재에 거는 것이 제자리 찾는 것이다 싶어서 비스듬
하게 걸어놓았다. 늘그막에 환향한 송곡 선생이 향리에다 자그마한 한

240

옥을 짓고, 송곡재(松谷齋)라 이름 지은 기념이라면서 지석에게 자기 솜씨로 쓰고 새긴 걸 선물한 것이다. 느티나무의 결을 제대로 살린 바탕에다 행서(行書)로 글씨를 쓰고 음각(陰刻)을 했는데, 두어 군데 비백(飛白)이 있어서 달필이란 느낌을 준다.

집에다 이런 편액을 거는 것은 지체 높은 분이나 선비들의 일이지 서민들에게는 어울리지 않는다고 생각해 왔다. 그런데 대학 동기인 친구 김 선생이 퇴임 후에 경주 남산 기슭에다 거처를 마련하고 그 처마 아래에다 낙서재(樂西齋)란 편액을 걸었을 때, 멋있다는 느낌과 함께 주인의 생각을 대변하는 의미도 있겠구나 하고 생각했었다. 송곡 선생이 아직 대구에서 서예학원을 운영하고 있을 때, 거기에 놀러 갔던 지석이 대화 중에 그 얘기를 했었다. 편액 걸린 집이 멋있더라면서, 도시의 아파트에도 이런 걸 걸어도 되는가 하고 물었던 일이 있었다. 송곡 선생이 그걸 잊지 않고 있었던 모양으로 이렇게 스스로 글씨를 쓰고 새겨서 선물을 해 준 것이다.

두어 주일 됐나? 송곡 선생한테서 전화가 왔다. 전화를 통해서이기는 하지만 오랜만에 듣는 송곡의 음성이었다.

"어이, 송곡 선생. 코로나 걸려 죽은 줄 알았더니 아직 생존해 계시는구만. 목소리 들으니 아직 몇십 년은 끄떡 없겠어?"

"코로나가 무서워도 전화를 막는 건 아닌데, 내가 무심했지? 전화라도 자주 할 걸 싶어. 후회는 언제 해도 너무나 늦은 거라고 하는데 말야."

"그런데 오늘은 무슨 바람이 불었어? 무슨 좋은 일이라도 있는 모양이네. 목소리가 밝은 걸 보니."

"전에 내가 한번 얘기했지? 고향으로 돌아간다고. 코로나 때문에 일이 좀 늦어져서 이제사 다 됐어. 조그만 기와집 한 채 짓고 고향 마을에 들어앉았어."

"아이고 부러워라. 늙어서 고향에 엎드리는 것만치 복된 인생 없단다. 수구초심(首丘初心)이란 말도 있잖아. 난 고향 갈 형편도 안 되고, 부럽기만 하네."

"아직 손볼 일이 많이 남아있긴 하지만, 틈 내어 한번 놀러오게. 오랜만에 소주나 한잔 나누면서 옛날 얘기도 하고."

"그렇잖아도 이놈의 코로나 때문에 집콕하고 있으니 숨 막혀 죽겠어. 도시 사람 오는 걸 꺼린다고 해서 마음 놓고 고향에도 못 가는 신세네. 얼마 전엔 부모님 산소에 다녀왔는데, 동네엔 못 들어가고 빙 둘러서 산에만 다녀왔어. 수일 내로 한번 갈게."

송곡 윤수식(尹守植)이 고향에다 지은 집은 팔작지붕으로 된 위채와 맞배지붕으로 된 사랑채, 이렇게 두 동으로 되어 있었다. 그의 생가터에 있던 낡은 초가를 헐어내고 골기와집 두 채를 기역자 형태로 앉혔는데, 본채는 정면 세 칸, 측면 두 칸인데 북향이고, 사랑채는 정면 두칸, 측면 한 칸인데 서향이다. 동네가 소나무골 북편 기슭에서 산을 등지고 앉았으니 방향이 이리 될 수밖에 없었을 것이다. 그런데 사랑채는 동향으로 해도 되지 싶은데 서향이다. 송곡이 나름대로의 의미를 갖고 그랬을 것이다. 두 채가 다 사각으로 깎은 소나무 기둥이 하얗게 빛나고 있어서 새집임을 과시하는 것 같다. 집 뒤로는 대밭이고, 제법 넓은 마당에는 소박하지만 품격이 느껴지는 정원을 꾸며 놓았다. 그 정원의 끝, 담장 아래에 붙어서 소나무 한 그루가 지붕 높이 정도의 키로 팔을 벌리고 서 있다. 송곡(松谷)이란 호를 염두에 두고 그리한 듯하다.

저녁을 먹고 나서 송곡재 마룻바닥에 송곡의 안사람이 차려준 술상을 마주하고 앉았다. 한학자요 서예가인 그의 서재답게 벽은 온통 서예 족자와 액자로 도배가 된 듯하고, 책상 위와 책장 안에는 수많은 한적(漢籍)과 두루마리들이 가득하다.

소박하게 차려진 술상에는 고등어구이 한 접시와 소주병이 투명한 소주잔 두 개를 거느리고 앉아있다. 조금 값나가는 술이나 한 병 사 올 걸. 이사 온 집이라고 화장지 꾸러미 하나만 달랑 들고 온 것이 미안스러워진다.

"이렇게 술잔 들고 마주 앉아본 게 얼마 만인가? 반갑네."

"남은 날도 건강하게 살아야지. 자, 건배하세."

지석은 술잔을 주고받으면서도 방안을 두리번거리며 살펴보았다. 문자향(文字香)과 서권기(書卷氣)가 서려 있는 듯한 분위기가 마음을 잡아끈다. 그때 책장 위에다 세워놓은 서각 편액 하나가 지석의 눈에 들어온다. '觀風軒.' 바람을 바라보는 난간이라?

"저건 뭔가? 당호가 두 가진가?"

"콧구멍만한 방에 이름을 두 개씩이나 붙이는 건 사치지. 사실 오늘 김 선생더러 일부러 오라고 한 것은 저것 때문일세. 어릴 적 함께 뛰놀던 기억 살리며 김 선생 줄려고 하나 새겼어."

"이런 귀한 선물을 받다니. 전에 써 준 그 두목지의 청명시, 그걸 단골 술집에다 갖다 걸었거든. 그래서 그 집 이름이 행화촌이 됐다가 살구꽃 마을로 바뀌고, 전국 식당 이름 대회에서 상도 받았다니까."

"김 선생 서재에만 갇혀있는 것보다는 여러 사람이 구경하는 게 더 의미 있을 수도 있지. 그런데 이 편액은 다른 데 주지 마."

"그래야지. 그런데 저게 무슨 뜻이야? 바람을 보는 난간이라니?"

"관풍루, 관풍헌, 이런 이름은 사실 흔히 볼 수 있는 것이지. 이름이 같다고 해서 의미가 모두 같은 건 아닐 거야. 이건 연암(燕巖) 선생과 인연을 가지고 있어."

송곡은 책장 위의 편액을 내려와서 술상 곁에다 세워 놓는다.

빈 술병의 수가 늘어가고, 두 사람의 정취도 거기에 비례하여 깊어갔다. 송곡은 이 관풍헌 편액을 지석에게 선물할 마음을 이렇게 해서 먹었다면서 긴 이야기 타래를 풀어 놓는다.

거창의 대율리 산골에 '화수정(花水亭)'이란 정자가 하나 있다. 파평 윤씨 가문의 소유로서 역사가 오랜 유적지다. 주변 경치가 좋고, 뛰어난 학자들의 유서가 깃든 곳이라 시인 묵객들의 발길이 끊이지를 않았다. 거기를 다녀간 시인 묵객들은 그 정취를 시로 읊거나 글로 써서 나무판에 새겨서 기둥이나 처마에 걸어두곤 했다. 그 편액 중에 쓴 사람 이름을 행운(行雲)이라고만 적은 것이 하나 있는데, 거기에 연암(燕巖) 박 선생 이야기가 나온다. 연암은 '열하일기(熱河日記)'를 쓸 때, 그의 서재에다 '관풍헌(觀風軒)'이란 편액을 걸었는데, 그때 거기에서 '바람'을 노래한 시

한 수를 지었다고 전한다. 필시 원문은 한시일 터인데 그 원문 또한 전하지 않는다. 그러다 보니 여러 가지 억측들이 나돌고, 그 행운이란 시인이 혹 연암이 아닐까 하는 얘기까지 있단다.

바람이 구름을 실어가나 보이는 것은 구름뿐
혜안 석학은 구름뿐 아니라 바람까지도 본다네.
연암은 연풍(燕風) 열풍(熱風) 보고 들어
관풍헌에서 바람을 문자로 바꾸어 기록한다네.

연암은 청나라의 연경(燕京)이나 열하(熱河)는 하나의 시대적 바람이고, 그 바람은 중국으로부터 조선으로 불어오고, 조선은 그 바람을 눈 똑바로 뜨고 바라보고 살펴야 한다고 했다는 것이다.

"그 화수정, 행운이란 시인이 썼다는 편액이 남아 있는가?"

"그렇다면 얘기가 좀 명확할 수가 있는데, 그렇지가 않아. 그리고 화양동(華陽洞) 박산(朴山) 있잖아? 거기에 얽힌 전설도 있는데, 그 얘기 알지?"

"응, 대강 알아. 어릴 때 들은 기억이 있어."

"그 얘기 주인공이 야천(冶川) 박소(朴紹)라는 분인데, 그분이 바로 연암 선생의 7대조야. 그분의 외가가 윤씨 집 안이었고, 그런 연유로 연암이 안의현감을 지낼 때 화동 윤씨 종가로 많은 편지와 전적을 보냈다는데, 이 바람시가 그 속에 들어 있었다는 설도 있어. 내가 그걸 확인해 보려고 종손을 찾아갔더니, 도난당하기도 하고 유실되기도 해서 대부분이 없어졌다고 하데. 그러니 이 바람시 얘기도 하나의 전설로 남을 수밖에."

"뿌리가 있으니 꽃이 피는 것 아니겠어? 어쨌든 시가 존재하는 건 사실이잖아?"

"그렇지. 연풍은 연경을, 열풍은 열하를 의미할 거고, 연암이 갔을 때, 거기에는 엄청난 문물의 새 바람이 일고 있었던 거지. 그 바람이 곧 조선으로 불어왔고, 실학이란 학문과 사상이 조선의 문물을 바꾸어 놓았던 거지."

송곡은 이 이야기가 근거가 명확하지도 않고, 그것이 비록 누가 지어낸 허황한 것이라 할지라도 그 나름대로의 의미를 갖는다고 생각했다. 누가 바람을 보았는가? 바람을 보았다고 하는 사람은 실상 바람을 본 것이 아니고 나뭇가지의 흔들림, 출렁이는 물결, 퍼덕이는 깃발, 떠가는 구름을 보았을 뿐이다. 바람은 모양도 없고 빛깔도 없고 냄새도 없다. 그런데도 바람은 분명히 존재한다. 그 바람을 보는 것이 혜안이고, 그 바람의 의미를 생각하는 것이 석학이다. 그런 생각으로 지석에게 '관풍헌'이라는 편액을 하나 만들어주고 싶었단다.

"아이고, 고마워라. 이런 큰 의미의 귀한 작품을 내 초라한 방에다 가둘 수 있겠나? 내 송곡의 그런 뜻 잊지 않고 소중히 간직할게. 그런데 저기 마당의 소나무는 역시 송곡의 선비정신을 상징하겠지? 날씨가 추워져야 소나무 잣나무가 늦게 시든다는 걸 안다(歲寒然後知松柏之後凋也), 뭐 그런 얘기?"

"뒷산 골짜기가 모두 솔밭인데 그 작은 한 그루 소나무가 무슨 큰 의미를 지니겠나? 그래도 추사의 세한도(歲寒圖)를 생각하면서 한 그루 심었어. 입주 기념식수라고나 할까? 감히 추사 선생의 존함을 입에 담을 수가 있나만 그래도 어릴 적 조부님께서 하도 추사(秋史) 선생 말씀을 많이 하셔서, 할아버지 가르침 잊지 않겠다는 다짐이랄까?"

"그래도 송곡은 글도 글씨도 많이 했잖아. 조부님 뜻을 잘 받든 셈이지. 나도 제주도 갔을 때 추사 적거지에서 세한도 복사본 한 장 산 게 있어. 소나무 그림이나 단순하게 그려진 집, 단정하면서도 아름다운 추사체의 발문도 좋지만, 난 완당(阮堂)이란 호 아래엔 정희(正喜) 낙관이 찍혀 있고, 그림 왼쪽엔 완당(阮堂) 낙관, 긴 발문의 끝에 완당노인서(阮堂老人書)란 글씨 뒤에는 추사(秋史)라는 낙관을 찍은 것이 인상적이더라고. 꼭 추사 선생의 경지에 이르지 않아도 뭐 송곡의 글과 글씨라면 선비 아닌가? 하하하. 그런데 말야. 궁금한 게 하나 있어. 지형상 윗채를 북향으로 앉힌 건 이해가 되는데, 사랑채는 동향으로 하는 게 좋지 싶은데 왜 서향으로 했어? 나름대로 무슨 의미가 있지 싶어서."

"무슨 특별한 의미를 둔 건 아니고, 그냥 젊어서는 돋는 해를 바라본다면 이제 늘그막엔 서산으로 지는 해를 바라보는 게 이치에 맞지 싶은 생각이 들었던 거지."

"그러고 보니, 창으로 오두산이 바로 보이네. 여기 서재에 앉아서 오두산 너머로 떨어지는 해를 바라보는 선비 송곡. 무슨 신선 얘기 같네, 신선 아니면 도사? 하하하."

다음날 아침. 점심이라도 먹고 가라는 송곡 부부의 만류에도 지석은 그 귀한 선물 '관풍헌'을 안고 송곡재의 문을 나섰다.

"솔남밑에 가서 이우정(二友亭) 느티나무와 큰소나무 구경 좀 하고 갈게. 다른 친구들도 보고 가야겠지만 코로나 때문에 도시 사람 오는 걸 꺼리는 분위기라니까 그냥 갈게. 혹 만나면 인사 전해 줘."

이 한마디를 이별사로 남겨두고.

이우정과 큰소나무는 마을 동쪽 끝에 있었다. 어릴 적 고삐 풀린 망아지마냥 뛰어다니며 놀 때, 마을 어느 구석인들 추억 어리지 않은 곳이 있을까마는 이곳은 특히 더 강하고 짙게 감회가 어려 있는 곳이다.

이우정의 느티나무는 튼실한 옛 모습 그대로 잎은 이미 녹음이 짙어가고 있다. 어릴 적 어머니가 일하시는 밭에 갔다가 대변이 급해서 혼자서 먼저 오는 길이었는데, 그만 설사를 해서 팬티 겸 바지 하나뿐인 아랫도리를 버리고 말았다. 그냥 마을로 들어설 수가 없어서 느티나무 곁으로 흐르는 도랑에서 바지를 벗어서 빨아 널었다. 아랫도리가 빨가숭이가 됐으니 더더욱 동네로 들어올 수가 없었던 지석은 이 느티나무 위로 올라갔다. 높은 가지 위로 올라가서 몸을 숨기고 바지가 마를 때까지 기다리다가 밭에서 돌아오시는 어머니한테 들켰던 일이 있었다. 그게 초등학교 입학도 하기 전이었는데, 어째 아직도 잊히지 않는지 모르겠다. 꼭 즐겁고 신나는 일만이 추억으로 남는 건 아닌 모양이다.

큰소나무는 몇 아름은 되지 싶은 큰 몸뚱이로 그 자리에 서 있었다. 어릴 적 그네를 매어 타던, 옆으로 길게 뻗었던 그 가지는 베어지고 없는데, 군(郡) 지정 노거수라는 팻말이 곁에 붙어 있다.

지석은 지금까진 그냥 공부방이었다가 갑자기 '관풍헌'이란 멋진 이름을 얻게 된 방에서 책상 앞에 앉으니 자기도 송곡재의 송곡 선생처럼 좀 고상해지는 느낌이다. 송곡재의 창이 서쪽을 향하고 있었는데, 이제 '관풍헌'이 된 자기의 방도 창문이 서쪽을 향하고 있다. 이건 무슨 상징적 의미가 있을 듯하다. 송곡이 그랬듯이 다만 늙었다는 이유 하나만으로 서쪽을 바라보는가? 늙었다는 건 무엇인가? 한 사람의 생을 다 살아간다는 것 아닌가? 과거가 길어지고 미래는 짧아졌다는 것. 그래서 그 짧아진 미래를 응시하고자 하는 욕망은 아닐까?

커피를 홀짝이면서 창밖을 내다보니 아침 햇살을 받아서 밝게 빛나는 아파트 숲 너머로 망월산 등성이가 부드럽고 조용하게 누워있다. 그렇다. 내가 저 망월산 너머로 지는 해를 바라볼 때쯤엔 송곡도 오두산 너머로 낙조를 보겠구나.

그날 송곡재에서 바람에 대해서 많은 얘기를 나누었다는 걸 생각하면서 지석은 다시 바람의 세계로 빠져든다. 바람은 단지 기압의 차이로 인한 공기의 이동일 뿐인가? 그렇다고 하기엔 바람의 종류가 너무나 많다. 방향에 따른 동서남북풍이 있고, 미풍, 화풍, 태풍, 폭풍도 있고, 계절풍도 있고, 편서풍도 있고….

지석은 바람에 대한 자신의 지식이 짧음을 깨닫고 인터넷 검색을 시도한다. 아아, 감탄할 수밖에 없다. 거기엔 엄청나게 많은 바람의 이름이 있는 게 아닌가.

해풍, 육풍, 계절풍, 곡풍, 산풍, 연풍, 황사바람, 국지풍, 돌풍, 태풍, 샛바람, 하늬바람, 마파람, 높새바람, 실바람, 남실바람, 산들바람, 건들바람, 흔들바람, 된바람, 센바람, 큰바람, 큰센바람, 노대바람, 왕바람,

싹쓸바람….

어찌 이것뿐이랴. 남자나 여자가 다른 남녀에게 마음을 빼앗기는 것도 바람이라 하지 않는가? 그렇다면 이건 사람살이가 그렇게 복잡다단하다는 의미일 것이고 그런 온갖 바람이 일어나고 스러지는 곳이 인생이라는 의미 아닐까? 그럼에도 볼 수 없는 게 바람이라니.

문득 고등학교 다닐 때 영어교과서에 실려 있던 크리스티나 로제티(Christina Rossetti)의 「누가 바람을 보았을까요」라는 시가 생각난다. 영어책을 무조건 외는 것이 최상의 영어공부라고 강조하시던 영어 선생님 덕분에 아직도 로제티의 이 시는 지석의 머릿속에 남아있다. 영어 원문은 생각나지 않고 번역시만.

누가 바람을 보았을까요?
나도 당신도 보지 못 했죠
그러나 나무 잎사귀들이 흔들릴 때
바람은 그 사이로 지나가지요.

누가 바람을 보았을까요?
당신도 나도 보지 못 했죠
그러나 나뭇가지가 고개를 숙일 때
바람이 그 사이를 지나가지요.

로제티는 '당신도 나도' 바람을 보지 못했다고 했는데, 연암은 바람을 볼 수 있었구나. 어쩌면 이것이 동양적인 심미감이고 혜안일지도 모른다. 이제 내 공부방도 관풍헌이 됐으니 바람을 볼 수 있는 심미감과 혜안을 키워야겠구나.

지석은 요 며칠 동안, 계속 바람 생각에 젖어 있었다. 머릿속에서 뭔가가 집힐 듯하면서도 잡히지 않아 마음은 더 산란하다. 그러던 차에 천주교 서울대교구장을 지내신 정진석 추기경님이 선종하셨다는 소식이 카톡를 두드리며 날아왔다. 은행 예금통장에 8백만 원의 돈을 유산으로 남기고, 두 눈은 산 사람에게 기증하고는 연명치료도 사양하고 떠나셨단다. 정 추기경님 선종 소식을 듣자, 문득 얼마 전에 선종하신 대구대교구의 그분 생각이 났다. 장례미사에도 참례하고 장지에도 가서 작별해야 도리였겠지만 코로나 핑계로 미사는 티비를 통해서 참례했고, 누워계신 무덤에는 가보지도 못했다. 갑자기 마음속에서 바람이 일어났다. 처음엔 잔잔하던 솔바람이 금방 돌개바람이 되어 지석의 마음을 흔들었다.

차를 몰고 군위 가톨릭 묘원으로 향했다. 시내 교구청 옆의 성직자 묘소가 여유가 없는 탓도 있지만 여기에 새로 조성된 성직자 묘역은 평소 그분의 뜻에 따라서 이루어졌다. 성직자 묘역의 가장 앞쪽에 주교 묘역이 있고, 그분은 거기 누워계셨다. 지석의 기억 속에 살아계신 그분의 모습은 많고도 많다. 엔도 슈사쿠(遠藤周作) 문학관에서 현해(玄海)를 내려다보며 침묵의 비를 함께 읽던 기억이 생생하게 살아난다.

'인간이 이리 슬픈데, 주여, 바다가 너무 푸릅니다.'

그 절절한 외침은 로돌리코 신부의 것만은 아닐 것이다. 그것은 그분의 말씀인 동시에 이 시대를 살아가는 우리 모두의 절규다. 왜 하느님은 침묵만 하고 계시느냐는 로돌리코 신부에게 주님은 그러셨지.

'나는 침묵만 하고 있는 건 아니다. 나도 너희와 함께 슬퍼하고, 아파하고, 괴로워했다.'

이 한마디는 하느님에 대한 지석의 생각을 많이 바꾸어 놓았다. 시마바라 항구가 내다보이는 고와꾸엔(小涌園) 호텔 식당에서, 지석의 곁에서 아침 식사를 하시면서, '김 선생님. 침묵의 속편을 한번 써 보시지요.' 하시던 그분의 말씀은 천 근의 무게로 지석의 어깨에 걸려 있다. 과연 그분의 말씀이 이루어질 날이 있을까? 영원한 숙제로만 남는 건 아닐까?

그분이 하느님 나라에서 평화로운 안식을 누리시기를 빌면서, 묵주기도 영광의 신비 다섯 단을 바쳤다.

돌아서니 신부님 묘역에 인사드리고 가야 할 또 한 분이 누워계신다. 대학 시절 복현사랑방 선배였던 이 신부님. 낼모레면 3주기를 맞게 된다. 몇 번 다녀간 적이 있지만 오늘도 다시 기도를 드린다. 그러고 나서도 또 빠뜨려서는 안 될 한 사람. 코로나로 인하여 지인들에게 놀라움을 안겨주고 가버린 이시백 바오로 선생. 그는 지석의 동료였고 대자(代子)이기도 하지만, 사인이 코로나인 탓에 장례도 못 치르고 갔다. 마치 소인국의 아파트촌인 듯 가로세로 줄지어 서 있는 납골묘. 그 한쪽 구석의 2층이 그의 유택이었다. 날짜를 대강 계산해 보니 첫 기일이 며칠 전에 지나갔다. 이런 무관심한 대부(代父)가 있나. 자책한다는 건 아무

의미가 없다. 후회는 언제 해도 너무나 늦다고 교직에 있을 때는 얼마나 학생들한테 강조하곤 했던가.

여기 가톨릭 묘원에는 지석이 연고를 가진 사람만 해도 매우 많다. 친구도 있고, 선후배도 있고, 지인의 부모도 있고. 이 넓은 묘역에 무덤은 모두 몇 기나 될까? 사람의 삶이 바람이라면, 여기 누운 모두가 한 시대를 바람으로 살다간 사람들. 그러고 보니 여기는 온갖 바람이 일고 자고 하는 곳.

저 멀리 둘러 선 팔공의 산자락이 희뿌연 얼굴로 찌푸리고 있다. 아침 일기예보에서 중국발 황사바람이 불 거라고 하더니.

지석은 스스로 모범적인 가톨릭 신자라고 생각하지는 않는다. 그래도 기본엔 충실해야 한다고 생각하고 그러려고 노력은 해 왔다. 특히 1년여 전, 코로나가 창궐하면서 집 안에 박혀서 생활하다 보니 기도를 하거나 성경을 읽는 시간이 많이 늘었다. 가톨릭 기도서에 실려 있는 아침저녁 기도를 주로 하지만 때로는 자유기도를 하기도 한다. 거기다가 '코로나19 극복을 청하는 기도'를 더한다. 한국천주교 여자수도회 장상연합회에서 마련한 이 기도는 작년 2월에 천주교 서울대교구장 인준을 받은 후 여러 교구에서 공식 기도로 쓰이고 있다.

'자비로우신 하느님 아버지. 코로나19 확산으로 혼란과 불안 속에 있는 저희와 함께하여 주십시오.'로 시작하는 이 기도는 절실한 심정을 진실되고 차분한 어조로 청하고 있다.

이렇게 기도가 끝나면 이어서 성경을 몇 페이지 읽는다. 한꺼번에 많이 읽지는 않지만 횟수가 반복되다 보니 읽은 양이 상당하다. 아내는 격려와 농담을 섞어서 '이제 성경 박사 다 됐겠네요.' 하곤 한다. 그러면 지석은 또 콩나물시루 이론을 꺼낸다. 콩나물시루에 물을 주면 물은 다 밑으로 빠져나가지만 콩나물은 자란다. 보는 사람이 눈치채지 못할 만큼 조금씩.

그런데 오늘 아침엔 군위 가톨릭 묘원 가야 한다는 생각으로 마음이 바빠서 성경 읽기를 생략했었다. 꼭 해야 할 다른 일이 있는 것도 아니니, 저녁나절이지만 읽어야겠다 싶어서 성경책을 편다. 성경 읽는 시간이 정해져 있는 것도 아니고, 다다익선 아니겠는가?

그런데 거기에서 또 바람 이야기를 만난다.

'바람은 불고 싶은 데로 분다. 너는 그 소리를 들어도 어디에서 와 어디로 가는지 모른다.'(요한 3,8)

니코데모의 물음에 대답하신 예수님 말씀의 한 부분이다.

지석은 여기서 '싶다'는 말에 관심을 가지고 국어사전을 뒤진다. '보조형용사, 용언의 어미 '-고' 뒤에 쓰이어 하고자 하는 마음이 있음을 나타냄'이라고 풀이가 되어 있다.

그렇구나. 지석은 여기서 느낌이 한 조각 온다. 그렇다. 바람은 무의미하거나 무질서한 존재가 아니다. 거기에는 '의지'가 포함되어 있다. 송곡이 구태여 바람을 '보아야 한다'고 한 의미를 이제야 알 것 같다. 사람의 일생도 한 줄기 바람이고, 이 세상은 바람이 잠시 머물고 가는 둥지이다. 그것은 '모든 것이 다 헛되다'는 허무의 개념이 아니다. '티끌 같고 연기 같은 인생이라고 자조하지 말라.' 거기에는 천지의 창조주 하느님의 섭리가 숨어 있다.

지석은 가슴 속에서 무언가 따뜻한 덩어리가 움직이는 것을 느끼면서 시선을 창밖으로 돌린다. 저녁해가 마악 망월산 등성이 너머로 가라앉고 있다. 그 위 하늘에는 붉은 저녁놀이 곱다. 바람이 눈앞의 꽃가지를 걷어내니 드디어 노을 진 서산이 보이는구나. 관풍헌 창가에서 바람을 보고, 그 바람 자락 너머의 노을도 보는구나.

바람의 둥지

윤중리 지음

발행처·도서출판 **청어**
발행인·이영철
영　업·이동호
홍　보·천성래
기　획·남기환
편　집·방세화
디자인·이수빈 | 김영은
제작이사·공병한
인　쇄·두리터

등　록·1999년 5월 3일
(제321-3210000251001999000063호.)

1판 1쇄 발행·2021년 8월 20일

주소·서울특별시 서초구 남부순환로364길 8-15 동일빌딩 2층
대표전화·02-586-0477
팩시밀리·0303-0942-0478
홈페이지·www.chungeobook.com
E-mail·ppi20@hanmail.net
ISBN·979-11-5860-965-8(03810)